Sonya
ソーニャ文庫

騎士は悔恨《かいこん》に泣く

春日部こみと

イースト・プレス

contents

序章　血塗《ちまみ》れ姫

それはあまりにも凄惨《せいさん》な光景だった。

今を時めくサマセット公リチャード・エイブラハム・シーモア――またの名を『冷徹公リチャード』の、豪奢《ごうしゃ》な屋敷の一角で、それは起こった。

冷徹公の一人娘であるトリシア・オドレイ・シーモアの部屋から奇妙な悲鳴が上がったことから、心配した侍女がドアを開いたのだ。

部屋の様子を目撃した侍女は、今度は己が甲高い悲鳴を上げる羽目になった。

そこは、血の海だった。

モルドール織の美しい絨毯《じゅうたん》に飛散する黒々とした血飛沫。

たっぷりとしたレースで織りなされたベッドの天蓋《てんがい》のカーテンも、血で穢《けが》れている。

そしてなにより、ベッドだ。真っ白なシーツは血で真っ赤に染まっている。

その真ん中には、細い手足を投げ出した少年が仰向けになっていた。

天使のように美しい金の髪は血で汚れ、閉じられた目を縁取る長い睫毛まで赤く染まっていて、もう事切れているのが窺《うかが》える。

少年の心臓に突き刺さっているのは、銀のダガー。

少年の主である令嬢が母の形見だと大切にしていた懐剣《かいけん》だった。

血の海に沈むように横たわる稚《いとけな》い少年。その上に跨《また》り覆い被さっているのは、少年と同じ年頃の華奢《きゃしゃ》な少女――この部屋の主、トリシアだった。

侍女の悲鳴に、少女はゆっくりとそちらを振り返った。

やや吊り目の大きな瞳は、藍色の中に深い緑や飴《あめ》色の混ざった不思議な色。

黒々とした長い睫《まつ》毛《げ》が、肌理《きめ》の細かい白い頬の上に影を落としている。

小さな鼻は筋が通り、形の良い唇はサクランボのように愛らしい。

長く真っ直ぐな黒髪は艶《つや》やかで、その白皙《はくせき》の肌も相まって、彼女を精巧な人形のように見せていた。

普段ならば『愛らしいお人形のよう』と評されるその美貌も、この血なまぐさい光景の中にあっては、ひたすらに不気味だった。

彼女の可憐な顔《かんばせ》には、一滴の血もついていない。そこだけ見ればただひたすらに美しいだけなのに、その胸から下のネグリジェは真っ赤に染まり、両手は肘まで血に濡れ、少年の胸を貫いているダガーを握っているのだから。

彼女が少年を殺したことは、疑いようもなかった。

令嬢は侍女に目撃されたにもかかわらず、無反応のまま腰を抜かした侍女を眺めていた。悲鳴を聞きつけて駆けつけた他の使用人たちが集まってきて、最後に令嬢の父親である公爵が部屋に足を踏み入れる。

「これは、どうしたことだ……！」

惨劇《さんげき》に驚愕《きょうがく》の声を上げる父親に、はじめて令嬢が動きを見せた。

ダガーから手を離し、ゆっくりとした動作でベッドを下りる。赤く穢れた白いネグリジェが、華奢な腕にベトリと貼り付いていた。そのままトコトコと父親の前まで歩いて来ようとする少女に、使用人たちが小さく悲鳴を上げて道を空ける。

冷徹公と呼ばれる公爵でさえ、娘の異様な姿に度肝を抜かれたように顎を引いた。

「お父様」

トリシアは鈴を転がすような声で呼びかけ、父親を真っ直ぐに見上げる。

冷徹公は眉を顰《ひそ》め、娘をにらみ下ろした。

「トリシア。これはお前がやったのか？」

父親が血だまりのベッドを指してそう訊ねれば、トリシアはにっこりと微笑んで頷いた。

「ええ」

「何故こんなことをした」

その問いに、トリシアは目を丸くして、こてんと首を傾《かし》げる。

「お父様の代わりをしましたの。だって、お父様はお忙しいでしょう？　平民の子ども一人にお父様のお手を煩《わずら》わせる必要はないと思いましたから」

ふふ、と笑って言う様子は、自慢げですらあり、使用人たちが一様に息を呑《の》む。

確かにその従僕の少年は、数日前、冷徹公の怒りを買った。公の怒りは収まらず、手打ちにすると息巻いていた。それに怯えたのか、その夜から行方知れずになっていたのだ。

稚い少年が殺されるのは忍びない。使用人たちは皆、少年が無事に逃げおおせるのを密かに祈っていたが、それを令嬢が見つけ出し捕まえた挙げ句、刺殺したということか。

なんと酷薄《こくはく》で、残虐《ざんぎゃく》な——

この人形のように可憐な少女のどこに、こんな魔女のような残虐性があったのか。

いや、彼女は『冷徹公』の娘なのだ、これこそが本性だと様々な思いが交錯する中、冷徹公が弾けるように哄笑《こうしょう》した。

「ははははは！　それでこそ、我が娘よ！　ぼうっとした覇気《はき》の足りない娘で面白みがないと思っておったが、なかなかではないか。儂《わし》の代わりに殺したか。なるほどなるほど。面白い見世物であるな。気に入った。いいだろう、この儂が認めよう。お前はその小僧を殺した。故に、その責任は自分でとらねばならん」

使用人たちは呆気に取られた。自分の娘が人を一人殺したことを、『面白い見世物』だと言い切り笑い飛ばすこの主にゾッとした。

だがそれ以上に、その父の言葉ににっこりと微笑み、「ありがとうございます」とネグリジェの裾《すそ》を摘まんで淑女の礼をとるトリシアに、禍々《まがまが》しさを感じた。

この『冷徹公』にして、この令嬢あり。

皆言葉にはしないが、同じことを思っているのが空気で分かった。

この事件は瞬く間に社交界に広まり、以来サマセット公爵の一人娘トリシア・オドレイ・シーモアは、『冷徹公リチャードの血塗れ姫』との異名を持つことになる。

トリシアこの時、弱冠《じゃっかん》十二歳であった。

第一章　立志伝中の男娼騎士

トリシアは、己の身体を覆う見事なドレスを見下ろした。

純白の絹に、隙間がないほどの百合の刺繡《ししゅう》、至るところに大小の真珠が縫い付けられ、誰が見ても目が飛び出るほどの高級品だと分かる。

父が金に糸目を付けず作らせたドレスだ。

さもあらん。今を時めく宰相閣下『冷徹公リチャード』の一人娘の輿入れだ。その花嫁は豪奢であればあるほど良い。

――そう。これはウエディングドレスだ。

「……ウエディング、ドレス……結婚……」

トリシアは、言葉の拙《つたな》い外国人のように呟く。

手袋を嵌《は》めた己の手をじっと見つめていると、呟きを聞いていたらしいレノが少し眉根を寄せた。あまり言葉を発することのないこの従者は、元々は亡き母セーラに仕えていた。

母が亡くなり、主《あるじ》は娘のトリシアに引き継がれたわけである。

レノはそれなりに整った顔をしているのだが、特徴のない顔であるせいか印象に残りづらい。更にあまり表情が動かないため年齢不詳で、還暦を超えているのではと言われたり、逆に十代だと言われたりすることもある。

『家具のような男だな』とは、トリシアの父、リチャードの言葉だったか。

そんな特徴のない従者は、今も感情の読めない淡々とした表情と口調で主に言った。

「大丈夫ですか。間もなく式が始まりますが」

――そう。もうすぐ結婚式が始まる。

トリシアは頭の中でその事実をぼんやりと反芻《はんすう》する。

花嫁であるトリシアは、だからこうしてウエディングドレスなどを着せられてここにいるわけなのだが。

（私と……あの人との……）

自身も礼服をきっちりと着込んだレノに、トリシアはのろのろと顔を向けた。

「レノ……なん……だか、実感が、なくて」

トリシアの口調はたどたどしくさえある。だがそれは花嫁になるという事実に戸惑っているからというよりは、元々こういう喋《しゃべ》り方をする娘だという方が正しい。

今年十九歳になったトリシアは、十二歳の時に従者の少年を刺殺したことから『血塗れ姫』という異名を持つ。公爵を父に持つ大貴族の令嬢だというのに、社交界での友人は一人もおらず、行き遅れと言われる十九歳になってもなお婚約の話すらない。

家の使用人たちからも恐れられ、遠巻きにされていることから、普段話す相手といえば、幼い頃から面倒を見てくれているこの従者のレノだけである。

幼い頃はもっと饒舌《じょうぜつ》だった気がするが、なにしろたった一人の話し相手がこの無表情かつ無口なレノである。下手をすると丸一日一言も発さない日もあったりする。

年々自分の滑舌《かつぜつ》が悪くなっていっている気がするのは、きっと間違いではない。

だがこのトリシアの寡黙《かもく》さもまた『血塗れ姫』の異名に妙に合っているせいか、「何を考えているか分からない。恐ろしい……！」、「黙ったまま笑っていた。呪われたのではないか!?」などと失礼極まりない噂のネタを提供してしまっている有り様だ。

噂の元となった事件はもうだいぶ前の話であるというのに、トリシアはいまだに『血塗れ姫』として悪名高く、故に結婚相手など見つからないだろうと思い込んでいた。

いや、正確に言えば、これまでに一度だけ縁談が持ち上がったことがあった。

相手であるレイノー侯爵家の次男ロレンス・ジョン・レイノーが、トリシアとの見合い当日に『僧になるのでこの話はなかったことにしてほしい』と書き置きして逃亡したためアッサリと破談となったのだが、この件でトリシアの二つ名に箔《はく》が付いたのは言うまでもない。

だからひと月前、父が唐突に「お前の結婚が決まったぞ、トリシア」と満面の笑みで告げてきた時には、びっくりして「なんの冗談でしょう、お父様」と訊いてしまったくらいだった。

『冷徹公』と称されるだけあって、トリシアの父リチャードは自分に逆らう者には容赦しない非情さを持っているが、性格的には面白いものや新しいものが大好きで、冗談を好む洒脱《しゃだつ》な人間でもある。

だからてっきりいつものくだらない冗談の類《たぐい》だと思ったのだが、その時は違っていた。

それは正真正銘トリシアの縁談で、相手は父の最近のお気に入りの護衛騎士、ユアン・ヘドランドだというから、トリシアは仰天した。――実際には、無表情のまま微動だにしなかったのだが。

その時は吃驚《きっきょう》したものの、しかし改めて考えてみると、なるほど相手がユアン・ヘドランドであるならば、この縁談が持ち上がったのも納得だとトリシアは頷いた。

ユアン・ヘドランドは、一言で言うならば、成り上がり者だ。

そしてトリシアとの縁談が持ち上がってからは、『立志伝中の男娼騎士』と呼ばれているらしい。とんでもない二つ名だが、それなりの理由がある。

彼は貧民街で育った平民だが武人としての天賦《てんぷ》の才があり、十代で騎士団に入団。その圧倒的な強さで頭角を現すも、勝つためには手段を選ばない狡猾《こうかつ》さに周囲から敬遠されているらしい。

しかしその強さと反骨精神を、徹底した実力主義者であるリチャードが気に入った。父は彼を自らの護衛騎士に抜擢《ばってき》しただけでなく、国王陛下に進言し、男爵位を与えるまでしてしまったのだ。その上自分の一人娘であるトリシアと結婚させようというのだから、ずいぶんな入れ込みようだ。

（……あのお父様にここまで気に入られているという時点で、周囲からの非難ややっかみはすごそうだけど……）

　この国の宰相である父は、国内外で評判の切れ者ではあるが、人格的にはいろいろと困った人物である。

傲岸《ごうがん》で冷酷非情。逆らう者は一族郎党皆殺しにするという情け容赦のない性格であることに加え、歪んだ性癖の持ち主なのだ。

（……お父様は、美しい少年に目がないから……）

　つまり、稚児《ちご》趣味だ。そしてそれを周囲にまったく隠していない。美しい少年を見かければいつでもどこでも手を出そうとする、大変厄介な人なのである。

とはいえ、亡き母と結婚し、トリシアをもうけていることを考えれば、性癖が多方面に広がっている人なのかもしれないが。

　ユアンは既に二十四歳。少年と呼ばれる時期はとうに逸しているし、騎士の中でも大柄で逞《たくま》しい部類の彼は、あくまで『少年』が好きな父の射程圏外《しゃていけんがい》だ。

　故に、父とユアンがそういう関係でないことをトリシアは理解しているが、世間の人達はそうではない。ユアンは冷徹公の愛人であり、それを武器に成り上がり、とうとう娘の婿として身内にまで収まった男、と捉えられているのだ。

よって、『立志伝中の男娼騎士』という二つ名がついた、というわけだ。

だが彼はそれを撥ね除けるほどの精神力の持ち主なのだろう。この縁談は父が思いつき、ユアンに打診したらしいが、彼は躊躇《ちゅうちょ》せず笑顔で諾《だく》と言ったそうだから。

トリシアは、求婚してきた時のユアンの顔を思い浮かべた。

夏の陽射しのような淡い金の髪、翡翠《ひすい》のように鮮やかな緑色の瞳は優しげに細められてはいたが、その奥にある意志の強そうな光は隠しようもなかった。

顔立ちは端整で美しく、貴族の女性達がこぞって誘いをかけているという噂も嘘ではないのだろうと納得させられた。

大柄な彼はトリシアよりも頭二つ分ほど背が高い。服の上からでも筋肉の隆起が分かるほど鍛《きた》え上げられた体躯は、しなやかな肉食獣を彷彿《ほうふつ》とさせる。

彼はトリシアの前に跪《ひざまず》くと、その手を取って見上げた。

『トリシア様。お父上からお聞き及びかと思いますが、私から改めて言わせていただきたいのです。私と結婚していただけませんか？』

戦士然とした見た目のわりに、柔和な物腰だなと思った。

（あの時とは、ずいぶん印象が違うのね……）

トリシアは、ユアンが父の護衛騎士になる以前に一度だけ、彼と会ったことがあった。

その時にはこんな貴族めいた笑い方をしていなかったのに。

だが、こちらを見上げる緑色の瞳を覗き込んで、あ、と気づいた。

（——微笑みを浮かべているようで、この人はまったく笑っていない……）

翡翠の瞳の奥に冷え冷えとした蔑《さげす》みの色が見えた気がして、トリシアは自分の中の彼の印象をすぐに改めた。

幼い頃から無表情のレノとばかり一緒にいたせいか、トリシアは人の表情ではなく、その目の動きや呼吸の仕方、ちょっとした仕草で人の感情を測る癖がある。

人間の無意識の身体の動きは嘘をつかない。人は興奮すれば瞳孔が開き、呼吸が浅くなり、体温は高まり、汗が滲む。

仕草はもっと顕著《けんちょ》だ。表情は変わらなくても、髪を触ったり相手の目を見たり、逸らしたり。その人の感情を如実に表す。

だからこの時、トリシアはユアンの本心をすぐに見抜いてしまった。

彼が自分に対して良い感情を抱いていないことが分かってしまい、それならば何故この縁談を進めようとしているのか不思議に思う。

『ユアン様は何故、この縁談を承諾なさったのですか？』

トリシアは静かに訊ねた。

（……お父様に逆らえないのであれば、私が断ってもいい）

父は非情ではあるが、子であるトリシアに無情というわけではない。

事実、トリシアが十九になってもまだ嫁いでいないのは、彼女が社交界に出たがらないのも原因の一つであったのだが、父がそれを咎めたり無理に出席させようとしたりはしな

かったということもある。娘に無関心であると言ってしまえばそれまでだが、父はトリシアに無理強いしてまで結婚させようとは思っていないのが分かる。

後継者は欲しいようだが、相手は誰でもいいらしい。結婚にまったく興味を示さないトリシアに、『そこのレノとでもいいから子は作れ』と言ったこともあるくらいだ。

つまり父は、トリシアの結婚相手は誰でもいいと考えているのだ。このユアンに白羽の矢を立てたのは、彼を気に入っていることと、恐らくは思いつきだ。

トリシアが嫌だと言えば、意外にアッサリと許してくれるだろう。

そう思っての問いだった。

だがユアンは、驚いたように目を見開き、ふわりと微笑んでみせた。

『……私は恐れ多くもお父上の護衛騎士となり、そのご令嬢であるあなたのお姿を拝見する機会を得ました』

それはその通りだったので、トリシアは頷いた。

彼女自身、彼が護衛騎士になった時から父に貼り付いている姿を何度も見たし、今回の護衛はずいぶんと美しい男性になったものだと思ったのを覚えている。

『その際に……なんと美しい方だろうと、一目見た時から。大の男が何をと思われるでしょう。ですが、一目惚れだったのです。トリシア様、あなたに焦がれる私を憐れとお思いなら、どうか私と結婚してください』

滔々《とうとう》と語るユアンを見下ろしながら、トリシアは内心呆れていた。

よくもこんな嘘をサラサラと吐けるものだ。

トリシアは、自分の容姿が美しい部類に入ることは理解している。父も美形と評判だし、母は絶世の美女と呼ばれた人らしい。

だがトリシアの場合、それは褒め言葉ではなく『血塗れ姫』を彩る形容詞でしかない。

真っ直ぐで艶やかな黒髪は、物語に出てくる呪いの魔女のようで、青白いほどに真っ白な肌は、夜の眷属《けんぞく》とされる魔物を象徴するみたいだ。極めつきは、藍色の中にブラウンの混じる変わった色彩の瞳。珍しいが故に、それは不気味で奇妙となり、畏怖《いふ》の対象となる。

トリシアを見て「美しい」と言う場合、それは「不気味」と同義なのだ。

ユアンの瞳の奥に見え隠れする侮蔑の色は、トリシアを遠巻きにして陰口を叩く人々のそれと同じだ。

この時トリシアの心に真っ先に浮かんだのは、怒りではなく、疑問だった。

（この人は軽蔑し嫌っているのに、私と結婚しようとしているのね。……それは、何故？）

出世欲だろうか。彼は貧民街の出身だったと聞く。反骨精神が旺盛《おうせい》だと父が言っていたし、それならば、高みを目指し、上り詰めるための手段として、時の宰相閣下の一人娘を利用しようと考えていても不思議はない。

普通なら断るべきだろう。利用されるなど御免だと。

だが不幸なことに、トリシアは彼に惹《ひ》かれていた。

それが愛だとか恋だとかいった感情からくるものなのかは、正直なところ分からない。

それでも、彼を知りたいという欲求は確かにトリシアの心の中に根付いていた。

物思いに耽っているところに、控えめなノックの音が響き、トリシアは我に返る。

「トリシア様、お時間でございます」

侍女の静かな声に、レノがこちらに目を向けた。トリシアは黙ったまま彼に頷いて、ドアの向こうの侍女に告げる。

「分かりました。参ります」

すう、と肺に空気を取り込んで、ゆっくりと吐き出した。それを三回繰り返す。深呼吸をするトリシアを、レノが感情を窺わせない顔で見つめていた。母がよくやっていたという緊張を解すこの方法を教えてくれたのは、他でもないレノだった。

何も言わなくても、表情に出ていなくとも、レノが今トリシアを心配していることが伝わってくる。

だからトリシアは、固まった顔の筋肉を無理やり動かすようにして、微笑みを作った。

ギギ、と軋む音がしそうだなと我ながら呆れつつ、レノに手を差し出す。

「行くわ」

短く告げると、レノは首肯《しゅこう》し、トリシアの手を取った。

「大丈夫です、トリシア様。ご結婚されても、我々は、最後まであなたのお傍に」

低く告げられた忠誠の言葉に、トリシアは無言で頷いた。

(……そうね。レノが……彼らがいてくれる)

自分を本当に理解してくれる人が傍にいてくれるから、大丈夫だ。

これは政略結婚だ。ユアン・ヘドランドは出世のためにトリシアを娶《めと》り、トリシアは『自由』を得るために彼を利用する。

（だから、大丈夫。私は、間違っていない）

豪奢なウエディングドレスを引きずって歩みながら、トリシアは自分に言い聞かせた。

――これは、『血塗れ姫』がただのトリシアに戻るための、第一歩なのだ。


レノに手を引かれて教会堂の前室の扉の前に来ると、正装姿の父が待っていた。男性にしては細身であるのに、何故か大きく見えるのは、恐らくこの人が発する英雄の覇気のようなものによるのだろう。

父は花嫁衣装を着たトリシアを見て、にやりと口元を歪めた。

「ふむ。儂の見立てに間違いはなかったな。美しいぞ、トリシア」

どうやらこのウエディングドレスを選んだのは父だったようだ。てっきりデザインなどは全て仕立て屋に任せたものだとばかり思っていたので少々意外だったものの、トリシアはとりあえず礼を言う。

「ありがとうございます」

淡々とした口調になってしまうのは仕方がない。トリシアは感情を顔や声にのせるのが極端に下手なのだ。

そんな娘に、父は大きく眉を上げて呆れた口調になった。

「相変わらず人形のような奴だな。お前の結婚式だぞ」

もっと嬉しい表情を見せろということなのだろうが、そもそもこれは政略結婚だ。喜びというよりは不安の方が大きい。

だがそれを伝えるわけにもいかず、トリシアは適当な言い訳を口にする。

「……緊張、していて……」

ポツリと呟けば、父は肩を竦《すく》めた。

「トリシア、この世の全てには、理由がある。過去の己の行動の結果が、今だからだ。即ち生きるとは、己の過去の責任を取り続けるということだ」

トリシアは黙ったまま聞いていたが、内心はうんざりしていた。

『己がやったことの責任は己が取れ』

当然の訓戒《くんかい》だ。父は正しい。だがその言葉は、トリシアには呪いにも近い。

「生きよ、トリシア。生きることはお前が思うよりも面白い」

父にとってはそうだろうと思った。他人のことなど気にせず、思うがまま自由に生きる父には、さぞや生きることは面白かろう。

「……はい」

それが、これから結婚する娘へのはなむけの言葉だったのだろう。こくりと頷いて返事をしたが、父にとっては手応えのない反応だったのかもしれない。

チラリとトリシアを一瞥《いちべつ》して、それきり何も言わなくなった。

面白みのない娘への興味を無くしたのだろう。

指示通りの位置に立った時、扉の向こうでパイプオルガンの荘厳《そうごん》な音が鳴り響いた。

この音は苦手だ、とトリシアは思う。頭の中を直接揺さ振るような音だ。うるさいと思うのに、次の瞬間にはその響きに酩酊《めいてい》するような感覚に陥《おちい》ってしまう。

わずかに眉を寄せていると、ふと笑う気配を感じて目を上げる。父が目を閉じて心地好さそうに音楽を聴いていた。それを見て、トリシアはなるほどと気がついた。

（……ああ、この音は、お父様に似ているのだわ）

響いた瞬間は異質に感じるのに、いつの間にか引き込まれて陶酔させられている。麻薬のようなもの――まさに父そのものだ。

秀でたもののないトリシアには、手の届かない境地の人だ。

「行くぞ」

短く宣言し、父が目を開いて歩み出す。

その歩に合わせて、一歩一歩おもむろに足を進める。

赤い絨毯の敷かれた身廊《しんろう》は長く、その両脇の側廊《そくろう》にはぎっしりと人が座っている。宰相閣下の娘の結婚とあって、さすがに列席者も多いようだ。

やがて中央塔に差し掛かると、前方に白い騎士の礼服を纏った背の高い人影が見えた。

トリシアを待っているのは、無論、花婿――ユアン・ヘドランドである。

いつもは洗いざらしの金の髪は、きっちりと撫でつけられている。鞭のようにしなやかな身体にぴったりと沿うように仕立てられた礼服が眩しい。鮮やかな緑の瞳は、上質な翡翠のように煌めいている。

（逃げなかったのね）

ベール越しでも霞《かす》まない見目麗しい姿を眺めながら、トリシアは嫌みではなく、そんな感想を抱いた。一度見合いで逃げられた経験があったせいか、もしかしたらユアンも逃げ出すのではないかと少しだけ思っていた。――いや、期待していた、というべきか。

そこまで考えて、トリシアは内心苦笑する。覚悟を決めてこの結婚を受け入れたはずだったのに、何を今更と自分ながら呆れてしまう。決断しているようで、本当はいつも迷っているのだから、自分は性質《たち》が悪いのだ。決断したのなら、迷ってはいけないのに。

父はユアンの前まで来ると、にやりとした笑みを口元に浮かべる。

「さて、楽しませてくれるのだろうな？」

傲岸な台詞に溜息が出そうになった。父は常にゲームをしているつもりなのだろう。人をチェスの駒《こま》か何かのように思っているのだ。

だがユアンは艶《あで》やかな笑みを返して応じる。

「ご期待に添ってみせましょう」

淀みのない答えに、父は満足し、トリシアは目を伏せた。

父と同類の者か。或いは、そうありたいと思っている者か。

そのやり取りの後、父はトリシアをユアンに引き渡し、退いた。娘にかける言葉はないようだ。トリシアも期待はしていなかったので、ユアンを促すようにして祭壇に向き直る。少々戸惑ったふうではあったものの、ユアンも気を取り直したように、身体の向きを変えた。

祭壇の前には、最高位を表す紫色のカソックを身に纏った大司教が微笑みを浮かべて待っており、二人の準備が整ったのを見計らい、おもむろに首を上下させた。それと同時に再びパイプオルガンが鳴り響き、参列者全員により讃美歌が斉唱される。音楽は教会堂の高い天井に吸い込まれるように響き、やがて余韻を残して終わりを迎えた。

聖歌の名残を楽しむように間を置いてから、大司教が二人に向き直る。

「これより夫婦となる二人に、愛についてお教えしましょう。愛とは何か。神はこう仰っておられます。愛は、忍耐強く、情け深い。妬《ねた》まず、自慢せず、高ぶらない。礼節を忘れず、利他的で、鷹揚で、恨みを抱かない。不義を喜ばず、真実を喜ぶ。全てを忍び、全てを信じ、全てを望み、全てに耐える。愛は決して滅びない、と……」

結婚式の手順通りの説教だ。あまり信心深くないトリシアは、少々度肝を抜かれてしまった。神が示す「愛」がこれほど高尚なものであるなら、この世に真の「愛」を抱ける人間などいないのではないだろうか。

大司教はそこで一度話を切ると、白い眉を上げて二人の顔を交互に見た後ニコリとした。

「では、指輪の交換を」

その言葉に、控えていたベスト・マンが動き、二人の前に指輪ののった台座を差し出してくる。この栗色の髪の青年はユアンの同僚で、確かジョナス・ローメインと言ったか。

ユアンの大きな手がトリシアの左手を取り、するりと純白の絹の手袋を抜き取った。剝《む》き出しになった手は、嵌めていた手袋と同じくらい真っ白だ。青白いほどの色に、幽霊のようだなと自嘲《じちょう》が込み上げる。

その時、ふ、と笑う吐息が聞こえて目を上げれば、ユアンがトリシアの手を見て唇を歪めていた。暗く歪んだ笑みだった。息を呑んでそれを見つめていると、ユアンの手が素早く動いてトリシアの薬指に金色の指輪を通した。

スルリと嵌められた金属の感触を味わう間もなく、ジョナス・ローメインに台座をこちらに向けられ、トリシアは自分の番だということに思い至った。少し焦った気持ちでリングを取ってしまい、ユアンの手に手袋が嵌まったままだと今更気づく。手に指輪を握りこんで外せばいいだろうか。

一瞬動きを止めると、ユアンが自ら手袋を外し、左手を差し出してくれた。

「……ありがとう」

小さく礼を述べれば、また吐息で笑われたのが分かった。

ユアンの手は大きく骨張っていた。指輪を入れ込もうとしたが、途中の関節で止まってしまい、なかなかその先に進まない。困って汗をかき始めた頃、ユアンがトリシアを振り払うように手を引っ込め、自分で指輪を奥まで押し込んだ。

振り払われた手を下ろしながら、これもありがとうと言うべきだろうかと思案しかけた時、待ちくたびれていた大司教の声が響く。

「さて。新郎たるユアン・ヘドランド。汝は、このトリシア・オドレイ・シーモアを妻とし、良き時も悪き時も、富める時も貧しき時も、病める時も健やかなる時も、共に歩み、他の者に依《よ》らず、死が二人を分かつまで、愛を誓い、妻を想い、妻のみに添うことを、神聖なる婚姻の契約のもとに、誓いますか？」

問いに、ユアンが朗々《ろうろう》と答える。

「誓います」

なるほど、彼もまた信心深い人間ではないのだろう。

思わず口元が緩んだトリシアに、大司教が同様の言葉をかける。

トリシアもまた、できるだけはっきりとした声が出るよう、喉に力を込めて答えた。

「誓います」

その答えに頷いて、大司教が両手を開いて高らかに宣《のたま》った。

「これにて、この二人の結婚が成立したことを宣言する。二人が今我々一同の前で交わした誓約を神が固め、祝福で満たされんことを！」

ワッと拍手が鳴り、トリシアは差し出された手に己の手を重ねた。

大きな手。夫となった人の手。

その皮膚は硬く乾いていて、冷たかった。

――こうして、『血塗れ姫』、トリシア・オドレイ・シーモアは、『男娼騎士』、ユアン・ヘドランドの妻となったのだった。

＊＊＊

トリシアは、ユアン・ヘドランドに興味を抱いていた。

それは悪意からのものではなく、純粋に好意からのものだった。

そもそものきっかけは、初めて彼と会った時だ。

あの時、トリシアはお忍びで街に出掛けていた。

町娘のような恰好で、行きつけの雑貨店に行くのが、何の趣味もないトリシアの唯一の楽しみだった。雑貨店の店主ローレンは昔馴染みで、トリシアの正体を知っているが、その上で気さくな態度で接してくれる数少ない彼女の理解者だ。

『血塗れ姫』という悪名は、貴族だけでなく市井《しせい》の人の間にも広まっている。どこへ行っても『人殺し』と恐怖の対象として見られるのは、いくら周囲に興味を持たないようにしているトリシアといえども、さすがに堪《こた》える。

父のように誰に何を言われても己を貫き通せる強靭《きょうじん》な精神を、残念ながらトリシアは持って生まれてこなかったのだ。

（私に『冷徹公の娘』は、荷が重い……）

父はトリシアに興味がない。それは、父と同じだけの精神力がないため、父についていけないが故だ。

父は徹底した実力主義者で、自分の期待に応える能力のない者には興味がない。

少々奇異な性格ではあるが、天衣無縫《てんいむほう》で豪胆《ごうたん》、抜きんでた統治力とカリスマ性を持つ希代の英雄である父を、皆畏怖しながらも崇《あが》め、ついて行こうと必死になっている。

その英雄の血を受け継いだ娘でありながら、トリシアにはこれといった才覚は何もない。強いて挙げるなら、幼い頃についた禍々しい二つ名くらいだ。

確かにあれは、父が唯一『さすが儂の娘だ』とトリシアを認めた事件だった。

だからといって、あんな惨劇をもう一度繰り返せるはずもない。

ごく平凡な小娘でしかないトリシアは、大きすぎる『冷徹公』の名に押し潰されそうになるのを、逃げることでやり過ごしている。

社交界から逃げ、屋敷の使用人たちの目からも逃げ、唯一彼女を理解している従者のレノだけを傍に置く。それでも息が詰まってしまう時には、『冷徹公リチャードの娘』を脱ぎ捨てて、名もない町娘に化けて屋敷をこっそり抜け出すのだ。

城下町にある食堂は安くて美味いと評判で、王城勤めの騎士達も訪れることで知られている。牛頬肉の赤ワイン煮込みが有名で、蕩《とろ》けるような柔らかな肉がとても美味しい。

トリシアも、お忍びで街に来た時にはこの料理を食べるのが楽しみの一つだ。

この日も例のごとく、レノを連れてその食堂を訪れた。そこで運悪く、居合わせた騎士に絡まれてしまったのだ。

『お、こんなところにべっぴんさんがいるじゃないか。ここいらじゃ見かけない顔だな。どこのお嬢さんだい？』

席に着いて早々、王城に勤める騎士の一人がトリシアに近寄ってきて、馴れ馴れしく話しかけてきた。昼間から酒を飲んでいたのか赤ら顔で、吐く息はひどく酒臭い。

お忍びで来ていたトリシアは町娘の恰好で、誰も『冷徹公』の娘だと気づいていない。無論この酔っ払い騎士もだ。気づいていれば、たとえ酔っていようと『血塗れ姫』になど話しかけなかっただろう。

こっちに来て一緒に飲まないか、と誘いをかけられ、結構です、と端的に断りを入れたのが気に食わなかったようだ。騎士はいきなりトリシアの腕を摑み、強引に引きずって行こうとした。

レノが無言でガタンと席を立ち、懐《ふところ》に手を差し入れるのを見てトリシアは蒼褪《あおざ》める。レノはただの従者ではない。詳しいことは知らないが、母の護衛であった彼は、ヒョロッとした存在感の薄い見た目とは裏腹に、体術を極めたとんでもない手練《てだ》れなのだ。酔っ払った騎士などひとたまりもないだろう。懐に何を入れているかは知らないが、凶器であることは間違いない。

お忍びで遊びに来た民間の食堂で騒動を起こすわけにはいかない。

焦ったトリシアが制止の声を上げかけた瞬間、腕を摑んでいた酔っ払いの巨体がくるりと回転しながら飛んだ。比喩《ひゆ》ではなく、飛んだのだ。そしてズダンと床に投げ出された。

え、と思って目を瞠《みは》ると、いつの間にやって来ていたのか、見上げるほどに背の高い美丈夫が、軽く腕を払うようにして酔っ払いから手を離すところだった。

夏の陽射しのような淡い金の髪が、精悍な輪郭の頬に纏いつくようにかかっている。

睫毛はそれよりも少し濃い色合いで、その奥に輝く緑色の瞳が鮮やかで印象的だ。凛々しい眉、通った鼻梁《びりょう》、形のよい唇、少し酔っているのか、頬がうっすらと色づいているのがまた妙に色っぽい。あまりに整った容貌は、顔だけ見れば女性であってもおかしくないほどの美しさだった。

けれど首から下の肉体は、鍛え上げられていると一目で分かる逞しさで、男性以外の何ものでもない。アンバランスなようでいて決してそうではなく、物語の中に出てくる『軍神』という表現はこういう時に使うのだな、などと少々間の抜けた感想を抱いた。

どうやら彼は、この酔っ払い騎士と一緒に飲んでいた仲間の一人のようだ。

『しつこい男は嫌われますよ、先輩』

からかうような口調に、先輩に対する敬意は皆無だ。呆気なく投げ飛ばされて状況が呑み込めないのか、茫然としていた酔っ払いは、その台詞でみるみる顔を紅潮させていった。勢いよく立ち上がると、その美丈夫の胸倉を摑んで怒鳴り散らす。

『てめぇ、ユアン！　自分が何をしたか、分かってやがんのか!?』

先輩の剣幕に、ユアンは美しい顔をにっこりとさせ、のんびりとした口調で言った。

『分かってますよ。気のないお嬢さんに迫って、相手にされないからと無理やり引きずっていこうとしていた先輩を僭越《せんえつ》ながら窘《たしな》めました。我々の仕事は、そういう無理強いや暴力から人々を守ることですから。それを実行したまでです。――それに』

そこで一旦言葉を切り、ユアンはズイ、と酔っ払いの顔に己の秀麗な顔を近づけた。

『騎士が婦女子に対して、無理強いや乱暴などの……クズのやるような狼藉をした場合、独房に入れられ鞭打ちの後に、団から除籍――という罰則が待っているのも、先輩ならもちろんご存じですよね？』

笑顔のままなのに、その細められた目の奥の瞳がまったく笑っていないのが、傍《はた》から見ていても分かる。

華やかな美貌から放たれる氷のような怒気に、トリシアは思わず固唾《かたず》を呑んだ。

自分の分が悪いことに気づいたのか、酔っ払いがクソッ、と悔しそうに悪態《あくたい》をつく。だがすぐにユアンの顔を覗き込むように首を伸ばし、下卑《げび》た笑みを見せた。

『それで？　罰則があるからどうだって言うんだ、ユアン嬢？　デクラン団長のところに行って言いつけるか？　そしたらかわいいかわいい恋人のためだ！　デクランの野郎も張り切るだろうよ！　良かったなぁ、この淫売野郎が！　男にも見境なく股を開きやがって、気色悪ぃ！　そこまでして出世したいか？　クズはお前だろうが、この男娼が！』

あまりにひどい罵詈雑言《ばりぞうごん》に、それまでざわついていた食堂が一気に静まり返る。

それを、自分の独壇場と判断したのか、酔っ払いが得意になって叫ぶ。

『なんだ？　バラされて真っ青か？　ハハ、カワイイじゃねぇか、男娼ちゃん。なんなら俺が相手をしてやろうか？』

ユアンが美女と見紛うばかりの美貌の騎士だったのも災いした。酔っ払いの発言を嘘と言い切るには、彼の美貌は信憑性がありすぎる。

トリシアもまた驚いて、目の前の美丈夫を見つめた。彼がそんな人間だったのか、という驚きからではない。彼がこの罵倒《ばとう》にどんな態度を取るのかが気になったのだ。

あの時以来、トリシアは『血塗れ姫』としての罵倒や陰口に常に晒《さら》されてきた。致し方ないことだと受け入れているが、それは『受け入れるしかなかった』だけだ。

父のような確固たる信念も、何があっても折れない強靭な精神も持ち合わせていないトリシアは、自分への否定をぶつけられる度、傷つき、哀しみ、心を摩耗させている。自ら望んだことの結果だった。思いついた時には、唯一の案だと確信していた。それなのに、その結果に付随する己の評価を、トリシアはいつまで経っても受け入れることができないでいるのだ。

それがいかに情けなく愚かなことかを自分でも十二分に理解している。だからこれは、誰にも――レノにさえ言ったことのない、己の中だけの葛藤だ。自分の考えていることを口にするのが極端に苦手な性質であるためというのもあるが。

そんな鬱屈《うっくつ》とした思いを常に抱えているトリシアは、このユアンと呼ばれる美丈夫が、自分に向けられた悪意にどう対抗するのか興味があったのだ。

トリシアは彼がそれをどのように否定するのか、それを見たいと思っていた。酔っ払いの雑言は彼を否定し、貶《おとし》める内容だった。自分の尊厳を守るために、彼はどんなことをするのだろう、と。

だがその予想は覆された。

ユアンは怒りもしなければ、否定もしなかった。

それまで以上に艶やかな笑みを見せると、首を傾げて言った。

『上を望むなら、股くらい開けなくてどうする。そんなだから、アンタはいつまで経ってもうだつが上がらないんだよ』

その切り返しに、酔っ払いだけでなく、トリシアもポカンとしてしまった。

酔っ払いの『男娼』発言を否定するどころか肯定した挙げ句、それをしない酔っ払いを否定し返したのだ。自分にはない発想に、トリシアは唖然《あぜん》とした。

呆気に取られる周囲を他所《よそ》に、ユアンは更に続けた。

『あ、でもアンタみたいなのに股開かれても、デクラン団長も困るかもな。向こうも選ぶ権利はあるからね。開く股の無い人はお気の毒だねぇ。それで非力な婦女子に無理強いをして憂さ晴らしか。なるほどなるほど……』

『てめえ！』

顔を再び怒りで真っ赤にした酔っ払いが、摑んでいたユアンの襟元を締め上げようとした途端、ユアンに頭を鷲摑《わしづか》みにされ、そのまま床に引き倒される。

ぐしゃり、と音がしそうなほどアッサリと床に倒れた巨漢は、背中に長い膝をドスリとのせられた。酔っ払いがグエ、と声を上げたが、ユアンは構わず膝をめり込ませる。

頭部をギリギリと摑まれているのがよほど痛いのか、酔っ払いは暴れようともしない。ユアンの握力がどれほど強いのかが窺えて、トリシアはゾッとした。

笑みを浮かべているこの美丈夫は、恐らくこの酔っ払いよりも数段強いのだろう。

『あとな、もう一つ言っておくと、選ぶ権利は俺にもある。俺が選ぶのは、利用価値がある人間だけだ。金も権力もない、俺よりも弱いアンタを選ぶことは死んでもないね。覚えときな』

ニコニコ笑いながら、背中にのせた膝をグリグリと動かしている。酔っ払いの顔が蒼褪めていき、ぶるぶると震え出した。これはまずいのでは、とトリシアが思った瞬間、酔っ払いの口から吐瀉《としゃ》物が噴き出した。

『おっと』

ユアンはサッと飛び退いてそれを避け、身体を起こしてパタパタと衣服をはたいた。

酔っ払いは伸びてしまっているのか、動く様子はない。

彼は傍で啞然としているトリシアを見ると、にこ、と微笑みかける。

『大丈夫かな？　怖い思いをさせて悪かったね、うちの騎士団の奴が』

『――い、いえ……ありがとう、ございました……』

トリシアが辛うじて礼の言葉を吐き出していると、レノに腕を引かれて、その背中に庇われる。レノがこうしてあからさまにトリシアを守る体勢を取るのは珍しい。お忍びで来ている時は護衛であることは極力隠してほしいと言ってあるし、そんなことをしなくてもレノには守る技量がある。それだけユアンが得体の知れない相手に思えたのだろう。

警戒心を露わにしたレノを、ユアンが鼻白んだ顔で見た。

『そんなにかわいい恋人なら、最初からそうやって守ってやれよ。色男』

そう言い捨てると、ユアンは気絶している男の襟を摑んで引きずりながら、仲間達に声をかけ、皆と連れ立ってゾロゾロと食堂を出て行こうとする。入り口で、食堂の女将に『騒がしくして悪かったね、おばちゃん。あ、迷惑料はこの先輩につけといて。騎士の給料はそこそこいいから、ガッツリ搾り取っていいよ。騎士団長にも話つけとくからさ』などと勝手なことを言い置いて、手をひらひらと振って去っていった。

それを茫然と見送っていたトリシアは、ふと床に目を遣って、そこにきれいな桃色の紙切れが落ちていることに気がついた。何気なく拾ってみると、それは何かのチケットのようで、『花祭り』と書かれてある。この城下町で毎年住民たちによって行われる大きな祭りの名前だ。人でごった返すから危険だということでトリシアは行ったことがないが、賑やかな様子は楽しげで、いつか行ってみたいと子どもの頃憧れていたのを思い出す。

そういえば、花祭りの時期はもうすぐだったなと思い至り、トリシアはハッとして、そのチケットを握って唐突に駆け出した。

今しがたそこで暴れていたのは、ユアンと酔っ払いだ。即ちこのチケットはあの二人のどちらかの物である可能性が高い。落としたのであれば、きっと困るだろう。そう考えたら身体が動いていたのだ。

『トリシア様！』

背後からレノの声が聞こえたが、トリシアは構わなかった。

急げばまだ間に合うだろうと、必死で足を動かした。

その甲斐《かい》あって、食堂を出てそう遠くない場所で、ユアンの後ろ姿を見つけることができた。あの酔っ払いは他の仲間が連れて行ったのか、ユアンは一人だけだった。

『あの！』

トリシアが声をかければ、ユアンはすぐに気づいて振り返ってくれる。トリシアの顔を見ると足を止めた。

『お？　さっきのお嬢さんか。どうしたの？』

『あ、あの……こ、これを……！　落としたのでは、ないかとっ……！』

息を切らしているのと、緊張とで、途切れ途切れになってしまった言葉にも、彼は笑ったりしなかった。トリシアの差し出した桃色の紙切れをゴツゴツとした大きな手で受け取ると、驚いたように目を丸くする。

『花祭りのチケットか。確かに俺のだが、別に良かったのに……。これは毎年無差別に配られてるチラシみたいなものだからな。こんなもののためにわざわざ走って来てくれたのか？』

トリシアは頷きつつも、要らないものだったのだろうかと恥ずかしくなった。

『……あ、もし、要る物だったら、困るかと思って……』

何を言い訳がましく言っているのだろうと、我ながら情けなくなって口元に手を当てる。

トリシアの発言に、ユアンは大きく眉を上げた。

『花祭りのチケットを知らないって、君、他所から来たのか？　旅行者？』

突然の質問にびっくりしながら、トリシアは首を横に振る。するとユアンがまた驚きの声を上げた。

『それなのに、花祭りを知らないのか？』

『い、いえ、……名前は、知っていますが……参加したことは、ないんです』

この時期に街中を花で飾り、夜には広場で男女入り交じって踊りを踊るという祭りだ。華やかで大きな祭りなので、地方からも見物客が来ることで有名らしい。

『どういうことだ？　そんな奴がいるのか？』

ユアンの反応に、トリシアは内心猛烈に焦ってしまう。どうやら自分の受け答えは彼の不信感を煽《あお》ってしまっているようだ。

『あ……その、か、家族が、人込みは、私には、危ないからって……』

『……ああ、もしかして君、身体が弱いのか。よく見たら顔色もあまり良くないし、身体も折れそうに華奢だしなぁ』

そうではなかったのだが、ユアンは「そりゃ家族も心配になるな」と一人で頷いて納得してしまっている。むきになって否定するのも変に見えるかもしれないとそのままにしておくことにした。

ユアンは気の毒そうな眼差しでこちらを見下ろしていたが、気を取り直したように笑いかけてきた。

『でも、さっきみたいに走れるなら、今年の花祭りには参加できるんじゃないか？』

明るく言われ、トリシアは曖昧に微笑んだ。

きっと今年も参加はしない。トリシアは人込みが苦手だし、花祭りは有名だから、社交界の貴族達も見物しに出歩くだろう。『血塗れ姫』が分不相応にも華々しい祭りに参加していたと噂されたら、と思うとそれだけで気が滅入ってしまう。

『……花祭りって、どんなものなのですか？』

それでも幼い頃の憧れは残っているようで、気がつけばトリシアはそんなことを口走っていた。今ここにいるのは、『血塗れ姫』ではなく、単なる町娘だ。目の前のユアンも、その周囲にいる人達もトリシアの正体を知らないのだから、幼い頃抱いた憧れのままに、そのお祭りを夢想するくらい許されるだろう。

すると、トリシアの心の中の願いを聞いていたかのように、ユアンが優しく笑った。

『花祭りは若い娘達のための祭りだ。その日は街中が花で埋もれる。道にも、赤や黄色や白、もう目がチカチカするくらいにね。年頃の女の子達もみんな髪やらドレスやらにこれでもかと花を飾って、男性の誘いを待つんだ』

『男性の誘い？』

興味をそそられる言葉に、トリシアは鸚鵡《おうむ》返しをした。若い娘らしい反応に、ユアンがますます目を細める。

『花祭りでは、男が女を踊りに誘うんだ。誘われた娘は、相手が意中の男なら、自分が身につけている花を一輪男に渡す。男はそれを胸に挿して娘と踊りの輪の中に入る。つまり、花祭りの踊りは、愛し合う者達だけに許されているんだ』

『……愛し合う者達だけに……』

トリシアは呟きながら、無意識にお腹の上で両手を組み合わせていた。

目を閉じて夢想する。

花に溢れた世界で、愛する人に愛を囁《ささや》かれ、そして自分も愛を返し、祭りの夜に手を取り合って踊る――まるでおとぎ話のように美しい光景だ。

（……私も、ただの町娘として生まれてみたかった……）

『冷徹公』の娘などではなく、ただの平民の娘。贅沢とは無縁の生活だろうが、誰にも誹《そし》られることなく、ただ懸命に毎日を生きるのだ。祭りでは恋人を想って髪に花を飾り、誘いに現れた恋人にキスをして花を渡す。そして手を繋ぎ、恋人達だけに許された輪に加わるのだ。

いつの間にか、想像の中の顔のない恋人は、目の前のユアンになっていた。

そのことにドキンとして目を開くと、妄想の中と同じ笑顔をした彼が、こちらを覗き込むように顔を寄せていた。

　びっくりして身を竦めると、ユアンがプッと噴き出した。

『ああ、良かった。起きていた。気がついたら目を閉じているから、眠ってしまったのかと思ったよ』

『あっ……！　は、花祭りを想像していたら、つい……！』

　喋っていた相手が目を閉じていたら確かに驚いてしまうだろう、と慌てて弁解していると、ユアンがからかうような眼差しを向けてきた。

『恋人のことでも考えていたんだろう？』

『こ……！』

　思いがけないことを言われて言葉に詰まったものの、すぐに自嘲が込み上げる。

『……そんな人、いませんから……』

　トリシアの返事に、ユアンは意外そうに眉を上げた。

『さっき一緒だったのは？』

　レノのことだ、とすぐに気づき、トリシアは小さく笑う。

『……あの人は、私の家族です』

『そうだったのか。仲が良さそうだったから、てっきり』

　早とちりをすまん、と頭を掻くユアンを見ながら、トリシアはぼんやりと考えた。

（……もし、この人が、私の恋人になってくれたら……）

先ほどの夢想の続きのような願望を心に思い描き、ハッと我に返って恥ずかしくなる。

恋人など、『血塗れ姫』にできようもない。

いつか、本当の自分を愛してくれる人と――それがトリシアの密かな、叶う見込みのない願いだ。

『血塗れ姫』となってしまった自分を、後悔しない日はない。

人殺しであると指さされ、怯えられ、口汚く罵《ののし》られ蔑まれることの恐ろしさは、実際に体験して初めて理解することとなった。

本来ならば、後悔などすべきではない。あの時ああしなければ、今はなかったのだから。

あれは必然だった。そう分かっていても、『殺人者』に浴びせかけられる周囲からの容赦のない悪意に、トリシアは耐えられなかった。

（……私はいつも、思慮も、覚悟もない）

表情を曇らせたトリシアは、ポンと頭の上に何かがのる感触で、ハッと物思いから返った。見上げると、大きな手をトリシアの頭にのせたユアンが、困った者を見るような優しい目でこちらを見下ろしていた。

『俺と一緒に行くか？』

『……え？』

一瞬何を言われているのか分からず、トリシアは目を瞬く。

ポカンとした顔をしていると、ユアンが少し照れたように目を逸らし、クシャクシャ、とトリシアの髪を掻き混ぜた。

『花祭りだよ。ちょうど、三日後だな。もし行く気があるなら、俺が連れて行ってやるよ。……まあ、君の体調が悪くなきゃだけど』

ようやく彼の言っている意味を理解して、トリシアは更に驚いてしまった。

『わ、私を……花祭りに、誘ってくださっているのですか……？』

彼にとってトリシアは、今日出会ったばかりの素性の知れない娘のはずだ。その娘を、恋人同士で行く祭りに誘う？　どうしてそんな真似を？　彼になんの利点があるのだろう。

ぐるぐると思考を巡らせていると、ユアンがますますトリシアの髪をぐしゃぐしゃと掻き回してくる。せっかくローレンに町娘風に結ってもらったのに、もう台無しだ。

『あのな！　俺も、らしくないこと言っているなと思ってるんだぞ、これでも！　でも君、花祭りに行ったことがないって言うし、若い娘がそんなの、哀しいだろう。君はせっかくこんなにかわいいんだ。身体が弱いのは残念だが、一度くらい若い娘の華やかな祭りを経験したっていいと思う。こうして喋ったのも何かの縁だ。俺で良ければ、その真似事でもさせてあげられるかと……ああ、こんなこっぱずかしいことを言うなんて、俺、ずいぶんと酔っているみたいだな……』

まるで言い訳をするように捲し立てられて、トリシアは彼が照れているのだとようやく理解した。頰の辺りがうっすらと色づいているのは、酒精のせいだけではないのだろう。

（……ああ、この人は、ただ私に花祭りを見せてくれようとしているのだわ……）

きっと、病弱であるために花祭りに参加できないでいたという娘を憐れんだのだろう。

トリシアは微笑んだ。笑おうと思って顔を動かしたわけではない。自然に、感情が溢れるままに、微笑んだ。それは久方ぶりのことに思えた。

（ああ、私はまだ、こんなふうに、笑えるのね……）

照れ隠しなのか、意地になってトリシアの髪を掻き回していたユアンが、トリシアの笑顔に目を瞠る。

『……ああ、やっと笑ったな、君。娘らしいかわいい笑顔だ。ずっとどこかが痛そうな顔だったから、気になっていたんだ』

ユアン自身も美しい微笑みを浮かべ、トリシアの髪から手を離した。

（……そうか。私は、ずっと痛かったのね……）

ユアンの言葉を噛み締めるように、トリシアは確認する。

自分は、『血塗れ姫』である自分が、痛くて痛くて仕方なかったのだ。

トリシアは彼の精悍な美貌を真っ直ぐに見る。美しく、逞しく、優しい。おとぎ話の中に出て来る、騎士のような人だ。先ほど夢想したように、彼のような人が、本当の自分を見て、愛してくれたなら――甘く儚い夢を追いかけるように、トリシアは言葉を紡いだ。

『花祭り、本当に連れて行ってくださるのですか？』

トリシアの質問に、ユアンは目を見開いて頷いた。

『俺とで良ければ』

『あなたがいいです』

即答すれば、彼はくしゃりと笑う。

『なら決まりだな。三日後、日の暮れる前に、あの食堂までおいで。もちろん、体調が悪かったら無理をすることはないからな』

トリシアがコクリと頷くのを確認して、ユアンは最後にもう一度小さな頭にポンと手を置いてから、『じゃあな』とその場を立ち去った。

トリシアは、まるで夢の続きを見ているかのような気持ちで、ずっと彼の背中を見つめ続けていた。

＊＊＊

——これが、トリシアとユアンの最初の出会いだ。

結局、トリシアは花祭りには行けなかった。同じ屋敷に暮らしながらもあまり会うことのない父が、珍しく夕食を共にするようにと言ってきたからだ。特に理由のない気まぐれだったようだが、トリシアにしてみれば、どうしてこの時に、と内心ではとても口惜しい想いだった。

だが同時に、これで良かったのかもしれないとも思った。

夢は所詮、夢でしかないのだから。夢が叶ってしまったその先を、トリシアはうまく想像ができない。けれど、きっともっと貪欲になってしまうのだろう。与えられた幸福を貪って、まだ足りないと次から次に求めるのだ。そんなふうになる前に、夢は断ち切るべきだったのだ。

約束を破ってしまうことを詫びる手紙を書き、レノに渡しに行ってもらったが、ユアンに会うことができず、食堂の人に預けてきたと言っていた。思えば互いの名前すら聞かないままの、他愛ない約束だった。もしかしたらユアンも忘れてしまっていたのかもしれない。

その後、父の護衛に就任した時に顔を合わせた。彼は覚えていないようだったが、トリシアはすぐに分かった。

ユアン・ヘドランドは、トリシアの心に強烈な印象を残したのだから。

周囲からの否定や悪意を、己の信念や理屈で切り返すそのしなやかさに、魅了された。そしてなにより、トリシアに夢を見させてくれた人だったから。

あの夢の中では、トリシアは『血塗れ姫』などではなく、ただの『トリシア』になって、彼と恋をして、花祭りに参加していた。彼と笑い合い、キスをし合って――かつてトリシアが、当たり前のように手にしていたもの、そして自ら手放してしまったものを、ちゃんと持って、それを謳歌していた。

トリシアにとって、ユアン・ヘドランドは叶わぬ夢で、憧れそのものとなった。

だからこそ、父から縁談をもたらされた時、その相手が彼だと知って驚いたと同時に、嬉しかった。

（あの人の傍にいたら、私も変われるのではないかしら……）

トリシアは浮かれてそんな夢を思い描いてしまった。ばかげている。自分にだけ都合の良いおとぎ話など、現実にあるはずなどないのに。

案の定、その夢はアッサリと破られることとなった。


結婚式を終え、サマセット公爵邸で盛大な披露宴が繰り広げられる中、トリシアは着替えのために、侍女と共に宴を後にした。ウエディングドレスでは動きづらいからだ。

自室で衣装直しを終え宴に戻る道すがら、ふと風に乗って芳香が鼻腔を擽《くすぐ》った。回廊から見える中庭に目を遣ったが、何の香りなのか、暗がりでは分からない。

しかし思い至るものがあり、傍らのレノに目配せをした。

心得ているレノは首肯を返し、付き従っていた侍女に先に行くようにと指示を出す。トリシアがレノ以外の使用人を傍に置きたがらないのを分かっている侍女は、それにあっさりと頷いた。

その背中を見送って、トリシアは匂いに釣られるように中庭へと歩いて行く。

白いガゼボの脇に、生白《なまじろ》い花弁が闇の中から浮き出るように咲いていた。

（ああ、やっぱり……）

珍しく、頬が自然と綻んだ。凛然と花開いたそれは、亡き母セーラが実家より持ってきて植えた月下美人という花だった。年に一度か、多くて二度ほどしか咲かないというこの花を、母はとても大切にしていたらしい。トリシアが五歳の時に亡くなったので、母との思い出は全て朧げなのだが、何故かこの花の傍に立つ母の姿は鮮明に覚えている。

トリシアと同じ漆黒の髪に、藍色と飴色が溶け合う不思議な色の瞳を持っていた母は、とても美しく、儚い印象の人だった。母と月下美人の前で何か約束をした気がするが、それがどういう内容だったのかは覚えていない。

「……この花を見ると、お母様を思い出すわ……」

トリシアが囁くように言えば、レノも言葉を返してきた。

「……そうですね。セーラ様は、この花を見て、よく実家のご家族のことを思い出しておられたようです」

レノは母が実家から伴ってきた従者だ。自分や、父すら知らない母のことを知っているのだろう。そもそも、父と母は政略結婚だ。対立する国同士の争いを終結させるために前王が取り計らった婚姻だったと聞いている。いわば敵地に嫁に出された形になった母が早《そう》逝《せい》したのは、心労からだったのだろうか。

（お母様が生きていらしたら、私の結婚をどう思われたかしら）

ほとんど記憶にない母は、結婚祝いに自分になんという言葉をくれただろうか。想像もつかない。

しっとりとした花弁を見つめながらそんなことを考えていると、ふいに話し声が聞こえてきた。

「……まさか本当にあの『血塗れ姫』と結婚しちまうとはねぇ」

自分の二つ名が挙げられて、心臓が音を立てる。揶揄《やゆ》するような声は、ベスト・マンを務めたジョナス・ローメインだ。人の声や表情から感情を読み取る癖から、トリシアは人の声を聞き違えないので間違いない。

ジョナスの声に、フンと鼻を鳴らす音が聞こえる。

「宰相閣下の一人娘だ。逃す手はないだろう」

せせら笑うような声は、確かにユアンのものだ。トリシアはグッと奥歯を噛んだ。

「さすがは『男娼騎士』ってか。相変わらず出世のためなら手段を選ばないよな、お前。分かりやすくて僕は嫌いじゃないけどね」

「お前に好かれてもあまり得はないな」

にべもないユアンに、けれどジョナスは「ひどいなぁ」と笑うだけでめげなかった。酔っているのか、ずいぶんと陽気な口調だ。

「出世、出世、かぁ。お前、嫌いな女と結婚してまで出世してどうするんだよ。今夜初夜だろう？　抱けるのか？」

下世話な話題に、ユアンは冷たい声を出した。

「飲み過ぎだぞ、ジョナス」

「酒にからきし弱いお前の代わりに飲んでやっているんだろう」

「頼んでない」

「ほんっとにかわいくない奴だなぁ！　酒飲むと全部忘れちまうくせに！　いくら相手が『血塗れ姫』だからって、新郎が初夜の記憶をなくしたらダメだろう！」

それを聞き、トリシアは納得する。

（彼が初めて会った時のことを覚えていないのは、酔っていたからだったのね……）

覚えていないふうを装っているのだろうかと考えたこともあったが、本当に覚えていなかったのだ。

ジョナスの言葉に、ユアンがせせら笑う声が聞こえた。

「記憶をなくした方が良いかもしれない」

忌々しげな口調だった。

隠そうともしない嫌悪に、トリシアは咄嗟にギュッと目を閉じる。

（……これが、ユアン様の本音……）

彼が自分を好いていないことは分かっていた。だが、こうして実際にそれを聞くのとでは、衝撃の大きさが違った。

「……お前ねぇ。仮にもお前の妻になる女性だぞ。もっと敬意を払えよ。それに、噂のわりにはずいぶんときれいな娘だったじゃないか。もっと陰険そうで不気味な女を想像していたから、ビックリしたよ。黒髪も、あの不思議な色の瞳も神秘的で……擦れてなさそうなお嬢様って感じでかわいかったな。あんなにきれいな子なら、僕も結婚相手に名乗り出れば良かった」

面白がるようなジョナスの発言に、ユアンの声は冷たかった。

「……きれい？　ハ、あの青白い魔女みたいな女が？　俺の目には『血塗れ姫』そのものとしか映らなかったな。人を刺し殺しても微笑みを浮かべていそうな、禍々しい顔だった」

ズン、と胸に矢を射られたかのような痛みが走る。

（……そう、そうよね。当たり前だわ）

トリシアは、傲岸不遜《ふそん》な『冷徹公』の娘で、幼くして人を殺した『血塗れ姫』。そんな恐ろしい娘を、誰が受け入れられるだろう。

どうして彼だけが特別だと思えたのか。

最初から分かっていたはずだ。だからこそ、この結婚を機に『血塗れ姫』を捨てて、ただのトリシアになる計画を立てていたのだ。彼は彼の、自分は自分の、それぞれの人生を生きていければいいいと。

（……そうか。私は、彼に期待してしまっていたのね……）

人からの悪意をしなやかにかわす彼ならば——自分にあの夢を見せてくれた彼ならば、或いは、と。噂ではない本当の自分を見てくれるかもしれないと、そんなばかな期待をいつの間にかしてしまっていたのだ。

浅はかで愚かな自分に、大声で笑い出したい気持ちになった。だが、そんなことをすれば盗み聞きをしてしまったことがユアン達にバレるだろう。

（どうせ笑うなら、もっと愉快で素敵なことで笑いたい）

いっそバレてしまえばいいのかもしれないと頭のどこかで思いながらも、トリシアは足音を忍ばせてその場を立ち去った。

同様に一切の気配を消したレノが自分に続く。

回廊に戻ったところで、レノが気づかわしげな眼差しを向けてきたが、トリシアは小さく首を振って大丈夫だと伝えた。

（こんなことで泣いたりしない）

最初から分かっていたことだ。自分にはレノと、ローレンだけだと。

この結婚は、互いの利になるから、それだけのためのもの。

それでいいのだ。


二人の結婚を祝う宴はその後も延々と続く。

トリシアが宴の席に戻ってしばらくして、ユアンも戻ってきた。

友人との中庭での会話などなかったかのように、こちらに向けて微笑みを浮かべるその秀麗な顔を見て、トリシアは心が決まった。

（今夜、彼に告げよう）

予定では、子どもが生まれてから話すつもりだった。万が一にも、計画を明かして拒まれては面倒だからだ。だが、それは彼にとって公正ではないだろう。

（だって、彼は拒まないわ）

今なら確信できる。ユアンにとっても好都合な計画のはずだからだ。出世のためとはいえ、好きでもない、それどころか嫌悪を抱く女を妻にしてしまったのだから。

「そろそろ、参りましょうか、トリシア様」

浮かれ騒ぐ周囲を眺めつつ、ユアンがそっと耳打ちをしてくる。

トリシアが視線を向ければ、翡翠のような瞳がわずかに眇《すが》められた。

そこに秘められた嫌悪の色に、彼自身気づいていないのだろう。

（……気の毒な人。隠しきれないほど嫌いな私を、これから抱かなくてはならないのね）

ユアン・ヘドランドは大いに同情に値する。

だから、この胸に響く疼痛《とうつう》など、些末なことだ。

トリシアは藍色と飴色の混じる瞳を伏せて、沈黙を保ったままこくりと頷いた。

第二章　契約

ユアン・ヘドランドは、眉間に皺《しわ》を寄せた。

「……すみません。どういうことなのか……もう一度言ってもらってもいいですか？」

苦い笑みが口元に浮かんでいるのが分かるが、それを取り繕う余裕はない。

そんな自分を、トリシア・オドレイ・シーモア――別名『血塗れ姫』が無表情で見つめている。

磨いた黒曜石のように艶やかな黒髪を華奢な肩に梳き下ろし、極上の真珠のように真っ白で滑らかな肌をした、美しい人形のような女。

見てくれだけならば、なるほど、悪友ジョナスが言うように、神秘的な美しい娘だろう。

(だがその中身は魔女のような女だ)

なにしろ、十二歳という幼さで、従者である少年を刺し殺したのだから。

どうしてそんなことができるのだろうと思う。少女の身で人を刺すなど、よほど精神がおかしくなければ到底できる業《わざ》ではない。

刺し殺された少年を思うと、義憤のような感情が胸に込み上げる。

現場は血の海だったという。まだ稚い少年が生きたまま滅多刺しにされたのだ。痛かったろうに。怖かったろうに。

泣き叫ぶ少年に、この女は更に刃を振り下ろしたのだろうか。

(平民など、人ではないのだろう)

人を人と思わぬ『冷徹公』の娘だ。

宰相という地位にありながら、戦場では自ら鎧《よろい》を着込んで馬を駆り、敵陣に乗り込んで敵将の首を狩るサマセット公リチャードは、他国では『首狩り宰相』と呼ばれている。

そんな男の娘が『血塗れ姫』。誰しもが納得する組み合わせだ。だがそんな禍々しい女であるからこそ、宰相閣下の一人娘であるというのに、この年で未婚であってくれたのだ。

(ありがたいことじゃないか)

ユアン・ヘドランドは、のし上がるためなら何でもしてきた。

子どもの頃は泥水を啜《すす》るような生活だった。食べるため、生きるためなら盗みもしたし、暴力だって厭《いと》わなかった。やらなければやられる一方の世界だ。躊躇する良心など、十歳になる前に捨ててしまった。

幸運なことに、ユアンはずば抜けた運動神経を持っていた。

相手が振り回す拳の軌道を見切る目と、それを避ける反射神経、そして丈夫で大きな身体。これらのおかげで、子どもの時から喧嘩は相当強かった。

その強さを見込まれて、金持ちの旅の護衛という職にありつけるようになった。そうして何番目かの雇い主の酔狂から、騎士団の入団試験を受けてみろと言われ、試しにと受けてみたところアッサリと合格した。

自分は本当に運が良かったのだと改めて思う。同僚に、お貴族様の次男やら三男がうようよいるような世界に入り込むことができたのだから。

騎士団では強くさえあれば、衣食住が確保され、周囲から敬意を払われる。虐げられ、唾を吐かれ、地べたを這いずったあの頃が嘘のようだと思った。

(――俺を……俺達を虐げてきた奴らを、見返してやりたい)

あまりにトントン拍子に出世の階段を上がったことで、胸の奥底に蓋《ふた》をして仕舞い込んでいた、そんな欲望が鎌首をもたげたのは、当然のことだった。現実として手にすることができる夢なのだと思えるようになったのだから。

目を閉じれば浮かぶ、これまで味わってきた悔恨の瞬間。

(平民上がりのこの俺が、偉そうに踏ん反り返るお前らお貴族様を出し抜いて見下ろしてやろう)

ユアンは自分の中に残された、わずかな良心にそれを誓った。

自分が棄ててきてしまった人達。心残りとも言えるその思い出が、今の彼の良心だ。

様々な人を押し退け、利用して高みを目指し、とうとう時の宰相閣下の娘との結婚にまで漕ぎ着けた。

たとえその娘が唾棄すべき魔女であったとしても、利用できるなら構わない。

そう思い臨んだ初夜、新婚夫婦の寝室の巨大なベッドの上で、妻となった魔女は美しい顔をピクリとも動かさずに宣った。

「契約してほしいのです。この結婚で、あなたは父の後ろ盾を得る。ならば、私は自由を得たい。子どもが生まれたら、私のことには一切口を出さず、静観してくださいませ。構わないでいていただきたいのです。その代わり、あなたに同様の自由を保証します。あなたのことに私は一切関与しません。他に愛する人がおられるのであれば、その方と暮らしていただいても結構です。子どもは、十歳になるまでは私の手元で育てます」

ハハ、と乾いた笑いが漏れた。

（これは何の茶番だ？）

嫌悪する女との結婚だ。だが、夫婦になることを拒むつもりはなかった。この女を愛するフリをしてやろうとすら思っていたというのに。

（契約だと？　子どもを生んだら口を出すな？）

自分を種馬か何かだと思っているのか。

（なるほど、平民の男となど、夫婦でいるのも嫌だというわけか）

冷えた怒りが腹の底に溜まる。だがそれを直《じか》にぶつけないだけの分別《ふんべつ》は残っている。どれほど腹立たしい女であっても、これは『宰相の娘』だ。利用価値があるものを、自ら壊すほどばかではない。

ユアンは内心の怒りを押し隠し、困ったような笑みを浮かべてみせた。

「……それは、困りましたね」

「何故困るのですか？」

「――え？」

思いもよらない方向から切り返され、こちらの方が戸惑ってしまう。

トリシアは相変わらず感情を削ぎ落としたかのような顔で、真っ直ぐにこちらを見つめていた。奇妙な色の瞳がゾッとするほど澄んで見えて、思わず息を呑んだ。

だがこんな性悪女に一瞬でも二の句が継げなくなってしまったことが悔しくて、ユアンはすぐに態勢を立て直す。

「何故って……そりゃあ、初夜の床で愛しい新妻に、契約だの放っておいてほしいだの言われれば、普通困ると思いますよ」

女受けする柔らかな口調で言えば、トリシアは少し首を傾げたようだった。

「愛しい、とは思ってはいないでしょう？」

彼女が口にした内容に、ああ、そういう陳腐《ちんぷ》な駆け引きをしたいのか、と一瞬安心した。

だがすぐに、それにしては彼女の物言いが淡々としていて、怒りが微塵も感じられないことに眉根が寄る。

(面倒臭いな……)

感情の発露のないトリシアを相手にするのは、まるで人形を相手にしているかのようだ。

いつもの調子を出せず、ひどくやりづらかった。

「……何故そんなことを？」

「先ほど、中庭でご友人とあなたの会話を聞きました」

トリシアが躊躇なく暴露した事実に、ユアンは臍《ほぞ》を噛む。思い至る節は充分にある。トリシアに対する雑言をジョナスと巻き散らしていた時のことだろう。あそこまで言うつもりはなかったのに、ジョナスのばかがトリシアを褒めたりするものだから、カッとなって言い過ぎた。

（……あの会話を聞かれていたとは）

不注意だった。

どう言い訳をして乗り切るべきかと思案していると、トリシアが話を続けた。

「私はあなたが望まない限りは離婚しませんし、逆に望むのであればすぐさま応じると誓います。婚姻関係が続いていれば、あなたは我が家の名を出世のために利用できる。あなたがこの結婚に望むのは我が家に入ることで得られる恩恵で、子どもが生まれれば嫌悪する私から解放されるのだから、あなたにも利が多い内容です」

言い募る、と言うには、あまりにサラサラと流れる水のような物言いだ。

一切の感情をのせない彼女に、自分への執着がないことが見て取れて、ユアンは非常に面白くなかった。

彼女の言う通り、嫌いな相手との夫婦関係を無理に続けるよりも、子どもが生まれるまでの苦行だと割り切って生活できるのはありがたい話のはずだ。

それなのに、こうしてトリシアから「お前のことはなんとも思っていない。欲しいのは子種だけだ」と宣言されると、このおきれいな無表情の人形を泣かせてやりたいという欲求が湧き上がってしまう。

ユアンはハッと吐き捨てるように笑った。

回廊でのあの会話を聞かれていたのなら、今更この女の前で取り繕っても無意味だ。冷徹宰相に言いつけられては面倒だと思うが、「契約」などと言い出したということは、告げ口をするつもりはないのだろう。

（なら、ありがたく地で行かせてもらおう）

ばかな女だ、と内心嘲笑《あざわら》う。せっかく優しい夫を演じてやろうと思っていたのに、わざわざ粗野《そや》で底意地の悪い男を引き摺り出すなんて。

（よほど、虐《いじ》められたいと見える）

クックッと喉を鳴らし、自らの夜着のガウンの腰紐を解いた。肩を軽く揺すれば、シルクでできたガウンはスルリと滑り、ストンと床に落ちる。

話し合いの途中でいきなり服を脱ぎ始めたユアンに、トリシアが目を見開いている。元々表情が乏しいのか、そういう演技をしているのかは分からないが、彼女が驚いていることが分かって、少しだけ溜飲が下がった。

もっと感情を見せればいいのに、と思う。

(泣いて、喚いて、俺に縋ればいいのに)

屈服させたいというのは、ユアンの根源ともいうべき欲求だ。

彼は全てを屈服させたい。女も、世間も、貴族も、王も、社会も、この世界も。

そうしなければ、立ち止まることすらできない。

振り返ってはいけないのだ。今はまだ。

驚いて自分に釘付けになっているトリシアの目を見つめ返しながら、ユアンは一歩一歩彼女に近づいた。

夜着のシャツを脱ぎ、無造作に床に放る。鍛え上げた上半身を晒しながら、トリシアの座っているベッドに膝をのせた。

ギシリとスプリングが鳴って、トリシアの身体が揺れる。

黒い柳眉が寄った。焦っているのか、距離を詰めたユアンから逃れるように身動《みじろ》ぎをしている。

(ばかめ)

拙い動きに笑い出したくなる。

ユアンは獲物を追い詰める肉食獣の気分だった。今更どこへ逃げても彼の射程圏内だ。

(さあ、どこから食いついてやろう)

心の裡《うち》で舌なめずりをしながら、トリシアに微笑んだ。

自分を見上げる彼女の複雑な色の瞳に、今度はハッキリと怯えの色が見えて、拍手喝采《かっさい》したくなる。

「ああ、そんな怯えたウサギのような顔をして……。驚いたな。笑いながら人を殺《あや》めたという『血塗れ姫』でも、怖がることがあるのですね」

嫌み混じりのからかいに、トリシアがハッキリと顔を強張らせる。まるで傷ついたといわんばかりの表情に、ユアンの心臓がギクリと音を立てた。

（何を怯む必要がある。本当のことだ）

魔女が見せた弱々しい様子に思わず心が痛んでしまった自分を忌々しく思っていると、トリシアがスッとまた表情を消した。

無表情の盾の後ろに逃げ込まれ、ユアンはムッと口を引き結ぶ。

どうしてか、自分を拒まれたような気になってしまったのだ。

だが別に、拒まれたところで構わないはずだ。彼女の言う通りこれは政略結婚で、ユアンにとってトリシアは出世のための道具でしかない。サマセット公爵家の名を後ろ盾にすれば、これまで届かなかった物事にも手が届くようになり、きっと今よりもずっと楽に動けるようになるはずだ。

この手で救える命が、もっと増やせるに違いない。

ただ搾取《さくしゅ》され、希望を持つことすら許されず、惨めに死んでいくだけの子ども達を、もう見たくない。ユアンにとって出世とは、救う子どもの数を増やすことと同義だ。そして子どもを救うことは、罪滅ぼしでもある。この手で救えなかった命を、他の子どもの命を救うことで補おうとしている。

目の前のこの魔女は、搾取する側の最たる存在のはずだ。

弱い立場の子どもを気に食わないからと刺し殺して、何の罪にも問われていない。権力者の娘として生まれたからという理由で。

だから、そんな唾棄すべき『血塗れ姫』に拒まれたからと言って、苛立ちを覚える必要などないはずだ。互いの立場や性質が相容れないのは明白なのだから。

ユアンは自分にそう言い聞かせ、胸に巣くうもやもやとした苛立ちを押しやって、白い手首を摑んだ。そのあまりの細さに、乱暴にしてしまっただろうかと慌てたが、トリシアが抗う素振りを見せたのでその後悔も瞬時に消えた。

「逃げるつもりですか？　あなたが言い出したんですよ。『子どもが生まれるまでは』と」

嫌みのつもりで言ってやれば、トリシアはハッと小さく息を吞み、それからユアンを見上げる。夜空と大地が入り混じった、奇妙な色の瞳が光っていた。赤い茱萸《ぐみ》のような唇が開いて、言葉を紡ぐ。

「……契約を？」

まだ言うか、と正直ウンザリしたが、別に否やはないはずだ。

子どもが生まれれば、互いに干渉し合わない。——結構じゃないか。

葛藤を振り払ってユアンが鷹揚に頷けば、潤《うる》んだ唇からホッと小さな吐息が零れ、トリリシアが囁くように礼を言った。

「ありがとう」

その声音が、いかにも安堵しましたといったものだったので、妙に癪《しゃく》に障る。「どういたしまして」と微笑みながらも、彼女を泣かせたいという獰猛な感情を抑えられなかった。

その欲望のままトリシアに覆い被さり、小さな唇に噛みつくようなキスをする。

「──っ、んぅっ……！」

体重をかけてやると、華奢な身体は呆気なく押し倒され、ベッドに後頭部をつけた。

（……まるで少女のようだな）

小さな身体だ。自分より二回りは小さい。こんなに非力で脆いくせに、『血塗れ姫』などとたいそうなあだ名をつけられているとは、ちゃんちゃらおかしい。『血塗れ姫』だろうが魔女だろうが、蓋を開けてみればただの脆弱な女に過ぎないのに。

キスに慣れていないのか、震える歯列を割って口の中を舐めれば、ビクリと身を揺らして口を閉じようとする。舌を嚙まれては堪らないので、細い顎を摑んで強引に口を開かせた。

「んっ……ん、んぅう」

逃げ惑う小さな舌をいたぶるように追い詰め、蹂躙《じゅうりん》してやる。

どちらのものとも知れない唾液が口の端から漏れ、白い頬を汚した。その内に抵抗しなくなったので、ようやく大人しくなったかと内心でほくそ笑む。

ゆっくりと唇を離せば、なんとトリシアは白目を剝きかけていた。

「おい！　しっかりしろ！」

焦って頬を叩くと、彼女はゼイゼイと呼吸を繰り返した。

どうやらキスの間、ずっと息を止めていたらしい。

「……唇を合わせている間は、鼻で呼吸をするんだ」

教えてやれば、トリシアは涙の浮かぶ目でユアンを見上げた。

「……なる、ほど……」

途切れがちに吐き出された言葉に、演技や偽りはなさそうだ。

（……男慣れしていないのか？）

意外な事実に、拍子抜けしてしまう。

トリシアは社交界にも滅多に顔を出さない引きこもりだ。だから浮いた話は一つもないが、彼女が常に男の従者を傍に置いていることに、ユアンは気づいていた。

普通の貴族の令嬢なら、傍に置くのは女の使用人だ。つまりあの従者が彼女のお気に入りの愛人なのだろうと思っていたのだが、違ったのだろうか。

もう一度口づければ、彼の指導に素直に従ったようで、今度は呼吸困難に陥る様子はない。しかし不慣れなのは隠しようもなく、ユアンの伸ばした舌から逃げるばかりで、駆け引きをしたり技巧を凝らしたりする様子は微塵もなかった。

こうなると弱い者虐めをしている気分になる。ユアンは内心どうしたものかと唸ってしまった。自分よりも強い者を虐げたいという欲求はあっても、自分よりも弱い者への嗜虐趣味はないからだ。

鼻からの呼吸が上手でない彼女が、時折隙を狙ってハフハフと赤ん坊のように喘《あえ》ぐのがまたいけない。妙に戦意を削がれてしまう。

手酷く扱ってやろうと思っていたが、相手がこれでは非常にやりづらい。というよりも、できない。自分は赤ん坊を蹴り倒せる人間ではない。ちくしょう。

（……仕方ない……）

ユアンはキスの最中、宥《なだ》めるようにそっと小さな頭を撫でてやる。

トリシアが緊張からガチガチに身を強張らせているのに気づいていたからだ。

彼の仕草に優しさが混じったのに気づいたのか、ギュッと閉じていた瞼《まぶた》が開き、彼を不思議そうに見た。

仔猫のような瞳だな、と思う。大きくて丸く、ガラス細工のようにきれいだ。

『血塗れ姫』相手に何を、と自分をせせら笑いたくなったが、処女を相手に今更無体をはたらく気にはなれず、ユアンは宥めるような手つきのまま、小さな輪郭を撫でる。

白い肌は憎たらしいほどすべすべだ。触り心地が良く、ずっと触っていたいという気にさせられる。

（……くそ……こんなはずでは……）

気がつけばキスも忘れてずっと彼女のほっぺたを撫で続けてしまい、トリシアはキョトンとした顔でこちらを見上げていた。

初夜の床で何をやっているんだと自分を叱咤し、ユアンは次に取り掛かる。

名残惜しい感触の頬から顎先へと手を滑らせ、首筋を撫で下ろす。皮膚の薄い場所は敏感なようで、トリシアがピクリと身を揺らし、すっと半眼を閉じた。

感情は読めなくても、感じているかどうかは身体の反応から分かることに気づき、ユアンは心の中で安堵する。人形のように無表情な上、身体まで無反応だったら、正直心が挫《くじ》けていたかもしれない。

浮いた細い鎖骨に唇を落とし吸い上げれば、白い肌に鮮やかな赤が残った。『血塗れ姫』とはいえ、自分の妻となった女に自分の徴《しるし》が付くのは、悪い気分ではない。

その赤い痕を舌でなぞっていると、は、というかわいらしい喘ぎが耳に届いた。

チラリと目を上げると、先ほど撫でまくっていた白い頬を桜色に上気させた顔が見えて、俄然やる気が出てしまう。

単純な自分に呆れてしまうが、性交時、女性を感じさせることに悦びを得る類の男であるため致し方ないだろう。

華奢な身体を覆っている上品なレースの夜着は、初夜の花嫁らしく、清楚なデザインだがうっすらと透けていて、男の欲情をうまく煽る仕様になっている。

ありがたいのかありがたくないのか、実にユアン好みである。

おおむねありがたいその夜着の紐を解くと、真っ白い肌が露わになった。

ゴクリと喉が鳴る。

あまりに白く、まっさらな裸体。まだ誰も足を踏み入れていない雪原のようだった。

今からそこに自分の足跡を残すのだと思うと、妙な背徳感が込み上げる。

（……くそ……！）

ユアンは心の裡でもう一度悪態を吐いた。

目の前の女は、確かに魔女だ。穢れなど一つもないようなきれいな顔と身体で、周囲を騙し篭絡するのだから。

実際にこうして自分が誑《たぶら》かされそうになっているのがなによりの証拠だ。性悪な人殺しだと分かっているのに、本当は純真無垢な少女なのだと勘違いしたくなっている。

ユアンは半ば自棄になって、考えるのをやめた。考えたところで、初夜は初夜だ。ユアンはこの『血塗れ姫』と結婚し、抱かなくてはならない。そして都合のいいことに、彼女を抱きたくて仕方ない衝動に駆られているのだから、何を迷う必要がある。

小さいけれど張りのある丸い乳房を掬い上げるように摑むと、手の中でふるりと柔らかく撓《たわ》んだ。中央には薄紅色の乳輪があり、その頂《いただき》に赤い実のように乳首がのっている。

赤ん坊が母の乳首を本能的に咥えるのは、美味《うま》そうだと思うからだろう。

独自の見解ではあるが、きっと間違っていないだろう、などと勝手なことを思いつつ、当たり前のようにむしゃぶりついた。

「あっ」

トリシアが音を立てて息を呑む。

反応を引き出せたことにほくそ笑みながら、口の中の実が熟して硬くなるまで念入りに舐め転がす。小さな肉の実は敏感なようで、あっという間に芯を持って存在を主張した。

「『血塗れ姫』と呼ばれる悪女でも、ここの作りはそう変わらないな」

クスリと笑ってからかえば、トリシアは唇を噛んで目を閉じた。声を出すまいと息を堪えている様子は、恥ずかしいというよりも、頑固者なのだろうと感じた。

(声を漏らすまいと堪える顔が余計に男を煽るのを知らないらしい)

ユアンはまだ弄っていない方の乳首に移ると、そちらも口に含む。同じようにかわいがりながら、解放した方も指で摘まんでいたぶり続けると、強い刺激に驚いたのか、トリシアが身悶えするように身を捩らせた。

「～～ッ、ハ、ぁッ」

声を堪えるあまり、呼吸に嬌声が混じっている。

熱く甘い掠れた吐息に、ズクリと腰の辺りに重い痺れが走った。

快感を堪える女が、これほどそそられるものだとは。

(クソ……)

心の中で何度目かになる悪態をつくと、ユアンは舌で転がしていた乳首に歯をあてる。

「ひ……！」

微かに聞こえた嬌声に怯えの色が滲んでいて、慌てて乳首を撫でるように舐めた。

快感の中に混じる痛みは、より強い快感を引き出すものだが、さすがに処女にはまだ早かったか。

顔を見ようと乳首から口を離し、身を起こして驚いた。先ほどまで人形みたいな無表情を保っていたトリシアが、すっかり変容していたのだ。

桜色に上気した頬。真っ直ぐで艶やかな黒髪は、くしゃくしゃになって白い肌に纏わりついている。先ほどのキスで腫れた唇は濡れて半開きになり、中から赤い舌が艶めかしく垣間見えている。夜空と大地が入り混じる瞳はぐにゃりと蕩け、涙で潤んで、ぼんやりとユアンを見上げていた。

あまりに美味そうな出来上がりっぷりに、ユアンは瞬きも忘れて食い入るように見つめてしまった。

（……なんだこれ……別人か……？）

昼は淑女、夜は娼婦が男の夢と、騎士仲間が言っていたが、趣《おもむき》は多少異なるだろうが、こういうことかと妙に納得する。

それにしても変わりすぎではないだろうか。

快楽に弱い、という解釈でいいのか。いまいちトリシアという人間が分からないが、とりあえず目の前の彼女は人形なんかじゃない。

生身の、剝き出しの――女そのものだ。

ユアンはゴクリともう一度唾を呑むと、無防備に欲情を晒す愛らしい顔に覆い被さりキスをした。トリシアは拒まず、うっとりと彼の舌を迎え入れてくれる。そのかわいい舌を撫でるように舐めながら、甘い唾液を啜った。

そうやって安心させながら、片方で彼女の身体を手で弄り、着々と攻略を進めていく。なにしろ、彼の雄は既に隆々と立ち上がり、早く目の前の美味そうな女の中に入り込みたいと猛然と喚きたてている。

こんなに気が逸ったのは初めてで、ユアン自身、不可解な衝動に戸惑っているくらいだ。

(……ああ、それにしても、どこもかしこもこんなに気持ちいいなんて……)

浮いた肋骨を数えるように辿り、くびれた腰、柔らかな腹部へと手を移動させつつ、ユアンは眉間に皺を寄せる。気を抜けば陶然とした間抜け面を晒してしまいそうだった。

トリシアの身体は、どこを触ってもクリームのように滑らかで、掌にしっとりと吸い付くようだ。自分よりも少し低い体温がひどく心地好い。

触り心地を堪能しつつ、淡い茂みへと指を伸ばす。

下生えは柔らかくまだ少女のような無垢さを呈していたが、それを掻き分けて進めば熟れた花弁に行きついた。

トリシアがギクリと身を硬くしたのが分かった。恐らく誰かに触れられるのは初めてなのだろう。

(これが演技でなければ、だが)

皮肉っぽく思ったが、この不器用な反応が演技だったら、それはもう拍手するしかないと思う。見破れなかった己が愚かで、トリシアの方が上手《うわて》だったということだろう。

二本の指で花弁をそっと割り開き、入り口の辺りに触れてみれば、薄くだが潤いを滲ませていた。溢れ出るほどとはいかないが、初めてで少しでも快感を得てくれたのだから上々だ。愛蜜を絡めるように指を動かし、一本をゆっくりと中に沈めていく。

「――っ……」

トリシアが目を見開いて、至近距離にあるユアンの目を凝視する。その夜色の瞳が不安げに揺らぐのを目の当たりにし、ぎゅっと胸が締め付けられた。

思わず安心させるように微笑んで、その瞼に口づけた。

魔女を相手に何故こんな真似を、などと考えないでもなかったが、彼女がホッとしたように目元を緩め、自分の頬に己の頬を摺り寄せてきたので、どうでも良くなった。面倒なことは後で考えればいい。

トリシアの中は、熱く、ぬかるんでいて、とても狭かった。

処女なのかもしれないという推測は、確信に変わる。

（これだとしっかり慣らしてやらないと、怪我をさせてしまうかもしれないな）

男性としても大柄な部類に入る自分の身体に見合った大きさのこれを受け入れるのは、処女でなくとも苦痛が伴いかねない。

ユアンはトリシアの唇を甘噛みしてから上体を起こし、名残惜しくも指を抜く。そして彼女の両膝に手をかけると、躊躇せず左右に大きく開かせた。

「……っ、ゃ……」

いきなり脚を開かされ、トリシアが声にならない悲鳴を上げる。

だがユアンはニコリと笑みを浮かべて言った。

「痛い思いをしたくなければ、大人しくしてくださいね」

丁重な言い方の脅迫に、トリシアがグ、と言葉を呑み込むのが分かる。閉じようとしていた脚の力が抜けたことに満足して、丸見えになった彼女の密やかな場所に顔を埋める。彼女の匂いを鼻腔に吸い込んだ。甘酸っぱい、女の匂いだ。間近で見ると、トリシアのそこはまだ熟れ切っていない青さがハッキリと見て取れる。二枚の花弁は艶々としたピンク色で、先ほど指で弄っていなければいまだにぴったりと閉じたままだっただろう。その上にある陰核は小さく、包皮に隠れてほとんど見えなかった。淡い恥毛がなければ、稚い少女のそれと大差ない。

「……っ！」

恥丘全体を舌の腹でべろりと一舐めするとビクン、と華奢な身体がしなった。

おっかなびっくりのその反応がかわいい。余計に優しくしたくなるから、男なんて単純な生き物だ。

いきなり中を弄るよりは、初心者でも快感を拾いやすい陰核を触ってやる方がいいだろうと判断し、そこに舌を這わせた。

「あ……ん、ぁあ！」

肉粒を包皮の上から舌先で弄るように捏《こ》ねれば、初めて嬌声らしい声が上がる。

自分の判断が正しかったことに満足しつつ、ユアンはまずはじっくりとここを攻めることに決めた。包皮ごと両唇で挟み、食むようにしてぐにぐにと扱《しご》く。

「……ッ、ひ、ん、ぁ……っ」

刺激にトリシアが両脚を閉じようとしてきたが、ユアンにしてみれば赤ん坊の戯れ程度の力だ。難なく押さえ込めば、トリシアは諦めたのか、小さな手で顔を覆った。蕩けた表情を隠されたのは惜しいなと思ったが、彼女の下腹部に顔を埋めている状態ではどうせ見られない。

扱いて、時折吸い上げてを繰り返していると、中の粒が芯を持って膨れてくるのが分かった。口から出してやれば、薔薇《ばら》色をした陰核がぷっくりと膨らんで包皮から顔を覗かせている。幼気な雌芯は、プルプルと震えて、まるで鳥の雛のようだ。

舌先を尖らせて上下左右に弄《いじ》ると、トリシアの肌がうっすらと汗ばみ始めた。

高みに駆け上がる兆しにユアンはニタリと口の端を上げ、肉粒をいたぶる速度を速める。

「〜ッ、あぁッ、あっ、ダメっ……！」

白い手がシーツを掻く。

押さえている彼女の膝裏から汗が噴き出して、指が滑った。

白く細い四肢が引き攣《つ》り、爪先がピンと張って空に揺れる。

「あ……――」

その時の声が悲鳴ではなく、呟きであるのが彼女らしいというべきか。

喉を仰け反らせ、張り詰めた弦がプツリと切れるように、トリシアが絶頂に達した。


「……上手にイけましたね」

愛液に塗れた唇を舐めながら褒めたが、聞こえているかどうか。

トリシアは虚ろな目をしてどこか違うところを見ている。

浮いていた足がそろりとシーツに落ち、やがてベッドに沈みこむようにして全身を弛緩させた。

ユアンは力の入っていない脚から手を離すと、脚の付け根に手を伸ばす。

絶頂で身体が緩んだ今ならば、初めてでも中を解しやすくなっているだろう。

快楽を得たことで、花弁はぽってりと充血し、溢れ出た愛蜜でてらてらと光っていた。

もちろん先ほどまで陰核を舐めしゃぶっていたのでユアンの唾液も混じっているだろうが、それでも最初よりはずっと蕩けている。

両手で花弁をぱっくりと開いた。途端、とろりと流れ落ちる愛蜜に、思わず舌を伸ばして舐め取っていた。何故かもったいない、と思ってしまったのだ。

(もったいない？　何を考えているんだ、俺は)

そんなこと、これまで思ったこともないのに。

性交時、相手を悦ばせることに楽しみを見出す類の男であると自覚していたが、その体液を舐め取ることに悦びを感じたことはない。トリシアとのこの行為で、今まで自分が経験したことのないような感覚に陥る回数が多い気がするのは、やはり相手が魔女だからなのか。

ともあれ、舐めてしまったものは仕方ない。ついでだからと零れた愛蜜を啜り上げると、その刺激に花弁の奥の膣肉がきゅう、と蠢《うごめ》いた。

（……ああ、もう……！）

このよく熟れた泥濘《ぬかるみ》が自分の屹立を呑み込む姿を想像して、逸る欲望が加速する。

既に腹につくほど勃ち上がり切っている己の肉竿が、更にいきり立って痛いほどだ。先走りの涎《よだれ》をダラダラと零しているのが、濡れた感触で分かる。

今すぐにでもこの中に入りたいが、逸る気持ちのままに解してもいない処女の中にコレをぶち込むのはさすがにまずい。

ユアンは奥歯を噛んで衝動に耐え、入れ込みたいものではなく、己の中指をそっと蜜口に滑り込ませた。

思った通り、余計な力が抜けた分、そこはすんなりと彼の指を呑み込むことができた。

彼女の中は熱く、溢れんばかりに潤っていた。弛緩しているのに、細やかな媚肉がうねうねと動き、指に絡みついてくる。

（ここに入れたらさぞかし……）

その時の快楽を思うと、脳が痺れそうだ。

纏わりつく襞を指の腹で撫で、掻き分けるようにして奥へと進む。

「ん……ふ、ぅん……」

くたりとしながらも、自分の中に入っている彼の指の存在はしっかり感じ取っているようで、トリシアが身動ぎをしながら鼻にかかった甘い声で鳴いた。

その唇を舐めたい衝動に駆られたが、今は彼女の中を解すことが先決だ。

一本は痛がらないようだったので、人差し指を追加すると、まだ開かれたことのない隘路はさすがにみっしりとした感じはあったものの、つかえることなく受け入れてくれた。

二本になった指をバラバラと交互に動かしたり、襞を引っ掻くようにしながら、少しずつ中の肉を解していく。

トリシアは相変わらずあまり声を出さないが感度は良いようで、愛液は後から後から溢れ出てきて、ユアンの手を手首までぐっしょりと濡らしている。

顔を上げて彼女を窺えば、美しい顔を紅潮させ、小さな拳を口に押し当てて苦悶の表情を浮かべていた。苦しげでありながら、隠しきれない甘さが滲み出たその顔に、ユアンの喉からとうとう唸り声が漏れ出した。

「……クソ！」

ずっと心の中で言っていた悪態を口にして、ユアンは手早く夜着の腰紐を解いて前を寛げる。途端、ブルンと飛び出してきた己のものに苦笑が込み上げる。

ゆったりとした夜着の中でさえ窮屈だったそれは、今か今かと言わんばかりに太い血管を浮き立たせ、天を衝くように隆々と勃ち上がっていた。

その硬い切っ先を、トリシアの濡れそぼった蜜口に宛てがう。

くちゅり、と愛らしくも淫靡な音が立つ。そのまま押し込んでしまいたい気持ちを堪え、ユアンは自分のものにトリシアの愛液をなすりつけるように動かした。

「……んっ、ぁ、……っ」

張り出した笠の部分でわざと陰核を擦れば、トリシアが熱い吐息を零す。ユアンは腰の動きを速めた。割れ目の上をこうして滑らせるだけでも気持ちが良かった。

「ああ……まだ溢れてきますね。いやらしいな。気持ちいいですか？」

愛蜜が溢れ、どんどん滑りが良くなる様子に笑いが滲む。からかうというよりは、彼女が快感を得ているのを確認したくて言えば、トリシアは眉を下げ、涙目でこちらを見上げてくる。途方に暮れた、というのが相応しいその表情に、心臓が鷲摑みにされた。

「……あなたは、本当にっ……」

(平民を……罪のない子どもを簡単に刺し殺すような悪女のくせに……！)

どうしてこのように無垢を装えるのか。

それとも心と肉体は切り離せるとでも言うのか。

心は悪に染まっていても、肉体だけは無垢のまま？

(何をばかなことを)

トリシアを抱こうとしてから何度同じような葛藤を抱いているのか。

自分に呆れながら、ユアンは腰を止める。トリシアが不思議そうに潤んだ目を向けてきたが、ユアンはその目を見返さなかった。その不思議な色合いの瞳を見たら、また無駄な葛藤に陥ってしまう。

無言で己の切っ先を蜜口に据えた。そのまま腰を押し進めると、ぐぷりと浅い場所まで埋め込まれる。

「……はっ……」

熱い吐息が零れた。気持ちいい。熱い泥濘は鈴口に吸い付くようで、まだ亀頭すら入っていないのにねっとりと彼に絡みついた。

快感に引きずられて腰を進めると、トリシアが「ひぅっ」と情けない声を出す。

だが顔を見ればこの先に進めなくなりそうで、ユアンはやはりあえてそちらを見なかった。細い膝を抱え直すと、小刻みに腰を振って少しずつ彼女の中を侵略していく。

濡れてはいても隘路は頑なで、なかなか彼を受け入れようとしない。

ユアンは辛抱強く腰を振りながら、トリシアに囁いた。

「力を抜いて」

彼の言葉に、自分が身を強張らせていたことに気づいたのか、トリシアがそろそろと身体の緊張を緩めていくのが分かる。本当に、素直で従順な幼子《おさなご》のようだ。

彼女が力を抜いたおかげで膣口が緩み、弾力のある亀頭の半ばまでが入り込んだ。ユアンは半ば本能の促すまま腰を鋭く突き出す。

ずぶり、と身のきつく締まった泥濘の中に押し入った。

「あッ――――!!」

破瓜《はか》の痛みに対しても、トリシアが上げた悲鳴は小さかった。

四肢を引き攣らせ、目を剝きながらも、彼女は泣き言を口にしない。小さな身体を震わせて、一人で耐えようとしている。

ユアンは彼女に覆い被さるようにして顔を撫で、涙の溜まった目尻にキスを落とした。

「……すみません。痛いですか？」

トリシアは目を閉じて小さく左右に首を振る。

それが嘘だと分かってはいたが、この状態で終われるはずもない。

ユアンはトリシアの頬を掌で撫で、すみません、ともう一度謝った。

「あと少し我慢してください。できるだけ早く終わらせますから」

女性との交わりでこんな台詞を吐いたことなど、これまで一度もないなと内心苦笑しながら、上体を起こした。

再び抽送を始めると、蜜壁がぎゅうぎゅうと拳で握るように締め付けてくる。みっちりとした肉襞をこそぐように掻き分けて出し入れするのは、トリシアには申し訳ないが、非常に気持ち良かった。

ユアンはトリシアを見下ろした。

真っ白で嫋《たお》やかな女体が、自分の動きに合わせて揺さ振られている。

大きくはないが形の良い乳房がふるんふるんと揺れるさまが堪らない。子どものような悪戯心が湧いてきて、その頂の赤い実を両方共摘まんで引っ張れば、トリシアが目を見開いて、中がぎゅんと蠢いた。

「……っ」

悪戯の結果、息を詰めたのはこちらの方だった。

腰に襲い来る射精感を堪えかねて、早く終わらせなくてはいけないということを思い出し、そのまま快感に委ねて腰を振る速度を上げる。

パンパンパンパン、と拍手のような音が部屋に響く。

「っ、……ぅっ、ひ、ぁ、っぅ、あ、ぁあっ……」

自分の内側を硬い肉棒で激しく掻き回される衝撃に耐えかねたように、トリシアが高く、かぼそく鳴き声を上げた。死にかけた小鳥の悲鳴のようなその嬌声に、何故か胸に熱いものが込み上げる。

これ以上その不可思議な感情に振り回されたくなくて、ユアンは小さな赤い口をキスで塞いだ。噛みつくようなその口づけに驚いたのか、トリシアの中がぎゅうっと肉棹を締め付ける。

「……っく……」

熱く痺れる快感が腰から背中に駆け上り、滾る熱が限界を突破する。

幼気な女陰を侵す肉茎に、爆ぜろとばかりに血液が流れ込み、愉悦《ゆえつ》が下半身でドッと膨らんで弾け飛んだ。

びゅるびゅると熱い射液が迸《ほとばし》った。いつまでも続きそうな長い絶頂に、ユアンは茫然とトリシアの白い腹を見下ろす。

自分の子種が彼女の子宮に注がれているのだと思うと、自然と手がその腹に伸びた。掌を広げ、薄い下腹部に触れる。白い肌は汗でしっとりと湿っていた。ぐ、と上から押さえると、中に挿入《はい》っている己の肉棒の形を感じ取れる。

「……や、ぁ……」

圧迫感に、トリシアがむずかって声を上げた。子どもの泣き声のような幼気な声だ。どう考えても色っぽいものではないはずなのに、妙に艶めかしく聞こえて顔を顰《しか》めてしまう。

「……はは……」

ユアンは乾いた声で笑った。

吐精したばかりだというのに、全く萎《な》える気配がない。それどころか、トリシアの声に煽られて、完全に臨戦態勢だ。

「すみません、トリシア。……もう少し付き合ってください」

言いながら、彼女の中から抜くこともせず、再び腰を揺すり始める。

「……え……？　ええ？」

トリシアはまた揺さ振られている状況が呑み込めないのか、目を丸くしつつ曖昧な言葉しか出てこない。

処女相手に申し訳ないと思いつつも、滾った一物は嬉々としてトリシアの中をじゅぶじゅぶと侵《おか》している。

「や、こ、こんなの、本に、書いて、なっ……！」

イヤイヤと首を振って漏らされた呟きに、ユアンは「くはっ」と笑ってしまった。

恐らく結婚に際して閨事《ねやごと》の勉強とやらもしたのだろう。そこには立て続けに二度挑まれるという内容は書かれていなかったに違いない。

（彼女の計画にはなかったってことか）

彼女の言い出した気に食わない『契約』の内容が思い出されて、ムカムカした気持ちが蘇ってくる。

ユアンは意地悪く口の端を上げた。

「早く子どもができた方がいいでしょう？　『契約』なんですから」

ユアンの笑顔に、トリシアが蒼褪めて唇を引き結ぶ。

怯えを滲ませながらも、それを悟られまいとする健気な様子に、ユアンは内心舌なめずりをした。

（泣かせてやる）

『契約』を持ち掛け、あくまで自分が上に立とうとする彼女に、萎えていた征服欲がむらむらと再燃する。

「子どもができるまで、でしたか？　精々お相手願いますよ、奥様」

嫣然《えんぜん》と微笑んで言い放つと、トリシアがゴクリと唾を呑む音が聞こえてきた。

——長い夜になりそうだ。

＊＊＊

蜂蜜色の金の髪が、血に濡れて黒く固まっている。

薄い胸に突き立てられた短剣。そこからドクドクと鮮血が溢れ出ていた。

『助けて……痛いよ、ユアン……ボス』

血で穢れた華奢な細い腕を伸ばし、天使のように愛くるしい顔を歪めて、少年が呟く。

少年は視線を彷徨わせていたが、自分を見つけると、ヒタリとこちらへ焦点を据えた。

『ボス！　どうして……？　どうして、助けてくれなかったの……？』

ユアンは動けなかった。

金縛りにあったように、呻き声一つ上げられない。

少年は血だまりから一歩、また一歩と足を引きずるようにしてこちらに近づいてくる。

『僕、呼んだのに……。ボスを呼んだのに……』

すまない、とユアンは心の中で叫ぶ。

すまない。すまない。助けてやれなくて、すまなかった。

だが心の叫びは少年に伝わることなく、少年は口から血をごぼごぼと吐き出しながら、恨めしげにこちらを睨み上げる。

『呼んだら僕を助けてくれるって、約束したくせに……！』

そうだ。約束したのに。どうして俺は、お前を救ってやれなかったのだろう。

すまない。すまない。すまない。

必死に懺悔《ざんげ》するのに、許しは与えられない。

『……許さないよ、ボス。どうして僕を助けてくれなかった君が、そんな場所に立っているの？　僕を殺した奴らと同じ場所で、笑っているの？』

違う。笑ってなどいない。

そこにいたままじゃ、誰も救えないって分かっただけだ。

地べたを這いつくばるような場所じゃ、何もできない。貴族だの金持ちだのの気分次第で蹴り殺されるようなネズミのままだ。誰かを救うなんて、身の程知らずもいいところだ。

現に助けると約束した人達を自分は全て見殺しにしてきた。

この世は金と権力が全てだ。

だから、上に行かなければいけない。

だから――

『許さない』

ユアンの腕を、少年が摑んで断罪する。

その手が血に塗れたものではなくなっているのに気づいて目を上げれば、目の前には微笑む少女の姿があった。

美しい少女だ。

夏の陽射しのような白金の髪、新緑のような鮮やかな翡翠色の瞳。

自分と同じ特徴を持つその姿に、涙が込み上げた。

――姉さん。

記憶の中の少女の姿のままで、姉が微笑みを浮かべて彼を詰《なじ》る。

『許さないわ、嘘つきユアン。助けに来るって言ったのに』

ユアンは首を振った。

否定したかったのか、謝りたかったのか、自分でももう分からない。

助けたかった。だが、間に合わなかった。

『苦しかったのに。全てを奪われて、踏みにじられて、私は死んだのに』

姉さん。姉さん。姉さん。

俺は弱かった。力がなかった。あなたを助けられなかった。

だから力をつけたかった。強くなって、姉さんを痛めつけた全ての奴らを木っ端みじんにしてやりたかった。

『ばかなユアン。私を助けられなかったくせに』

せせら笑って姉が言う。

『誰も助けられなかったくせに、今更なにをするつもり？』

ぐうの音も出ない問いに、虚無感が襲い掛かる。

姉の微笑みが遠ざかり、辺りが闇に包まれていく。

血塗れの少年も、血だまりも、嘲笑う姉もいなくなって、ユアンは唐突に目を覚ました。

視界に、見慣れぬ模様が見えた。太陽と月の絵だ。

天蓋の絵だ、と気づいて、昨日自分が結婚したことを思い出した。

隣を見れば、妻となったトリシアが、陸に上がった白魚のように、くったりとその嫋やかな裸体を投げ出して眠っている。夕べ、この身体を貪るように抱いたのだ。

思いのほかかわいらしく、甘美だったトリシアに、図らずも夢中になってしまったのだ。

「……くそ……」

ユアンは呻くように悪態をつく。

夢の残滓《ざんし》に、新妻との甘美な初夜の記憶を毒に変えられて、彼の心を厳しく冷やした。

（……そうだ。俺は『血塗れ姫』と結婚して、あの『冷徹公』サマセット公の娘婿になったのだった）

大貴族の位と権力との両方を手中にしたようなものだ。

昇り詰めたのだ。

「……今更、引き返せないんだ」

夢の中の少年と姉に向かって呟き、ユアンはベッドから下りた。

初夜の翌朝だと分かっていたが、このままトリシアの隣で眠る気はしなかった。

『血塗れ姫』を妻にしてしまった現実から、少しでもいいから離れたかった。

＊＊＊

猫脚のバスタブの中に、ソロリ、ソロリと身を滑らせていく。

やがて肩まで湯に浸かると、トリシアはぐっと手足を伸ばし、大きな溜息を吐いた。

温い湯が心地好い。レノの指示だろうか、トリシアの好きなラベンダーの香料が入れられているようで、安らぐ芳香に自然と身体が緩む。

（……ひどい目に遭ったわ……）

夕べの初夜を思い出し、ぐったりとバスタブに背を預けた。

結婚するのだから、閨事についても覚悟はしていたつもりだった。

そういった知識は、結婚前に母親から教えられるのが一般的である。或いは、耳年増《みみどしま》な令嬢たちとの交流で学んでいくものなのだが、トリシアの母は鬼籍にあるし、貴族令嬢に友人もいない。家の使用人たちからすら敬遠されているため、これまでそういう知識はゼロに等しい状態だった。

しかし結婚が決まり、危機を感じたトリシアは、ひとまず書物から情報を得ることにしたのだ。

（まさか、レノに聞くわけにもいかないし）

亡くなった母に代わり、トリシアを守ってきてくれた人だが、レノは一応男性だ。主と従者という関係ではあるけれど、どちらかと言えば親子のような絆《きずな》を築いてきただけに、余計に訊きづらい。

そして実の父親などもっての外だ。

恐らく父は、トリシアの性教育を自分がしなくてはならないなどと考えたことすらないだろうが、されたところでこちらも困る。父の場合、いろいろ突拍子もない考えを思いついてしまう人なので、逆に何を教えられてしまうのか戦々恐々としてしまっただろうから。

幸運にも家の図書室に、『淑女のための基礎知識～結婚編～』という百年ほど前からありそうな礼儀作法の指南書があったので、それを読んでみたのだが、内容が抽象的すぎてさっぱり理解できなかった。

仕方なくトリシアは、唯一の友人であるローレンを頼ることにした。城下町にある雑貨屋の店主で、トリシアがお忍びで会いに行く目的の相手である。

蜂蜜のような金髪を結い上げたふくよかな身体つきのローレンは、トリシアの頼みごとを大笑いをして引き受けてくれた。

『アンタもそんな年になったのねぇ！　なんかいつまで経っても変わんない印象だから、変な感じだわ！』

まるで自分がトリシアよりも年上みたいな物言いだが、ローレンはトリシアの一つ下だ。若くしてこの雑貨店の店主になったのには経緯《いきさつ》があるのだが、ともあれ少々豊満すぎる肉体を持つローレンは、頼り甲斐がありそうに見えるためか、年上に見られがちである。

『相手はあのユアン・ヘドランドなんでしょう？　彼なら大丈夫よ！　度量の大きい男だ

もの！　きっとトリーのことを理解してくれるわ！』

トリシアの結婚が決まった時、ローレンはそう言って喜んでくれた。

平民上がりの成り上がり騎士ユアンは民の希望だ。平民でも頑張ればのし上がれるのだと大人達は誇らしげに彼を語り、子ども達は皆彼に憧れて騎士を目指す。ローレンも彼の信奉者の一人なのだろう。

この結婚がトリシアにとって良いものだと信じて疑わないローレンに、例の『計画』について説明するのは気が引ける。いずれ分かることになるだろうが、今はまだ言うまいと心に決めていた。

ともあれ、親友であるローレンは、トリシアの幸せのために、男女の営みについて詳細かつ的確に教えてくれたのだったが……。

（現実は、ローレンの知識をも、遥かに凌駕《りょうが》していたわ……）

ローレンの話では、男性は一度吐精すれば収まるということだった。

男性の身体の仕組みからいけば、精液という子種の混じった体液が女性との性交の刺激によって放出された後は、再び精液が生成されるまでに数刻かかるはずだ。

それなのに、ユアンは立て続けに三度も放ったのだ。休憩などまったくなしに！

それだけではなく、トリシアの身体中を舐め回し、至るところに噛み痕や吸い痕をつけた。トリシアが感じるところを見つけては、執拗にそこを攻め続けるという拷問にも近い抱き方をされて、トリシアは正気を失うかと思った。

夜が明けるまで何度も挑まれ、失神するまで抱き潰されたのだ。

(……とんでもない人と結婚してしまったのではないかしら……)

予想外の事態に、トリシアは不安を抱え始めていた。

初めてだったというのに、快感を知り、絶頂に達することまで覚えさせられてしまった。無論、トリシアにとっては初めての経験ばかりだ。

(あんなふうな……重くて、甘い悦びがあるなんて……)

自分の身体を作り替えられてしまったような気がして、怖い。

あんなふうに誰かと密着したり、感覚を共有するという密度の濃い快楽を繰り返し与えられたら——それを想像して、トリシアはブルリと身を震わせる。

(私、ユアン様なしではいられなくなってしまうのではないかしら……)

ただでさえ、憧れを抱いていた相手だ。あの会話を聞いてしまって、それまで抱いていた『もしかしたら彼ならば、本当の自分を見てくれるのでは』という淡い期待は、アッサリと裏切られた。だからもう期待してはいけないと分かっているはずなのに。

昨夜自分に触れた彼の手は、ひたすらに優しかった。大切に抱いてくれているのだと錯覚してしまうほどに。

もっと手酷く抱かれるのだと思っていたから、余計にそんな愚かなことを考えてしまうのだ。

「ダメ。ダメよ、トリシア……」

自分の頬を両手でパンと叩き、トリシアは自戒する。

期待してはダメだ。絶対にダメ。

ユアンはトリシアのことなどなんとも思っていない。

出世のために、嫌悪している『血塗れ姫』と仕方なく結婚しただけなのだから。

子どもができれば、すぐにでも他に愛人を作ってそちらへ行ってしまうだろう。そんな人に依存してしまえば、辛いだけだ。

（……『契約』のことを早めに切り出して良かった……）

『子どもができれば、互いの行動には関与しない』

ユアンに提示したこの契約が、トリシア自身の戒めになるだろう。

トリシアは、この結婚で『冷徹公』の娘としての自分を全て捨て去る計画を立てていた。

（『血塗れ姫』じゃない私になりたい）

不可能だと思っていた切望が、もしかしたら、という期待に変わったのは、レノの言葉がきっかけだった。

父からユアンとの結婚を言い渡され、困惑するトリシアに、レノが言ったのだ。

『政略結婚も、悪いことばかりではないかもしれません。貴族社会では、子どもを生んだ後は互いに不干渉である夫婦が少なくありません。結婚してしまえば、シーモア家の表立った社交は夫君に任せてしまえますし、いずれかの領地のカントリーハウスにお住まいになられれば、トリシア様も社交界の煩わしい目から解放されましょう』

(……そうか。私が『血塗れ姫』だと知られていない場所へ行けばいいんだわ)

結婚し、子どもが生まれた後は、自分のことを誰も知らない土地へ行って、違う名前で生きるのだ。トリシアを『血塗れ姫』として扱わない人達の中で生きる未来を想像すると、目が眩むほど輝かしく見えた。

浅はかな考えだと脳裏に戒めが過《よぎ》ったが、トリシアにとってはずっと抱えてきた重く辛い荷物を手放せる唯一の光に思えたのだ。

(子どもが生まれたら、海を越えて隣国へ行こう)

隣国ならばトリシアを知る者はいない。幸いにして、亡くなった母がトリシア名義で充分な財産を遺してくれていたので生活に困ることはないだろう。

子どもはいずれこの家に戻さなければならない。シーモア家の跡取りとして教育されるべきだろうから。だが物心がつくまでは、自分の傍で育てたい。

自分勝手ないろんな条件を考え、レノに伝えれば、わずかに眉を上げて『良いのではないでしょうか』と答えてくれた。トリシアが『血塗れ姫』と呼ばれるようになってから苦しみ続けてきたのを、一番近くで見ていたレノだ。もしかしたら、そう言わざるを得なかったのかもしれない。

『血塗れ姫』から脱却し、ありのままの自分でいたい。

それがトリシアの求めた『自由』だった。

ユアンの方とて、嫌悪しているトリシアが自分に執着するなど、きっと迷惑なだけの話だ。
なにしろ、あの『契約』に頷いた人なのだから。
だからユアンに依存など、絶対にしてはいけない。
（これは、『契約』のためだけの結婚）
トリシアはもう一度心の中で唱える。
決して道を踏み外さないように。

第三章　新婚旅行

結婚式が終われば、新婚旅行である。

父のはからいか、ユアンがひと月ほどの休みをもらえると聞いたので、トリシアはその行き先に隣国ランスを選んだ。

無論、子どもが生まれた後の自分の落ち着き先を見ておきたいという理由からだ。

海を挟んで南に位置するランスは、このイストリア王国と友好関係を結んで久しい。島国であるイストリアに比べ、大陸にあり周囲を列強に取り囲まれているランスは、常に侵略の脅威に晒されていると言っても過言ではない。

イストリアという大国の後ろ盾が重要視されていることは子どもが考えても分かる。

故にランスではイストリアからの移民に寛容である。イストリアの多くの貴族や金持ちが別荘を建てて保養地にしたりもしているため、そこにトリシアが紛れても何の問題もないだろう。

なにより、ランスにはトリシアの母の生家がある。

両親の結婚は、王家の傍流の血統であるサマセット公爵家嫡男である父と、同様にランスの王弟殿下の娘であった母との政略結婚だったのだ。

幼い頃に亡くなったせいであまり記憶はないが、トリシアを慈しみ愛してくれたという母の故郷であるならば、いろんなことがうまくいきそうだ。何の根拠もない子ども染みた考えだとは思うが。

ともあれ、新婚旅行である。

結婚式から二日後、トリシアとユアンはランスに向かう船に乗っていた。

イストリアから大陸に渡るための船旅はランスの港へ向かうのが最も近い。だがそれでも丸二日の船旅だ。

引きこもりのトリシアは、外国に行くのはおろか、こんな大きな蒸気船に乗ることすら初めてである。いささか興奮しつつ、デッキから海を眺めた。

海をこんなに間近で見たのも初めてだった。

昼間の海は、青にも緑にも見える暗い色合いだ。波の動きに合わせて陽光を乱反射する様子が、まるでそれ自体が大きな生き物のように躍動《やくどう》的で、トリシアは見入ってしまった。

「船は初めてですか？」

背後から声をかけられビクリとして振り返れば、ユアンが面白がるような顔でこちらへ歩いてくるところだった。

見られていたことに何故か焦りを覚え、トリシアは慌てて彼から目を逸らし、黙って頷いた。ぶっきらぼうな態度に見えただろうなと思ったが、ユアンは気にしていないようだ。

「俺も初めてです」

意外な言葉に驚いて目を上げれば、鮮やかな翡翠色がじっとこちらを見つめていてギョッとする。

「へえ。表情は固まったままだけど、よく見れば目に出るんですね、感情が」

「……な」

自分を観察されていたのだと気づき、じわりと嫌な感情が胸に広がった。

好奇の目だと思った。

トリシアはこれまで幾度もこういう目に晒されてきた。

『冷徹公の娘』、『血塗れ姫』がどんな顔をしているのか見てやろう——そういう悪意が籠った眼差しだ。

ぐう、と喉元にせり上がってきた熱いものを、腹に力を込めてやり過ごす。

泣いてはダメだ。

泣くのも笑うのも、信頼できる人の前でないといけない。

心の中で呪文のように唱え、トリシアはスッと息を吐く。

そうすると、猛々しい感情が冷え、平坦な心でユアンを見返すことができた。

トリシアの凪《な》いだ眼差しに、ユアンがわずかに目を眇める。

「俺には自分の感情を見せたくないですか？」

形の良い唇が動いて、彼が何か呟いたのが分かったが、ちょうど船の汽笛が鳴ったのと重なって聞き取れなかった。

「……今、何か仰いましたか？」

汽笛の音がやむのを待って訊ねたが、ユアンは「いいえ」と笑顔で首を振る。

話をかわされたのではと思ったが、重ねて問うのも気が引けた。

沈黙が降りそうになり、何か話した方がいいだろうかと話題を探す。

「……船が、初めてと……」

先ほどまでの会話を思い出し、それを振ってみる。

するとユアンは「ああ」と小さく笑う。

「そうですよ。意外ですか？」

騎士という職業だから、いろんな場所に派遣されているだろうと思っていたので、確かに意外だった。素直にコクリと首肯すれば、ユアンはふ、と鼻を鳴らした。

「大陸の情勢も安定しているここ十年、戦争らしい戦争は起きていない。俺たち騎士団の仕事と言えば、王国内の治安維持がもっぱらだ。遠方への視察なんかは、箔の付いた方々――つまりは貴族位をお持ちの方々じゃないとできない仕事なんですよ。俺みたいな平民の成り上がりには回ってこないんです」

その口ぶりには皮肉っぽい響きがあって、彼が貴族位を持つ人に対してあまり良い感情を抱いていないことが窺えた。

そうだろうな、とトリシアは納得する。

平民で騎士になるのはなかなか難しいはずだ。周囲は貴族ばかりの中で、平民であった彼が苦労しないはずがない。きっと差別や偏見などとの闘いだっただろう。

その中でこうして頭角を現すということは、即ち彼が騎士として抜きんでて優秀であったからでもあるだろうが、それ以上に彼の忍耐力と処世術が巧みであったからだろう。

「……そうなんですか……」

なんと返せばいいものかと思案して、結果できたのはそんな無難な相槌《あいづち》だけだった。

自分の会話能力のなさに情けなくなっていると、ユアンが肩を竦めてにっこりと微笑む。

一見紳士然としたその笑みに、トリシアはハッと息を呑んだ。

(……また、嘘の笑顔……)

表情は優しそうだけれど、翡翠色の瞳が冷え切っている。

「騎士になっても仕事じゃなければ蒸気船に乗る金なんかありませんし、騎士じゃない時は生きていくだけで精一杯でした。だから、トリシア様の方が不思議ですよ。どうして船に乗ったことがなかったんですか？」

「――」

トリシアには、彼の言外の言葉が突き刺さるように分かった。

『貴族で金も暇もあるお前が』

自分に対するユアンの嫌悪が決して勘違いなどではないことを再確認して、トリシアは蒼褪める。

「……私は、あまり外に出るのを好まないのです」

怯んだことを悟られないように、必死で口の端を上げて答えた。

ニコリ、となんとか形になった笑みを見て、ユアンが驚いたように目を瞠る。

「……だったら何故、新婚旅行など？　別に無理に行かなくてはならないものではなかったでしょうに」

少し不機嫌そうな声音に、トリシアは目を伏せた。

（……彼にしてみれば、私との新婚旅行なんて、迷惑なだけだったのでしょうけど……）

自虐めいた独白に、苦笑が込み上げる。表情にはおくびにも出さなかったが。

「……一度、見てみたかったのです」

静かなトリシアの答えに納得したのか、ユアンは黙って頷き、それ以上追及しなかった。

「俺はそろそろ部屋に戻ります。あなたも危険がないように……」

そこまで言いかけて、フッと視線を後ろの方に投げ、皮肉気な表情になる。

「……ああ、俺が言うまでもないですね。あなたの従者は優秀だ」

言われてそちらへ目を遣れば、少し離れた場所にレノの姿を見つけた。荷解きを終えてトリシアの安否を確認しにきてくれたのだろう。

「まさか新婚旅行にまで連れてくるとは思わなかったな」

今度の囁きは耳に届いた。驚いて顔を上げて言う。

「レノは……彼は、私の従者ですから」

「女性は普通、侍女を傍に置くものでは？」

訊ねるユアンの顔に浮かんでいる笑みが薄ら笑いに見えて、トリシアは胸がざわりとする。彼が言わんとしていることを理解して、不愉快になり奥歯を噛んだ。

ユアンは、レノがトリシアの愛人なのでは、と匂わせているのだ。

「……幼い時から、私の面倒を見て来てくれた者です」

「なるほど」

ユアンはそう言って肩を上げた。納得する言葉を吐いているが、きっと理解はしていない。するつもりもないのだろう。

歯噛みしたいような気持ちになったが、あの『契約』を持ち出したのが自分である以上、こちらの言葉には何の信憑性もないだろう。

（……まただ。私はいつも、自分の首を絞めている……）

情けなさに熱いものが込み上げて、慌ててゴクリと飲み下す。

（……落ち着きなさい、トリシア。ユアン様にどう思われたっていいじゃない。彼には嫌われた方がいい。自由を手にするのでしょう？）

自分に言い聞かせて初めて、トリシアはユアンに嫌われたくないと思っている自分に気がついた。

彼には依存してはいけないと分かっているのに、どうしてだろう。

「では、俺はこれで」

ニコリ、とまた嘘の笑顔でそう言い置いて、ユアンは立ち去って行った。

その後ろ姿を見つめながら、トリシアはこの結婚への不安が、日に日に大きくなっていくような気がして、重たい溜息を吐いた。

その後レノと一緒にしばらく船の中を散策して部屋に戻ったが、ユアンの姿はなかった。

夕食の時刻間際にようやく姿を見せたユアンは、先ほどの気まずい会話などなかったかのように、にこやかにトリシアをエスコートする。

「では、参りましょうか」

差し出された腕に、そっと自分の手を置いて食堂へと向かう。

(……あ……)

彼の身体に寄り添った瞬間、ふわりとオードトワレの芳香が鼻腔を擽った。

芳醇な薔薇の香りに、スパイシーなムスクがほんの少し混じる官能的なオードトワレ
——女性物だとすぐに分かる。

こんなにハッキリと移り香がするほど、誰か他の女性と寄り添ったのだと思うと、胸が軋んだ。

だが自分がそれに文句を言える立場にはないことを、トリシアは十二分に理解している。

移り香になど気づいていない振りをして、彼の誘導に合わせて足を踏み出した。

貴族向けの客船であるため、食事の内容も豪華だった。

前菜のテリーヌ、ホワイトアスパラのスープ、スズキのパイ包み、子羊のソテー……給仕の男性が事細かに料理の説明をしてくれるのを、ユアンがワインを片手に時折頷きながら聞いている。

トリシアは黙々とそれらを口に運んだが、味はほとんど分からなかった。

移り香一つでどうしてこんなにも動揺しているのかと、我ながらおかしくなる。

ユアンとは契約上の結婚。子どもができてしまえば、ほとんど無関係になる人だ。そう自分から望んだはずなのに。

(一度肌を合わせてしまえば、その相手に執着してしまうものなのかしら)

心は身体に引きずられると何かの本で読んだことがある。これがそういうことなのだろうか。

確かに、ユアンが自分に触れる手の優しさが、泣きたくなるほど嬉しかった。彼の温もりに、ずっとこの腕の中にいたいと思ってしまうほどに。

こんな想いになるのなら、あんなふうに抱いてほしくなかった。

手酷くされて、もう二度と触れられたくないと、苦痛を感じるくらいで良かったのだ。

「美味《おい》しかったですか?」

声をかけられて、トリシアはハッと物思いから我に返る。

気がつけばデザートが給仕され、食事が終わろうとしていた。

ユアンが首を小さく傾げて苦い笑みを浮かべている。

「ずっと上の空でしたね。俺では話し相手にもならなかったかな」

「……そ、そんな……」

そうではないと首を振りかけ、実際に食事の間、彼とほとんど話をしなかった以上言い訳のしようがないと気づき、口を噤んだ。

何を言えばいいのか分からず、目の前の赤い色をした冷製菓子が、とろりと蕩けるのを見つめる。

「ああ、あの従者の彼もいた方が、あなたには良かったのかもしれませんね」

当て擦《こす》るような言葉に、トリシアはパッと顔を上げてユアンを睨んだ。

美しく微笑む顔が憎たらしい。教会の絵画の中の、神の御使《みつか》いのような美貌なのに、悪魔のように意地が悪い。

「……先程も言いましたが、レノは、従者です。主と食事をしたり致しません」

彼の思うような関係ではないし、レノはそんな弁えない使用人ではないと抗議するつもりで言ったのに、ユアンはせせら笑った。

「ああ、そうでしたね。あなたが使用人と食事などするはずがない。――気に喰わなければ殺せばいい、その程度の存在だ」

空気が凍りつく。

(――いいえ、凍りついているのは、私だけだわ)

ユアンは笑っている。和やかなまでの表情だ。

周囲の人達も、談笑して食事を楽しんでいる。隣の席の人が何を話しているかなど興味もないだろう。

面と向かって、彼が自分をどう思っているのかを突きつけられたのは、初めてだった。

『人殺し』――彼はトリシアをそう思っている。

だが思えば、何故今までそう言わなかったのか不思議なくらいだ。

気に喰わない女との結婚で、自分をばかにするかのような条件の『契約』まで提示されたのだ。腹の中で思っていることの一つや二つ、声にしてもおかしくはないだろうに、これまで彼は文句の一つも言わなかった。

（ああ、そうか。今までは、お父様が傍にいたから……）

父の目があるところで娘を詰るのは気が引けたということか。

こうして父の目のない場所では、口が軽くなっているのかもしれない。

（これが彼の本音……）

分かっていたことだ。

あのジョナス・ローメインとの会話で、そう言っていたではないか。それなのに直接それをぶつけられたからショックを受けるなんて、愚かにもほどがある。

トリシアは静かに己を宥め、彼との関係を諦観《ていかん》した。

黙ったまま目を伏せ反論しないトリシアとの会話に飽きたのか、ユアンがナプキンをテーブルの上に置き、席を立つ。

「行きましょう。食事は済みました」

あくまで表面的には優しくユアンが促した。今すぐにでもこの雰囲気から逃げ出したかったトリシアに否やはない。

差し出された手を取って立ち上がり、食堂を後にした。

デッキへの入り口に差し掛かったところで、女性の呼び止める声がした。

「ヘドランド男爵様！」

聞き慣れない敬称に首を傾げそうになったが、それがユアンのことだと気づいて、トリシアは足を止める。彼は一代限りの爵位として男爵位を賜《たまわ》っていた。一代貴族の爵位には領地がついてこないので、そのままその人の苗字が爵位名となるのだ。

ユアンが首を捻《ねじ》るようにして背後を振り返った。

「ああ、フローレンス。先ほどはどうも」

いきなり女性の下の名前を親しげに呼んだ彼に驚いて、トリシアもまたそちらへ目を向ける。食堂から自分達を追いかけるようにして向かってきたのは、妖艶な美女だった。

艶やかな赤毛の巻き毛を大胆に結い上げ、目の覚めるようなブルーのドレスを身に着けている。肌の露出の多いそのドレスや彼女の身のこなしから判断すると、貴族ではなさそうだ。

貴族でないのに、この客船の一等席の客専用の食堂に出入りできる女性となると、考えられるのは豪商の妻か、或いは貴族男性の同伴者——愛人だ。

女性が目の前に立った時、濃厚な薔薇のオードトワレが香ってきてハッとなる。

ユアンについていた残り香と同じだった。

「ヘドランド男爵様、お会いできて良かったわ！　これをお返ししたくて」

差し出されたのは、札束だった。

どういうことなのかと怪訝に思っていると、女性がやれやれと言いたげに肩を竦める。

「もう、あの人ったら賭け事になるとすぐ熱くなるんだから。お金が足りなくなるまで賭けるなんて……。その上ツケができないからってあんなに怒り出して。お恥ずかしいわ」

「いや、セイモア伯爵がお怒りになるのももっともだよ。こんな豪華客船の賭博場がツケ払いを受けていない方が驚きだ」

話の内容から、どうやらユアンが賭博場でこの女性の同伴者であるセイモア伯爵に金を貸したらしいと推測する。それと同時に、やはりこの女性が愛人稼業を生業とする人なのだろうということも。

記憶に間違いがなければ、セイモア伯爵は妻子持ちで、もう六十手前の男性だ。夫人とは年が離れておらず、その子どもも男子ばかりで娘はいないはずだから、目の前の二十代後半に見えるこの女性が伯爵夫人、或いは令嬢であるとは考えられない。

セイモア伯爵を擁護するようなユアンの台詞に、女性が鼻に皺を寄せて苦笑する。

「多分、あの人だから、よ。ツケを受けないのは。ギャンブルであちこちに借金をしているのが噂になっているみたいだから」

「ああ……」

思い当たることがあるのか、ユアンが苦く笑って肩を竦めた。

「こんなことなら、あなたから鞍《くら》替えしなきゃ良かったわ。伯爵だから金回りは心配ないと思っていたのに。片やあなたは男爵になって、しかもあの冷徹公のお気に入りになって大出世しちゃうんだもの！　本当に惜しいことをしたわ！」

意味深なことをあけすけな様子で言ってしまう女性に、こちらの方が毒気を抜かれてしまう。

（……つまり、この人はユアン様のかつての愛人だったということ……）

鞍替えだの金回りだの、愛情とは無縁そうな索漠《さくばく》とした単語の羅列がいっそ清々しい。

ポカンとその美貌を見つめていると、女性がそこでようやくトリシアの存在に気づいたように、口元に手をやった。

「あら……」

愛想笑いをしながら首を竦められ、なんと反応すればいいのか分からない。ただでさえ社交術には自信のないトリシアだ。こんな珍妙な事態に対処できるはずもない。

一人余裕の微笑みを浮かべているユアンが、あたかも一連の会話などなかったかのように、紳士然としてトリシアに女性を紹介した。

「トリシア様、フローレンス嬢です。……彼女とは旧知の仲でしてね。フローレンス、俺の妻のトリシア・オドレイ・シーモア……宰相閣下のご令嬢だよ」

旧知の仲、という言葉に、トリシアはやはり、と思う。

紹介を受け、トリシアが挨拶をしようと口を開くより先に、女性の甲高い声が響いた。

「まぁ！　宰相閣下の!?　ご無礼を致しましたわ、奥様！　あたしったら、懐かしい顔を見たから、つい調子に乗って……。どうぞご容赦なさって」

女性の媚を売るような表情に、トリシアは溜息をつきたくなった。

これまで何度もこういった顔を見てきた。トリシアを遠巻きにして『血塗れ姫』、『人殺し』と悪しざまに言う人達は、いざ自分を目の前にすると、父怖さにこういう遜《へりくだ》った態度を取るのだ。

気にしなくていい、とトリシアが言う前に、ユアンが片手を上げて言った。

「ああ、気に病むことはないよ、フローレンス。妻は寛容でね。俺の交友関係には無関心なんだ」

ねえ、と確認するように翡翠色の眼差しを向けられ、トリシアは絶句する。

確かに、そういう契約を彼にしてもらった。

子どもができれば自由だと。他の愛する人のところに行っても構わないと。

だがそれを、目の前で他の誰かに明かされるという状況は、想像もしていなかった。

まるで重たい石を呑み込んだような気分だった。

「あ、あら……そうなの？」

女性が戸惑うように呟いて、トリシアとユアンの顔を交互に見る。そんな彼女に、ユアンはまばゆい笑みを見せてトリシアの腕を解くと、女性の柳腰を抱いた。

「フローレンス、部屋まで送るよ。船の上とはいえ、女性の一人歩きは良くないだろう」

「まあ、ありがとう、ユアン。でも……」

妻であるトリシアとて、女性一人になってしまうのに、と言いたげな視線を送られて、惨めさに足が震えた。

「ああ、大丈夫。妻には従順な下僕が傍にいるからね。俺がいなくとも問題はないんだ」

さあ、と女性を促し、こちらを一瞥することなくユアンは行ってしまう。

大柄で背の高いユアンと、長身で豊満な美女。小さく子どものような自分よりもよほど絵になる後ろ姿をぼんやりと見送っていると、背後に気配を感じた。

「……戻りましょう、トリシア様」

「……レノ」

相変わらず無表情の従者に、トリシアは情けなく笑う。

「おかしいのよ。私、また失敗しているみたいなの」

「……トリシア様」

「最悪なのは、何を失敗したのか、分からないこと」

うまくいくと思った。

これまでの自分を全て捨てて、新しい自分になるための計画。

なのに。

『血塗れ姫』である自分を嫌悪するユアンならば、喜んで受け入れる『契約』だったはず
いいや、実際に彼は文句一つ言わずに受け入れた。

これで大丈夫だと思っていたのに、ユアンとの関係は噛み合わない歯車のようにぎくしゃくとしている。彼が自分に不満を抱いているのは分かるのだが、具体的にどうすればいいのか分からない。

一番困るのは、そんなユアンの態度に、いちいち傷つく自分だ。

覚悟が足りないのだ。

いつだって、始めてしまってからそれに気づく。

「……どうして、私はいつもこうなのかしら。どうして、うまくできないの……」

呻《うめ》くような呟きに、レノの手がそっと背中を撫でてくれた。

いつもはホッとするその手の感触が、今はひどく虚しかった。

＊＊＊

ユアンは苛立っていた。

何故こんなにも苛立つのか、自分でも分からないほどに。

「ねえ、あなた達、新婚なのよね？」

自分の腕にしなだれかかって歩くフローレンスが、面白そうな顔でこちらを見上げて言った。

舌打ちしたい気分になりながら、ユアンはにっこりと笑ってみせる。

「そうだね」

「やっぱりお貴族様の結婚って、愛がないのねぇ。あの奥さん、あたしと一緒にあなたが行ってしまっても、顔色一つ変えないんだもの。びっくりしちゃったわ」

ユアンは微笑んだまま答えなかったが、内心、フローレンスにはトリシアが顔色を変えていないように見えたのかと驚いていた。

フローレンスの腰を抱いて立ち去る直前に見たトリシアの顔は、明らかに蒼褪めていた。元々色が抜けるように白い上、表情がほとんど変わらないので分かりにくいのかもしれない。だが、あの不思議な色合いの瞳が大きく揺らぎ、いつもは赤い唇の色が薄くなっていることに、ユアンは彼女の狼狽《ろうばい》を見て取っていた。

(くそ……!)

ユアンは心の中で罵った。トリシアと過ごすようになって、お決まりのようになってしまった悪態だ。

(どうして狼狽《うろた》えたりするんだ!)

人殺しの『血塗れ姫』ならば、こんなことぐらいで狼狽えるはずがない。そんな繊細な人間が人を殺すなと言いたかった。

そもそも、彼女の方から言い出した『契約』だ。

人を種馬扱いするようなふざけた内容の契約を突きつけておいて、愛人を目の当たりにすると動揺を見せるなど、意味が分からない。

腹立たしいのに、あの揺らいだ瞳が目に焼き付いて堪らない気持ちになる。

傷ついた表情だと思った。

(傷つくくらいなら、最初からあんなばかげたことを言い出さなければ良かったんだ)

ザマァないと舌を出してほくそ笑んでやればいいのに、ユアンは胃の中に重石がのったような気持ちにさせられていた。

この感情を知っている。罪悪感だ。

無抵抗の子どもを殴ってしまった――そんな最悪の気分だった。

実際にはトリシアは無抵抗の子どもどころか、身分と権力を笠に着て、立場の弱い平民の使用人を殺すような人間だというのに。

(しっかりしろ、あれは『血塗れ姫』だ。あいつを……ローを殺した女なんだぞ)

脳裏に浮かぶのは、夢で見た血塗れの少年だ。

まだ泥水を啜るような生活をしていた子ども時代、ユアンは貧しい子ども達を集めて盗賊集団のようなものを作っていた。子どもでも数いれば金持ちから物を盗むくらいはできる。そうやって強奪した物を、皆で分け合って生きていた。

そんな中に、あの少年がいた。

彼はローと呼ばれていた。孤児の中には捨てられた時期が幼すぎて、自分の名前がなんであるか分からない者もいて、彼もその一人だった。

同じ年の少年達の中では背が低かったから、ロー《チビ》という呼び名になったのだろう。

少女のように可憐な顔立ちだったため、よく虐められていた。それどころか、放っておくとそのきれいな顔に碌《ろく》でもない大人が群がって、男娼専門の娼館に売り飛ばそうとするので、仕方なくユアンが面倒を見てやっていた。

ローもユアンによく懐き、ユアンは面倒だと口では言いながらもかわいがっていたのだ。

だからそのローが、お偉い貴族のご令嬢に拾われてお屋敷に連れて行かれたと知って、ユアンは慌てて取り戻そうとその屋敷に忍び込んだ。

だがそこで見たのは、ユアン達が逆立ちしても買えないような、ピシッとしたお仕着せの制服を着て、主であるご令嬢に微笑みかけているローの姿だった。風呂に入れてもらったのか、薄汚れて本当の色が分からなくなっていた髪が、本来の蜂蜜のような金色を取り戻し、きれいに撫でつけられていた。元々美しい少年だったが、そこにいる彼は天使みたいに輝いて、なによりとても幸せそうに見えた。

だからユアンは、これで良かったのだと思った。

(あいつは幸運を拾ったんだ。貴族のお嬢様に拾われて、きれいにしてもらって、腹いっぱい食わせてもらえる。あいつは、ここで幸せになるんだ)

そう納得して、彼を取り戻すことを諦めた。

（あの時、あいつを取り戻していれば……！）

何度そう後悔したか分からない。

拾われて一年も経たず、ローは無残に刺殺されたのだ。

『血塗れ姫』――トリシアによって。

だから、ユアンはトリシアを嫌悪している。

甘い餌を目の前にちらつかせて獲物を誘惑し、弄ぶように屠《ほふ》る獣のような女だ。

リチャードから結婚を打診された時も、瞬時に「あり得ない」と思った。

だがすぐに、これはまたとない出世の好機であると気づき、拒絶の言葉を呑み込んだ。

（そうだ。利用してやればいい。出世のための道具として）

表面上はいくらでも優しい夫を演じてやろう。その裏で、蔑み、憎まれているとも知らずに精々いい気になっているといい。

サマセット公爵家に婿入りすれば、いずれは公爵家の実権を握ることになる。引きこもりとして有名なトリシアは、領主として役には立たないだろうから。事実上の公爵家当主としての地位を確立してしまえば、『血塗れ姫』は用済みだ。

そうなった時に全てを明かし、踏みにじって捨てればいいのだ。従順な夫だと思っていた相手に裏切られ、雑巾のように捨てられる絶望を味わわせてやる。

そのつもりの結婚だった。

だがさすがに『血塗れ姫』は強《したた》かで、彼女の方からとんでもない内容の『契約』を持ち掛けてきた。なるほど、向こうも意に染まぬ結婚だったというわけだ。

彼女に絶望を味わわせて捨てる、という目的には添わないが、その契約の条件は、自分が公爵家の実権を握ることを否定していなかった。

それならば、とユアンは承諾した。トリシアに絶望を味わわせる方法は、他にもあるだろう。長い付き合いになるのだ。弱みを握る機会はいくらでもある。

拍子抜けしたのはその後だ。

初夜で――トリシアはあまりに無垢だった。

何も知らない。駆け引きも、キスの仕方すら知らない。ただ不器用に感情を押し殺そうとする幼子のような女がそこにいた。

（これが『血塗れ姫』？　こんな、虫も殺せなさそうな、子どものような女が？）

抱きながら、彼女が無表情に見えて実はそうではないことにまで気づいてしまった。

顔の表情は動かなくても、あの藍色と茶色の入り混じった不思議な色の瞳は、実に豊かに感情を伝えているのだ。

彼女は人をよく観察している。相手の一挙一動に目を光らせているので、こちらが動けば即座に目が反応する。驚いたり興奮すれば瞳孔が広がるし、眠たかったり、ぼんやりしていれば小さくなっている。

こちらを警戒しつつ、眼差しで感情を訴えかけてくる感じが、野良猫のようだなと思っておかしくなってしまったくらいだ。

トリシアと一緒に過ごす時間が長くなるほど、彼女が『血塗れ姫』ではないと思いたくなってしまう自分がいて、ユアンは歯噛みする思いだった。

（誰よりも俺が、あいつの無念を覚えてなけりゃいけないのに）

幼い頃のトリシアを垣間見て、あの愛らしい少女ならば大丈夫だと思い込んでしまった自分の浅はかさを、誰よりも後悔しているはずなのに。

思わず溜息を零せば、フローレンスがニヤリと笑って、爪を長くのばした手をこちらへ向けてきた。つ、と赤い爪が顎を撫でる。

「ねえ。奥様は浮気を公認なさる方なんでしょう？　だったら、どう？　あたしをもう一度愛人にしない？」

艶めいた口調で誘いをかけられ、ユアンは眉を上げた。

フローレンスとは、騎士団に入団してすぐに知り合った。当時彼女はまだ娼館にいて、騎士団の連中のほとんどが世話になった、人気のある娼婦だった。

隠居した金持ちの商人に身請けされたのだが、更にその老人が一年も経たずに腹上死したことで、当時かなり話題になった。パトロンを喪ったフローレンスだったが、男を腹上死させるような強者に、ぜひともお相手してほしいと後継のパトロンからの引く手はあまただった。

そんな彼女が相手に選んだのが、男娼騎士と噂されていた自分だったのだから、世の中は面白いと思う。しかも、フローレンスの方から持ち掛けてきた話だった。一介の騎士に過ぎなかったため手当ては多く出せないと言ったが、それでもいいと粘《ねば》られた。

『あたしは自分を安く売りたくないの。次は商人なんてケチなこと言わない。貴族の、それも大貴族のお妾さんを目指すの！　それまでの間、平凡な男の愛人やってたんじゃ、愛人としてのあたしの価値が下がっちゃう。だから、お金なんか関係ない、見た目の好い男を相手にしてるくらいが、高嶺《たかね》の花って感じになっていいのよ！　だから、次の相手を見つけるまででいいの』

アッサリと実情を暴露するフローレンスに、共感するところが多かった。使えるものは何でも使ってのし上がろうとする上昇志向は、己と共通する。こちらを愛しているとかいった湿った理由でなかったのも良かった。

上を目指すユアンにとって、あと腐れのない関係はとても好ましいものだった。

だから彼女の提案を受けたのだ。

フローレンスとの関係は一年ほど続いたが、彼女が現在のパトロンであるセイモア伯爵を見つけて、関係を解消した。

別れはとても簡単で、「じゃあね」「元気でな」と互いに手を振って終わった。笑えるほど淡々としたものだった。

「君とは面倒のない、気持ちのいい関係でいたいんだ」

苦い笑みでやんわりと断れば、フローレンスは赤い唇を窄《すぼ》める。

「あたしが面倒だって言いたいの？」

「他にパトロンのいる愛人は面倒以外の何物でもないと思うが？」

そう切り返せば、フローレンスはフンと鼻を鳴らして掴まっていたユアンの腕を放した。

「ま、あたしの出る幕じゃないなってのは、あなたの顔見たら分かってたけどね」

口を尖らせたままのふくれっ面でそう言うフローレンスに、ユアンは眉を寄せる。

「俺の顔？」

怪訝な声に、フローレンスが驚いたように目を丸くした。

「え、やだ、自覚がないの？　あなた、奥様を見る目が好きな子を虐《いじ》める男の子と同じだったわよ？　意地悪言って、泣かせてでも自分の方を見てほしくて堪らないのよね」

「――なっ……」

絶句するユアンを、フローレンスが憐れむような目で見て溜息をつく。

「これは親切心からの忠告だけど、それ、女にはものすごく逆効果だからね？　嫌われたくなければ、早くやめた方がいいわ。……もう遅いかもしれないけど。あの無表情だもの。きっとあなたのこと、ものすごく苦手になってるわね、奥様」

勝手なことをかしましく述べ立てるフローレンスにウンザリして、ユアンは片手を振った。

「もういいから、行けよ」

おざなりな見送りに、フローレンスがまたフンと鼻を鳴らす。

「なによ。奥様の前だと猫被っちゃってたくせに！」

安い挑発にはのらず、苦く笑って顎をあげて行けと促した。

「伯爵が待っているんだろう？」

「どうせギャンブルで負けて、自棄酒《やけざけ》喰らって眠っているわ」

面倒臭そうに言って、フローレンスは自室へと帰っていった。

女性らしいその身が一等客室の中に入ったのを確認し、ユアンは踵《きびす》を返す。

トリシアの待つ部屋へと戻らなくてはならないのが、気が重かった。

憎むべき『血塗れ姫』なのか、幼気で不器用な己の妻なのか。

彼女をどう扱えばいいのか、自分の中でまだ答えが出ていなかった。

＊＊＊

入浴の準備が整いました、とレノの声がして、トリシアはうたた寝からハッと目覚めた。

夕食後にユアンと別れ、レノに抱えられるようにして客室に戻ってきたトリシアは、ソファに座ったまま、いつの間にか眠ってしまっていたようだ。

猫のように身を丸くして横になっていて、ブランケットがかけられているところを見ると、レノが寝やすいように体勢を直してくれたらしい。

「……私、眠っていたの？」

ぼんやりと目を擦りながら聞けば、レノは腕まくりをしていた袖を元に戻しつつ頷いた。

「お疲れだったのでしょう。慌ただしい日々でしたから」

「……そうね……」

結婚が決まってから、確かに目まぐるしい日々だった。

外に出ることを好まないトリシアのそれまでの日常は、淡々と過ぎていくものでしかなかった。それが結婚式のドレスだの披露宴だの、新郎と暮らす家の家具だのカーテンだのの新調だとかで、トリシアが決定し、行い、采配《さいはい》しなくてはならないことが山のように出てきたからだ。

そうして準備した結婚式が終わっても、待っていたのは夫となった人とのギクシャクとした生活で、加えて激しい夜の営みだ。

身体的にも、精神的にも疲労が溜まっていたのは確かだ。

「湯にトリシア様のお好きなハーブを入れておきました。ゆっくり浸かられては？」

「……ありがとう、レノ」

幼い頃から面倒を見てくれるこの従者は、無表情ではあるがとても細やかな心遣いのできる人だ。

どうやらユアンはまだ部屋に帰ってきていないようだ。

きっとあのフローレンスという女性と……と想像し、胸がズキリと痛んだので、慌てて考えるのをやめた。ユアンのことは考えたくない。彼といると、自己嫌悪してばかりだ。自分のダメなところばかり浮き彫りにされてしまうから。

トリシアは夫のことを振り払うようにして、浴室へと向かった。

この船の一等客室には広くはないが浴室も付いていて、陶器のバスタブが置かれ、そこに湯が張られている。浮いているのは、レノが言っていたハーブのポプリだろう。ラベンダーとオレンジのいい香りがして、うっとりと目を閉じた。

「トリシア様、リネンと夜着をここに。足し湯はそれで充分かと思いますが、もし足りなければそこにあるベルを鳴らしてください。侍女が来るようにしておきます」

トリシアの後ろで、リネン類の入った籠を手にしたレノが言った。

さすがに男性のレノに入浴介助をさせるわけにはいかないので、準備を終えたらレノは退出する。レノ以外の人間が傍にいることを嫌うトリシアは、入浴はいつも一人で行うのだ。幼い頃には乳母が介助してくれていたが、その乳母が十二歳の時に亡くなってからは、ずっとこうだ。慣れてしまえばそれが当たり前で、逆にどうやって人に入浴を介助してもらえばいいか分からないくらいだ。

「ありがとう、レノ」

そう微笑んで言った礼と、皮肉気な低い声が重なった。

「へえ。俺の妻は、従者に入浴まで手伝わせてるんだ？」

ギョッとして声の方に目を向ければ、部屋のドアをゆっくりと開きながら、ユアンが姿を現した。

「ユ、ユアン様……」

驚きすぎて声が掠れてしまった。

動揺するトリシアとは裏腹に、落ち着き払った声でレノが答える。

「いいえ。私の仕事はここまでになります」

「そうだな。ここからは夫である俺が代わろう」

（――え……？）

何を言っているのだろう、とポカンとしていると、ユアンがツカツカと大股で歩み寄って来て、レノの持っていた籠を乱暴に奪った。

そうしてトリシアを背中に隠すようにして立ちはだかり、レノの鼻先で音を立ててドアを閉めた。

「あ、危な……」

レノが鼻をぶつけなかったか心配になって蒼褪めるトリシアの腕を摑み、ユアンがドアに向かって言い放つ。

「俺が呼ぶまで誰も近づけるな！」

「え、ユ、ユアン様……」

状況がよく呑み込めないが、どうやらユアンはトリシアの入浴介助をレノがしていると思い込んでいるようだ。そうじゃないのだと説明してほしくて、ドアの向こうのレノへ視線を向ける。口下手な自分よりもうまく説明してくれそうだと思ったのだ。

だが、彼女の従者もまた、寡黙すぎる人間だった。

「御意」

それだけ言い置いて、立ち去ってしまった。

「え……？　レ、レノ……、待って……！」

遠ざかる気配に縋るように情けなく声を上げた時、強い力で顎を摑まれた。

（い、痛……！）

痛みに声を上げる間も与えられず、唇を塞がれる。

「……っ！　ぅ、むぅっ」

いきなり振ってきたキスは、嵐のように荒々しかった。

痛みを感じるほど唇を嚙まれ、舌を苦しいほどに捻じ込まれる。かと思えば激しく吸い上げられて呼吸もままならない。

その目まぐるしさと苦しさに、くらくらと眩暈《めまい》がした。

何が何だか分からないまま蹂躙され、立っていられなくなってクタリと逞しい胸に身を預ける。

するとようやく唇を外したユアンが、ニタリと獰猛な笑みを浮かべて言った。

「さあ、奥様。夫である俺が風呂に入れて差し上げますよ」

「……え……」

酸欠で朦朧《もうろう》とするトリシアに、まともな言葉が返せるはずもない。

力が入らないのをいいことに、ユアンは手早くトリシアのドレスを剝ぎ取っていく。

「ま、待って……！　ユ、ユアン様、お、お願い、は、恥ずかしいの！」

もちろん抵抗した。大人になってから入浴を誰かに介助されたことのないトリシアにとって、異性であるユアンに入浴する姿を見られるなど、考えただけで頭が沸騰しそうだ。

だが彼女の抵抗などユアンにとってはあってないようなものだ。服を脱がされまいと押さえる手をあやすようにサラリと外すと、最後の砦であるシュミーズとドロワースも脱がしてしまう。

丸裸になったトリシアをじっとりと舐めるように見下ろして、ユアンが言った。

「恥ずかしい？　今更ですね。俺はもうあなたの身体の隅々まで、見るだけじゃなく、触って舐めて……全てを堪能したというのに」

カッと頬が熱くなる。

あからさまな彼の言葉によって、抱かれている時の濃厚な記憶を思い出してしまったからだ。

ユアンは二の句を継げないでいるトリシアを抱き上げて、とぷんと湯船の中に入れた。

本当に入浴介助する気なのかと彼を見上げて、トリシアは更に仰天する。

ユアンが服を脱ぎ始めていたからだ。

「な……何故、あなたも脱いでいるの……？」

茫然と訊ねたトリシアに、ユアンはにっこりと笑みを返した。

「俺も入るからですよ」

卒倒するかと思った。

蒼褪めていいのか赤面すればいいのか分からない状況に、トリシアは今までにないくらい大きな声で拒絶する。

「む、無理です！」

ブンブンと首を大きく振って言ったのに、ユアンは笑顔のまま黙殺した。

シャツを剝ぎ取られ、逞しい上半身が露わになった時点で、トリシアは顔を両手で覆う。これ以上見ていられない。

「お、お願いです……！　わ、私は、いつも、入浴は、一人でするのです……！　誰かに手伝ってもらわなくても、は、入れます……！　ですから、どうか……！」

半分泣いていたと思う。それくらい必死に懇願したのに、ユアンは無情だった。

「では、俺の入浴を介助してもらいましょう」

そんなことをぬけぬけと言ったかと思うと、ザプリ、と湯面を波立たせて、トリシアの背後に滑るようにして湯船に入り込んできた。

「ひっ……！」

ぬるい湯の中で、自分の皮膚の上をユアンの肌が滑る。その感触が想像以上に生々しく、甘く、トリシアの頭は完全に恐慌状態に陥ってしまった。

水の中に初めて入れられた仔猫のようにガチガチに身を強張らせて固まる彼女を、ユアンの腕がそっと抱き寄せる。背中に熱く弾むような肌の感触がする。

否が応でも、互いが裸であることを意識させられて、トリシアは頭が爆発しそうだった。

(しかも……しかも、こんなに明るい場所で……！)

これまでの閨事は全て夜の寝室だった。夜から朝にかけて貪られたこともあるが、寝室の分厚いカーテンは陽光をしっかりと遮ってくれるので、薄暗さを保ってくれていた。

こんなに煌々と照明が灯っている場所では、全てが丸見えではないか。

ユアンが小さく噴き出すのが聞こえた。

「そんなに固まらなくても……もっと緊張を解いてください」

そんな無茶な注文は聞けない。ブンブンブンブンと無言で首を横に振り続けていると、ちゅ、というリップ音を立てて、項《うなじ》に口づけられた。

ぞわ、と肌が粟立つ。不快感ではない。甘美な悦びの兆しだ。

首筋はトリシアが特に感じる場所で、もちろんユアンはそれを分かってやっている。

つまり彼は入浴するためだけに、こんなことをしているわけではないのだ。

(どうしよう……どうしよう……)

錯乱しているトリシアは、心の中でひたすらそう唱えていた。

ユアンはしばらく黙ったまま、狼狽える彼女の髪を指で梳いていたが、やがてポツリと呟いた。

「……本当に、あなたを知れば知るほど、分からなくなる」

「……え？」

その呟きに切羽詰まった響きを感じ取り、トリシアは背後を振り返る。

ユアンが切なげな表情で自分を見下ろしていた。

その鮮やかな翡翠の瞳が、迷いを抱えて揺れている。

「ユアン様……？」

「夫を種馬扱いする『契約』を押し付けたかと思ったら、こんなふうに何も知らない無垢な子どものようであったり……どれが本当のあなたなんだ？」

苦悶する声に、トリシアは胸に矢を射られたかのような痛みを感じた。

自分が彼に提示した『契約』が、やはり彼の矜持《きょうじ》を傷つけていたのだと分かり、罪悪感に苛《さいな》まれる。

自分本位な内容だと分かっていた。

けれど、自分を嫌悪するユアンにとっても利のある条件なのだと自己弁護して、押し進めてしまったのだ。

「……ごめんなさい……」

そんな拙い謝罪の言葉しか出てこない自分が情けない。

けれど、それ以外に何を言えばいいのだろう。

――『契約』を、今更なかったことにするとでも？

そんな虫のいいことを言えるはずもない。

だって、ユアンはトリシアの提示した『自由』を楽しんでいるようだ。

ふいに、官能的な薔薇のオードトワレが香った気がして、トリシアの心が塞ぐ。

あのフローレンスという女性と一緒にいた彼は、とても楽しそうだった。トリシアといる時の彼はいつだって嘘の笑みを浮かべているのに、彼女に対しては心からの笑みを見せていた。

(私では、あんなふうに彼を幸せにできない)

『血塗れ姫』であるトリシアにできることは、精々が彼の出世の道具となることくらいだ。

「ごめんなさい」

もう一度同じ謝罪を繰り返せば、ユアンが薄く笑った。

「それは何に対しての謝罪なんだろう」

どう答えるべきかと思案している内に、ユアンが再びトリシアの首に顔を埋めた。

「……あっ……」

感じやすい項をベロリと舐め上げられ、甘ったるい鼻声が漏れる。

ユアンは項から鎖骨にかけて何か所にも吸い付いて、白い肌に赤い痕を残していった。

彼の唇が触れる度、ぞくぞくとした快感が背筋を走り抜け、肌が粟立つ。

大きな手がトリシアの身体を抱き締め、腕を交差させて丸い乳房を揉んだ。彼の浅黒い指の間から自分の白い肉が垣間見える様子に、猛烈な恥ずかしさを感じながらも、目が離せない。どうしようもない快楽への欲求が、もっと見たいとトリシアを急かしていた。

ユアンが骨張った指の関節部分で、ぎゅう、と薄赤い乳首を挟んだ。

「ああっ」

 痛みに近い快感に、声を上げて首を仰け反らせる。

 逞しい胸に自然と自分の身を預ける形になって、ユアンが満足げに笑った。

「ああ、これで舐めやすくなった」

 低く艶やかな美声が耳元で聞こえたかと思うと、びちゃり、と粘ついた水音が鼓膜に直に響いて身を竦める。

「ひぁ……！」

耳の中を舐められ、強い慄きに目を見開いた。

ビリビリと痺れるような愉悦が全身を駆け巡り、トリシアの腹の奥を熱く蕩かせる。

「ああ……やはり、あなたの身体は饒舌だ」

ユアンの声が耳腔をこだました。

彼の声が好きで、嫌いだ。

低く、艶やかで、心地好くて、安心するのに、同じくらい恐ろしい。

自分じゃないものにされてしまう気がして、逃げ出したくなる。

(でもきっと、同じくらい、それを望んでいる)

ユアンがトリシアの両脚の間に膝を入れ、パカリとそれを開かせた。

「……ああ、やぁ……！」

それに頼りない抵抗の悲鳴を上げたが、当たり前のように無視されて、ユアンの手がそこに伸びる。

「ほら、もう蕩けている。湯の中でも分かるくらい、愛液でぬるぬるだ」

脚の間のあわいを指でなぞられ、トリシアの背が条件反射のようにぶるりと震えた。彼の指がこれから動き、与えてくれるだろう快楽を期待しているのだ。

その期待を裏切らず、指がくぷりと中に差し入れられる。

「ぁあっ……」

結婚して数日しか経っていないのに、その間の情事で彼女の身体はすっかりユアンの愛撫に慣らされてしまっていた。彼の触れ方を覚え、彼の教えた通りに感じるようにしつけられているのだ。

自分の膣肉が彼の指を嬉しそうにしゃぶって蠢くのを感じながら、トリシアは息も絶え絶えに喘ぐ。

「すごいな。こんなにも熱く蕩けて……もう……」

クックッと喉の奥を震わせながら、ユアンがザパンと水音を立てて身を起こした。

「……あ……？」

トリシアにバスタブを摑むように言って、四つん這いの恰好にさせられる。

獣のような恰好を恥ずかしいと思う間もなく、後ろから貫かれた。

「あああっ！」

出したこともないような甲高い声が出た。

最奥まで一気に突き入れられ、その衝撃に生理的な涙が零れる。

（……ああ、奥まで、全部、満たされている……！）

ユアンの大きく太い肉竿は、トリシアの中に一分の隙も与えてくれない。

みっちりと埋め尽くされて、その大きすぎる圧迫感に、挿入されてすぐは、いつも嘔吐《えず》くような苦しさに襲われる。

トリシアははくはくと口を開閉して、小刻みな呼吸を繰り返した。

こうして衝撃をやり過ごしているうちに、徐々に蜜筒が彼に馴染んでくるのが分かる。

「ああ、あなたの中はやはり好いな……。熱くて締まるだけじゃない。ざらざらと俺のものに絡みついて、吸い付いて……くるッ」

呻き声で言って、ユアンがぐり、と最奥を捏ねるように腰を動かした。

「ぅあぁあっ……！」

硬く熱い切っ先で子宮の入り口を押し上げられて、下腹部が重怠《おもだる》く痺れる。

ユアンはそのまま激しく腰を振り始めた。

「きゃ、あ、あぁ、ぃ、あ、あ、ぁ」

強く速く滾り切った欲望を叩きつけられ、トリシアはそのリズムに合わせて壊れた玩具《おもちゃ》のように鳴いた。

咥え込んだ雄棹を引き抜かれ、突き入れられる度、目の前に白い火花が散る。

愉悦の兆しだ。

その激しく甘い快感は、麻薬にも似ている。

一度知ってしまえば、求めずにはいられない。

戦慄《わなな》く四肢に合わせるように、狭隘で貪欲な淫筒が蠢いて、ユアンの滾りを引き絞った。

「……ッ」

ユアンが息を詰める。

身の内側で、熱い屹立がドクンと脈打ち、ひと際大きさを増すのを感じた。

震える白い柳腰を、大きな手が掴む。そのまま更に速さを増して、ユアンが腰を打ち付けた。その激しい動きで、バスタブの中の湯がバシャバシャと勢いよく溢れ出たが、それを気にする余裕は、既に二人ともなかった。

「うぁッ……！」

切羽詰まった呻き声がして、中でユアンが弾けた。生き物のように跳ねるそれが、トリシアの奥処にめがけて熱い飛沫を浴びせかける。

ユアンは倒れ込むように、トリシアを背中から抱き締めた。自分より幾分熱い体温に包みこまれる心地好さに、引き絞られていた彼女の愉悦の弦も弾ける。

「……トリシア……！」

ユアンの声で名を呼び捨てにされる悦びを感じたのと同時に、トリシアもまた高みに駆け上がった。

白い愉悦の光を見て、ゆっくりと目を閉じたのだった。

＊＊＊

下船したのは、乗船してから三日後だった。

初めての異国に緊張しつつ踏み入れた母の故国ランスは、とても風光明媚な国だった。

青く連なる雄大な山脈を背後に、歴史ある建築物がその景観を損なわないような位置に建てられている。その計算され尽くした光景に、美を追求するこの国の国民性を感じて、トリシアは圧倒させられた。

「……すごいわ……」

この国で一番見晴らしの良い場所だとされる、アクロンの丘という観光名所を訪れ、トリシアは感嘆した。ランスの首都を一望できる場所だ。

絶景に目を奪われていると、隣からクスリと笑う声が聞こえて、我に返る。

ユアンがトリシアを見ておかしそうにクスクスと笑っていた。

「……す、みません……」

一人ではしゃいでしまったことに恥ずかしさを覚えて謝れば、ユアンが眉を上げる。

「どうして謝るんですか？」

「……一人で、はしゃいで……みっともなかったでしょう……？」

ボソボソと言えば、ユアンは目を丸くした。

「まさか。驚きはしましたが」

意外な言葉に、トリシアは首を傾げる。何か彼を驚かすようなことをしただろうか。

「あなたがそんなふうに表情を見せてくれるようになったからですよ。少しずつ俺に慣れてくださっているのなら嬉しいのですが」

「……え……」

思いがけないことを言われ、トリシアは動きを止めた。

(表情を見せている？　私が？)

だが、確かに今、自分は我を忘れてはしゃいでいた。

トリシアは自分が表情を見せるのが苦手だと自覚している。幼い頃はもっと表情豊かな子どもだったらしいが、『血塗れ姫』として生きなくてはならなくなってから、感情を表に出すことが怖くなった。

自分の一挙一動を観察され、揶揄されるのが分かっていたからだ。

同年代の令嬢のお茶会に参加し、瞬き一つで、呪いをかけられたと騒がれた時の衝撃は、いまだに忘れられない。周囲の大人達も誰一人として庇ってくれはしなかった。

それはそうだろう。大人達とて、トリシアを『血塗れ姫』だと恐れていたのだから。

たまたまその場に居合わせた父は、彼らを咎めるどころか、呵《か》々大笑《かたいしょう》して『生意気な小娘に、呪いをかけてやったか、よくやった！』と噂を助長する発言までしてくれた。

父のような度量があれば、異端者として扱われることなど、笑い飛ばせるような話なのかもしれない。

だがトリシアにとっては針の筵《むしろ》だった。

誰にも何も言われないように。普通の娘として見てもらえるように。

そう思えば思うほど、表情がなくなっていった。

自由に表情を出せるのは、信頼できるレノと、ローレンの前でだけ。

(そう思ってきたのに……)

本当にユアンの前で、表情を出していたのだろうか。

――だがもしそれが本当なら、それは良くない兆候だ。

(だってユアン様は、私を嫌悪している)

契約通り子どもが生まれたら、トリシアを捨ててしまう人だ。

それはもちろん契約を持ち出したトリシアのせいではあるのだが、だからこそそんな人に心を許してはいけないのに。

自分を戒めるように、す、とまた無表情に戻ったトリシアに、ユアンが顔を曇らせる。

「……俺に気を許すのは、そんなにプライドが許しませんか」

唸るような呟きに、ハッとなったが、その時にはもうユアンはトリシアに背を向け、馬車の方へ歩き去ってしまっていた。

馬車の中は終始無言だった。

先ほどまで和やかな空気だったのに、自分の愚かな対応のせいで、一気に凍てついた雰囲気になってしまった。どうしてあんな態度を取ってしまったのだろうと猛烈に後悔したが、後悔先に立たずとはまさにこのことだろう。

だが、トリシアはユアンにどんな態度で接すればいいのか分からないでいた。

いずれ別れる相手だ。

出世のために嫌悪している『血塗れ姫』と結婚した男。

それなのに、トリシアを大切に抱いてくれる。他に経験などないが、雑に扱われていないことくらい分かる。ユアンはいつだってトリシアに無体をしないように、細心の注意を払ってくれている。

そして今も、トリシアが彼に歩み寄ることを喜んでいるかのような発言をしてくる。

嫌悪されているのに、大切にされる。

まるで矛盾する二つの事実をどう捉えればいいのか、トリシアには皆目見当がつかないでいたのだった。

その後、観光に行ったのはランスで最も古い僧院だった。

ここはユアンの希望で予定に組み込まれた場所だ。

ユアンは無言だったが、馬車を降りる時には手を差し出してくれたので、トリシアは幾分ホッとした。

僧院では案内役の僧が待っていて、昔ながらの生活を営む僧達の暮らしを、説明を受けながら見学して歩く。

その途中、子ども達の声が聞こえてくる場所があり、不思議に思っていると、案内役の僧がニコリと笑って言った。

「隣に孤児院があるものですから。騒がしいでしょう」

「孤児院？」

「ええ。昨年からですが、親のいない子どもや、恵まれない子ども達を支援するために、空いていた古い宿舎を改築し、孤児院を開設しました」

トリシアは目を丸くした。

こんなに歴史のある僧院が、孤児院を開設するとは珍しい事例だ。

「この国で初めての公立孤児院なんです」

短い説明は、案内役の僧の口からではなく、隣に立っていたユアンから聞こえ、トリシアは目を瞬く。

僧が嬉しそうに微笑んだ。

「その通りです！　この国では、今まで各地の小さな尼僧院が独自に孤児院を運営していました。ですが、多くの尼僧院は寄付によって生計を立てているため、どこも経営は苦しく、子ども達の育成にまで手が回らなかった。これはこの国で初めての、公立孤児院なのです」

「公立孤児院……」

トリシアはポカンと、会話する二人を見つめる。

ユアンは真っ直ぐに僧に向かって言った。

「孤児院も見学させていただけますか？　俺は、それを見に来たんです」

「もちろんですとも！」

満面の笑みで答えてくれる僧の後に続きながら、ユアンはトリシアに囁く。

「すみません。あなたは興味がないと思いますが、付き合っていただけますか？」

興味がないなんてことはなかったので、驚いて首を振った。

「行ってみたいわ」

トリシアの答えに、ユアンは鼻白むように笑っただけだった。

胸が痛んだが、それ以上弁解のしようがなく、諦めて彼の後に続いた。

孤児院の建物に入ると、院長だという年配の僧が出て来て、ユアンと共に奥の部屋へと入って行った。

「俺は院長と少し話があるのです。待っていていただいてもいいですか」

そう言い置かれてしまえば、トリシアには頷く他ない。きっと内密の話なのだろう。蚊帳《かや》の外に置かれている気がして寂しかったが、それに文句を言う権利を、トリシアは持たなかった。

黙ってユアンが院長と連れ立って奥の部屋へ入って行くのを見送っていると、先ほどの僧が気を利かせて、孤児院内を案内してくれると言ったので、甘えることにした。

孤児院では多くの子どもたちが元気に過ごしていた。

赤ん坊のような年頃から、一番年長者では十五歳まで、ここで生活できるのだという。

子どもたちはどんなに小さくとも、ちゃんとそれぞれに仕事を与えられていて、その仕事をこなさなければ食事を与えてもらえない。

孤児院の中は小さな社会になっていて、役割がしっかりと割り振られ、皆社会の一部として機能していることを自覚して過ごしているのだ。

こんなに小さな子ども達が、と思うと、トリシアは感嘆の声を漏らした。

「すごいのね……皆、あんなに小さいのに……」

自分がこれくらいの時にはどうだっただろうか、と考えて、これくらいの時どころか、これまで労働などしたことがないと気づく。

案内に導かれて施設の中を見て回る。炊事場では比較的年長の者が火を焚《た》いたり、ナイフを使って芋の皮を剝いたりと炊事にあたり、畑では様々な年齢の子ども達が重い鋤《すき》や鍬《くわ》を持って畑仕事に精を出している。ハタキや雑巾を手に聖堂を清める者達もいた。

洗い場では大きな盥《たらい》の前にしゃがみこみ、洗濯をしている五歳くらいの男の子を見た。

もみじのような小さな手が真っ赤になっているのが痛々しくてトリシアは思わず顔を顰めてしまった。

彼の傍に座り、目の高さを同じにしてから、そっと手を伸ばして丸い頭を撫でた。

男の子はビックリしたように目をまんまるにしてトリシアを見ている。

「……偉いのね。辛くはない？」

訊ねたトリシアに、男の子は不思議そうな顔をした。

「どうして？　辛くなんかないよ！　とても幸せ！　ここは毎日ご飯がもらえるもの！」

そう答えて、にこっとした屈託のない笑顔があまりに眩しくて、トリシアはハッとする。

（……そうか、この子達にとっては、食べるということすら、まともに与えられるものではないのね……）

トリシアが与えられて当然だと思っているもののほとんどを、この子達は手にできずにいるのだ。食べ物――生きるために必須のそれすら。

この子達にとって、食べられることが『幸福』なのだ。

これまで自分が考え、欲してきた『幸福』との違いに、トリシアは愕然とする。

トリシアは自分を不幸だと思っていたことを、猛烈に恥じた。

大きすぎる父の存在を負担だと言い、『血塗れ姫』という悪名を付けられたと世間を恨み、全てから逃げ出したいと泣いて駄々を捏ねていた。

自分が主張する不幸を、この子達が聞いたら何と言うだろう？　きっと先ほどのように不思議そうな顔をされるに違いない。

『それが、不幸なの？』と。

自分のなんと矮小《わいしょう》なことか。目の前のこの小さな男の子よりも覚束ない。

茫然と動かなくなったトリシアに、男の子は心配そうな顔で覗き込んできた。

「どうしたの？　お腹空いちゃった？」

邪気のない質問に、トリシアはフッと噴き出してしまう。

「……大丈夫よ」

首を横に振って答えたけれど、男の子はまだ心配そうだ。

「本当？」

「ええ。心配しないで」

言いながら柔らかなほっぺたを撫でていると、背後から声がかかった。

「どうしました？　気分でも？」

問われて、トリシアは慌てて首を横に振って立ち上がる。いつの間にかユアンが傍に来ていた。

「な、なんでもありません。大丈夫です。お話は、終わりましたか？」

トリシアの問いに、ユアンが「ええ」と短く答える。

「院長が、せっかくなのでトリシア様ともお話をと仰っていますが」

「分かりました。参ります」

恐らく寄付の話だろうと見当をつけて頷けば、ユアンが腕を差し出した。その肘に手をのせて歩き出そうとしたところで、かわいい挨拶の声がかかる。

「ばいばい、お姫さま！」

振り返れば、男の子が満面の笑みを浮かべて、泡の付いた小さな手を振っていた。

『お姫さま』――彼にはトリシアがそう見えたのだろう。

手を振り返しながら、トリシアは奥歯をぐっと噛み締めた。

王の娘ではないトリシアは、「姫」などではない。

それなのに大嫌いなあの二つ名でも「姫」と呼ばれるのは、「王族のごとき権力をひけらかし、殺人の罪を逃れた」という風刺にもなっているのだ。

あんなに邪気のない子どもからも「姫」と呼ばれてしまうほど、自分には傲慢さが表れ出ているのだろうか。

「トリシア様？」

やや茫然としていたトリシアに気づいたのか、ユアンが怪訝そうに呼びかけてくる。トリシアは慌てて首を振った。

「な、なんでもないのです」

「あの子どもが何か粗相《そそう》でも？」

「ち、違います！　あの子は何もしていません。た、ただ、私は『姫』ではないのに、と……」

あの少年が咎められては大変だと焦って説明すれば、ユアンは「ああ」と軽く頷いた。

「あの子達からしたら、あなたのような女性は、皆姫君に見えるのですよ。あなたが王陛下の娘であろうがなかろうが、きれいな恰好をしている金持ちの令嬢には変わりないですから。貴族社会の決まり事など、平民にとってみたらどうでもいいことなんです」

軽く肩を上げて言うユアンに、トリシアはまた寂しさを感じる。ユアンはいつも自分を平民の立場に置いて物事を見ている。自然、対峙するのは貴族であるトリシアだ。

『お前は俺とは違う』――そう突きつけられている気がしてしまうのだ。

だが、それは事実でもある。ユアンは平民出身で、トリシアは貴族として育った。二人の間には大きな隔たりがある。

（けれど、私も、ユアン様も、人間だわ。……そして、先ほどの子ども達だって……）

何が違うのだろう。育った環境？　ならばその環境とは何か。身分？　富？　周囲の人達？

互いを取り巻くあらゆるものが、自分とユアンとでは違う。

そんな二人が、今、こうして寄り添って共に歩いていることの奇妙さに、改めて感慨を覚えてしまう。

（歩み寄ることは、できないのかしら……）

ユアンをもっと知りたいと思った。だがすぐに苦笑が込み上げる。

何を今更。自分からあんな『契約』を持ち掛けておいて歩み寄りたいなど、虫のいいことをと鼻で笑われるに決まっている。

そんなことを考えている内に、院長の部屋へ辿り着いた。

院長は二人を笑顔で迎え入れ、客用の椅子に座らせた。

「本日は我が孤児院に多額の寄付金を、誠にありがとうございます！」

席に着くなり、出し抜けにそう礼を言われ、トリシアは目を瞬いた。

トリシアには寄付をした覚えはない。となれば、ユアンがしたのだろう。先ほど院長と話があると言っていた、あの時にだろうか。

隣に座るユアンを見れば、きまりの悪そうな顔で口を引き結んでいた。

どうやら、トリシアに知られたくはなかったようだ。

しかし院長の方は、夫婦であるユアンとトリシアとの間で秘密にする理由はないと思ったのか、ユアンのムスッとした顔には気づかず、ニコニコと話を続けている。

「既にお聞き及びかとは思いますが、我が孤児院はこのランスでも初めての国営の孤児院となりました。これまで孤児院は私立が当たり前でしたから、どの孤児院もその運営資金集めに奔走しなくてはなりません。寄付が集まらずやむを得ず廃院に追い込まれるケースも珍しくなかったのを、国営化することで運営の危機を脱することができたのです。これはとても画期的なことでした」

院長は身振り手振りを交え、熱心に語ってくれる。

「そして我が孤児院に注目が集まったことで、ありがたいことにヘドランド男爵様のように寄付をしてくださる方が増えました。これを他の孤児院の運用資金として回すことで、より多くの子ども達を救う試みを始めているところなのです」

そこで言葉を切ると、院長はユアンに向き直って神に祈りを捧げるように、手を組んだ。

「あなたのご厚情により、多くの恵まれない子ども達が救われるでしょう。あなたの高邁《こうまい》な精神を、心より感謝いたします」

興奮した様子で礼を述べる院長とは対照的に、ユアンは困ったような——どちらかと言えば、少々不機嫌そうな面持ちでそれを受けていた。

（……私に、それほど知られたくなかったのかしら）

恵まれない子ども達を救おうとするその精神は、誰が聞いても称賛するようなものなのに、何故だろうか。

トリシアは不思議に思いつつ、ユアンが院長の礼におざなりな返事をするのを眺めていた。

＊＊＊

院長の部屋を後にし、トリシアと二人で並んで孤児院の回廊を歩きながら、ユアンはなんとも言えない居心地の悪さを感じていた。

まさか院長が寄付金のことをトリシアの前で話すとは思わなかった。トリシアの前でしたくなかったから、先ほど一人で院長に会いに行ったというのに、まったく理解していなかったようだ。

察しの悪い僧に苦い顔をしていると、背後から声がかかる。

「……ユアン様は、この孤児院に寄付をしたことを、私に知られたくなかったのですか？」

まさかそんなに直球な質問の仕方をされるとは思わなかった。

ユアンは目を丸くしてトリシアを見た。彼女は真っ直ぐにこちらを見つめていた。

「……別に、あなただから知られたくなかったわけではないですよ。俺はこれまで誰にも言ったことがなかっただけです」

まるで言い訳をしているかのような言い方になってしまって、ユアンは臍を噛む。

言い訳をしたいわけでもないし、そもそも言い訳をする必要がないのに。

だがトリシアが気になったのは別の言葉だったようで、彼女はゆっくりと首を動かして一つ頷いた。

「これまで、ということは、今までにも、何度もこういった寄付を？」

ユアンは思わず口を押さえた。しまった。まったく、口は禍《わざわい》のもととはよく言ったものだ。

その仕草で推測が的を射ていたと分かったらしく、トリシアは不思議そうに首を傾げた。

「何故、それをお隠しになるのですか？　恵まれない子ども達を救おうとなさっている、その行為はとても高邁です。崇高な志だと思います」

その台詞に、ユアンの方が驚いた。

トリシアがこちらを真っ直ぐに見つめている。藍と茶の混じる不思議な色合いの瞳は、湖面のように澄んでいた。

（……まるで赤ん坊のような眼差しをする）

嘘を吐くことすら知らない――そんな目だった。

どうしてこんな目ができるのか。彼女は人を殺す『血塗れ姫』だというのに。

それとも、こんな澄んだ無垢な目をして人を殺せるから『血塗れ姫』なのか。

だが――と、ユアンは先ほど彼女が孤児院の少年と話していた時のことを思い出した。

おそるおそる、そっと手を伸ばして少年の頭を撫でてやっていた。少年が喋るのを慈愛に満ちた笑顔で見守っている様子は、とても平気で子どもをなぶり殺しにできるような人間には思えなかった。

（……本当に、彼女が『血塗れ姫』なのか……？）

心に浮かんだ疑問を、ユアンは鼻でせせら笑う。

（……何を考えている。目の前のこの女は、正真正銘、あの冷徹公の娘だ）

冷徹公の娘は、幼い従者を刺し殺した『血塗れ姫』。

それが世間の常識だ。ましてそれは、冷徹公自らが認めている事実だというではないか。

だがどうして、噂の中の『血塗れ姫』と、今目の前にいる実物とが、こんなにも違うのだろう。

どうして、目の前のトリシアを、こんなにも抱き締めたいと思ってしまうのだろう。

無垢で、臆病な、生まれたての雛のような女性に見えて仕方ない。守ってやりたいと思うこの感情はなんなのか。

「……ユアン様？」

じっと見つめたまま黙り込んでしまったユアンに、トリシアが心配そうな声をかけてきた。

(……ダメだ。これ以上、この目を見ていては)

心が乱されてしまう。自分が信じているものを、信じられなくなってしまう気がして怖かった。

「……俺は、俺みたいな子どもが、もうこれ以上増えないようにしたい。それだけです。だから別に崇高な志なんかじゃない」

それは紛れもない本音だった。ユアンにとって、自分と似たような境遇の子どもを救うのは、過去の自分を救う行為と同じだった。そして、過去の自分がしたことの贖罪《しょくざい》なのだ。救えなかった命を代わりに救うことで、罪悪感を軽減しているだけなのだ。

だから、これは自分のための行為だ。本当なら一生背負っていかねばならない罪の重荷を、下ろしてしまいたくて堪らないのだ。

情けない自分の贖罪を、誰にも知られたくないと思うのは当然だろう。

それを崇高？　やめてくれと言いたい。

自嘲が込み上げた時、そっと自分の腕に触れる手があった。

トリシアが小さな手を自分の腕にかけて、こちらを覗き込んでいた。小さな顔の中にある、不思議な色合いの双眸が、強い光を放ってユアンを射貫く。

「それでも、私は、あなたの行為を高邁だと思います。あなたがどう思おうと、あなたの行為で子どもが救われるのは事実です。その事実を、私は素晴らしいことだと思います。だから、あなたがどう思おうと、あなたのやっていることは崇高なのです」

いつになく力強い物言いに、ユアンは呆気に取られた。トリシアがこんなにもハッキリと主張するのを見たのは、初めてだった。

（……この人は、こんな声も出せるのか）

そんな間の抜けた感想を抱いた次の瞬間、弾けるような笑いの衝動に駆られる。

「……ック！　ク、ハハッ！　『あなたがどう思おうと』って！」

ユアンの行動なのに、ユアンの意志はどうでもいいという大胆な思考を、この臆病そうなトリシアがしたと思うと、痛快な気持ちになった。

声を上げて笑い出したユアンに、トリシアは困った顔でオロオロとしていたが、やがて釣られたように「ふふっ」と声を立てて笑い出した。

それを見てユアンがまた噴き出して、二人はしばらく意味もなく笑い合っていたのだった。

孤児院を出て宿に着いた時には、もう辺りはすっかり暗くなっていた。

宿の受付で「もうお夕食の準備が整っておりますので、いつでもどうぞ！」とにこやかに告げられ、トリシアは思わず自分のお腹を手で押さえる。

(……お腹が減ってる……)

屋敷に引きこもりがちなため、あまり空腹を感じることがなく、食べる量も多くない。旅行に来てよく動いたせいか、ハッキリと空腹だと感じていた。

「お腹が空きましたか?」

横に立っていたユアンに言われ、驚いて顔を上げる。

今まさに考えていたことだったからだ。

「……はい」

「俺もです。ここはウサギの詰め物が美味いらしい。楽しみですね」

「……そうですね」

彼もまた同じように空腹だったと知って、なんだか嬉しくなる。

二人の会話を訊いていたレノが、鍵を受け取りながらチラリとこちらを見て言った。

「差し支えなければ、私が部屋で荷解きなどを行っておきますから、お二人は先にお食事に行かれては」

その提案に、ユアンがこちらを見て「どうしますか?」と訊ねてくる。

判断を委ねられて一瞬迷ったが、ユアンもお腹が空いていると言うし、ここはレノの厚意に甘えることにした。

荷物を手に部屋へ向かったレノの後ろ姿を見送って、ユアンがスッと腕を差し出してくる。

見上げれば、ユアンは柔らかく微笑んで小さく首を傾げた。食堂までエスコートしてくれるつもりなのだろう。夫婦であるなら当たり前の仕草だ。

それなのに、トリシアは嬉しかった。これまでも同じようにエスコートされる機会はたくさんあったけれど、ユアンはいつも儀礼的だった。

（嘘の笑顔だったのに……）

今のユアンには、その冷たさがあまり感じられない。

それはやはり、先ほどの孤児院での一件のおかげなのだろうか。

ユアンが平民出身で、のし上がるなら手段を選ばない人だということは知っていた。それこそ、『立志伝中の男娼騎士』という二つ名が示すように。身を売ることすら厭わないという彼の出世欲を、トリシアは不思議に思ったこともある。彼の望む先にあるものはなんなのだろうか、と。

その疑問が解けた。彼のがむしゃらな出世欲は、自分と同じ境遇の子ども達を救いたいという切望に根差していたのだ。

ユアンは孤児院に寄付していることをトリシアに知られた時、ひどく決まりが悪そうだった。

『俺みたいな子どもが、もうこれ以上増えないようにしたい。それだけです。だから別に崇高な志なんかじゃない』

そんな言い訳じみたことを早口で言う表情には、謙遜《けんそん》の色はまったくなかった。

（……多分、ユアン様は、それを当たり前だと考えているのだわ……）

ユアンは子ども時代、孤児院の子ども達よりも過酷な環境に身を置いていたと言ってい
た。その辛さや苦しさを誰よりも知る彼だからこそ、そういう子どもを救うのが当然の感
覚なのだ。

『救える手を持っているのに、何故救わないんだ？』

言葉にされなかったけれど、そう問われている気がした。

ユアンの逞しい腕に手をかけて、彼の大きく骨張った手を見る。

（……この手に、多くの子ども達が救われてきた……）

そしてその上にのる自分の小さな手を見た。まるで幼子のような手だ。

（でも、私にも、救えるのではないかしら……？）

食べることすらままならない悲惨な環境にある子ども達ほどではなかったけれど、自分
も途方に暮れた経験がある。もがいても、もがいても、その先が見えず、誰かに助けてと
大声で叫びたかった、苦しい記憶だ。

（あの時欲しかった救いの手に、私が、なれるのだとしたら――）

そう考えた瞬間、ぶわっと身体中の皮膚が粟立ち、ぞくりとした震えが背筋を走った。

その震えは恐れからくるものではない。期待や高揚感からのものだった。

（……ああ、そうか。ユアン様はこんな想いを抱いて、子ども達を救っていらしたのね

……）

今、本当に彼の気持ちに寄り添えた感じがして、トリシアはじんと胸が熱くなった。

トリシアは隣を歩くユアンを盗み見る。

（私に、ユアン様の手伝いはできないかしら……）

恵まれない子ども達に救いの手を差し伸べたい。この手で救えるのなら、やってみたい。

だが手伝うと申し出ても、彼が快くそれを諾と言うのが想像できなかった。

ユアンは孤児院に寄付をし続けていることを公表していない様子だった。その秘密を明かしてくれたことで、お互いの距離が少しだけ縮まったような気はしているが、それでもトリシアへの負の感情が全て払拭されたわけではないだろう。

ユアンと自分との間にある溝を、少しずつ埋めていくことができるだろうか。

（だって私は……この人に、もっと近づいてみたい……）

それは初めてユアンに会ったあの時から、ずっと抱き続けてきた欲求だ。彼に期待をしてはいけないという自戒から、何度奥に押し込めても、すぐに頭を覗かせる困った願い。

それが何に由来する想いなのか、トリシアはいまだに分からない。けれど、これまで誰にも抱いたことのない執着であることだけは分かっていた。

その日の夕食は、今までになく会話が弾んだ時間だった。

これまで幾度となく食事を共にしてきたが、トリシアはいつもユアンの提供する話題に相槌を打つだけで、自ら話題をふることはしてこなかった。――いや、できなかったと言うべきか。会話が得意ではない上に、ユアンに対して必要以上の関心を持たないように自戒していたからだ。

だがこの夜の彼女は、ユアンに近づきたい、彼をもっと知りたいという欲求を抑えることができないでいた。トリシアはいつもより大胆になっていた。

「……ユアン様の、ご家族について……お聞きしてもよいのでしょうか……？」

ユアンが平民出身だということは聞いていた。だが彼の家族について具体的な話を聞いたことがなかった。それを自分が訊いていいのか分からなかったのだ。

過去を掘り返すような真似は、ユアンの逆鱗《げきりん》に触れるような気がして避けていたのだが、孤児院でユアンは自分から過去について話して聞かせてくれた。だから大丈夫な気がした。

思い切って訊ねてみると、案の定ユアンは怒った様子は見せず、ただ意外そうに小さく首を傾げて笑った。

「あなたが俺について知りたがるなんて。珍しいこともあるのですね」

「……珍しい……わけでは……」

本音を言えば、本当はいつだって彼に訊いてみたい。聞きたいことが山ほどあって、考えが追い付かないほどだ。

たとえば――『あなたが、本当の私を見てくれる日は、来るでしょうか？』とか。

（……ばかみたい。そんなこと、ユアン様に訊いたところで、答えなんて出るはずがないのに）

心の中で自嘲していると、ユアンが愉快そうに笑う声が聞こえた。

「へえ。珍しいわけではないんですか？　あなたは……結構頻回に、俺について知りたいと思っているって解釈しても？」

からかうように言われ、トリシアは居た堪れなさを感じつつ、コクリと頷く。するとユアンは目を丸くして、やがて柔らかく微笑んで言った。

「それは……嬉しいですね」

そう口にする彼は、いつもの戯言を言うように見えて、その目には欺《あざむ》くような色がなかった。

「……嬉しい、のですか？」

驚いたトリシアが思わず訊ねれば、ユアンは虚をつかれたような顔をして、それから少し困ったような苦い笑みを浮かべる。

「……そうですね。自分でも不思議だが、あなたに興味を持ってもらうことが、どうやら俺は嬉しいみたいだ」

それは、偽りのない言葉だった。

じわりと胸に広がるあたたかい感情に、トリシアはなんだか大きな声を出したい気分になる。大声など、ここ数年出したこともないけれど。

「……両親と、姉がいました」

ぽつり、とユアンが言った。彼が自分の家族について話してくれているのだと気づき、トリシアは顔を上げる。

「四人家族……ですか……」

ユアンは弟だったのか、となんだか微笑ましくなった。これだけの美貌を持つ男の家族だ。きっと皆美しかったのだろう。

「そうです。俺が十歳くらいで……別れたので、記憶ももう曖昧ですが」

途中、いっときの間があったことにトリシアは気づいていたが、何も言わなかった。きっと言いたくないことを濁したのだろうから。自分に全てを話してもらえない寂しさが胸を過ったが、当たり前だと思い直す。自分は契約の上だけの妻だ。

それでもこの優しい雰囲気を壊したくなくて、トリシアはユアンの話を繋げるために懸命に話題を探した。

「私……私も、です」

「え？」

「私も……お母様……母を、早くに亡くしたので、あまり、記憶がなくて……」

トリシアの言葉に、ユアンがハッとしたような表情になる。

「……そうでしたね。お母上は、確かランス……この国のご出身でしたか。ああ、だからあなたは新婚旅行にこの地を」

当てられて、トリシアは首肯した。

「……母の故郷を、一度、見ておきたかったのです」

もうほとんど記憶にない母だが、父親と距離のあるトリシアにとって、死んでなおその存在は慰《なぐさ》めだった。

「そのお気持ちは……よく分かります。愛する者とのよすがになるものを大事にしたくなる。遺された者には、それしか偲《しの》ぶ術がないのだから」

そう語るユアンは微笑みを浮かべていたが、苦く、辛そうに見えて、トリシアはストンと腑《ふ》に落ちるものを感じた。

（……ああ、そうか……）

「ユアン様は、ご家族のよすがを大事にするために、子ども達を支援しているのですね」

トリシアにとって、ランスを訪れることが母を偲ぶことであるように、ユアンにとって恵まれない子ども達を救うことが、慰めになっているのだ。

トリシアの発言に、ユアンは目を大きく見開いていた。

「……そんなふうに、考えたことはなかった」

彼の様子に、トリシアはハッと我に返って狼狽する。

「……あ、そ、……す、みません。勝手な、ことを……」

蒼褪めながら謝ると、ユアンは「いや」と首を横に振った。

「そう言われると、そうなのかもしれないですね。他人を救う高邁な行為などと言われると苦い気持ちになりますが、自分のためということであれば、なるほどと納得できる」

「え……」

その理屈に、今度はトリシアの方が驚いてしまう。その言い分では、まるでユアンが利己的な人間であるかのようだ。

「何故、そんなことを？」

半ば茫然として訊ねると、ユアンはおどけたように肩を竦めた。

「ご存じでしょう？　『立志伝中の男娼騎士』ってね。俺は自分のことしか考えていない人間ですから」

彼自身の口から出た彼を貶める言葉に、トリシアの腹にグッと力が籠る。

「あの！」

彼にどうしても伝えたい。そう思って発した声は、思いのほか大きかった。

ユアンも若干驚いたような顔でこちらを凝視している。

トリシアはゴクリと唾を呑んだ。ユアンの鮮やかな翡翠色の瞳を見るのが怖くて、彼の持っているワイングラスに視線を当てる。

「……私は、噂を、信じません。自分の目で見たものだけを信じると、決めたのです」

ユアンは相槌を打たなかった。それが不安で、思い切って目を上げて彼を見る。彼はまだこちらを真っ直ぐに見つめていた。

「ユアン様は、他人のために動ける方です。子ども達を救おうとすることは、あなたらしい行動だと、私は思います」

初めて会ったあの城下町の食堂で、見ず知らずのトリシアを助けてくれた時も、同じだ。

ユアンは困っている人を見過ごせない。誰かが救うのを待つのではなく、彼はその手で救う人だ。そんな人が、どうして利己的であるだろうか。

言い終えてからしばらく経っても、ユアンは黙ったままだった。

何か気に障るようなことを言ってしまっただろうかと不安になる。だが、どうしても伝えておきたいことだった。

痛いほどの沈黙の間ずっと、ユアンはどこか途方に暮れたような顔でトリシアを見つめていた。

「……ありがとう。トリシア」

やがてポツリと呟くと、ユアンはワイングラスから手を離した。

沈黙が終わったことと、彼からの言葉にホッとして、トリシアは知らず顔を綻ばせる。

その表情を、ユアンがまたじっと見つめていることには気がつかなかった。

食事を終えて部屋に行くと、荷物はすっかりレノが整えておいてくれたらしく、あとは寝支度をするくらいになっていた。

レノはどこに行ったのだろうと捜していると、ユアンが若干冷めた声で言った。

「あなたの従者は自分の部屋に戻っていますよ。あなたの世話は俺がするから、呼ぶまで来なくていいと伝えてあります」

トリシアはエッと仰天する。

今日のドレスは背中にびっしりと小さなボタンが付いていて、一人ではとても脱げないのだ。レノがいないとなれば、どうすればいいのだろう。

「あ……あの、レノを呼んでもいいですか？」

呼べば来てくれるらしいことを言っていたのでそう頼めば、ユアンの眉が寄った。

「何故？」

ドレスを脱ぐ手伝いをしてほしい、などと言って良いものだろうかと、トリシアは逡巡した。そういえば以前ユアンは似たような件で誤解をしているみたいだった。

黙ってしまったことを咎めるように、ユアンがもう一度問う。

「何故ですか？」

「………ド、ドレスの背中のボタンを……」

観念して答えると、ユアンは一瞬眉間の皺を深くして、すぐに輝くような笑みを見せた。

「言ったでしょう、トリシア。あなたの世話は俺がします」

ヒッと声を上げそうになるのをすんでのところで堪え、トリシアは、じり、と一歩後退さった。

「ド、ドレスは……」

トリシアが下がった分、一歩距離を詰めたユアンがにっこりと笑ったまま彼女の腕と腰を摑んで引き寄せる。

「ドレスも俺が脱がして差し上げますよ。そもそも、夫以外の男にドレスを脱がせてもらうつもりだったというのが解《げ》せませんね」

ユアンが言わんとしていることを理解しないほど、トリシアは鈍くはない。

「レ、レノは、そういう者では……」

ブルブルと頭を振って否定するのを、ユアンの手が伸びて来て止める。片手で顎を摘み上げられ、切れ長の目に睨み下ろされた。唇が触れ合うスレスレの距離まで近づくと、ユアンは唸るような声を出す。

「そういう者でもどういう者でも、あなたのドレスを脱がせる権利を持つのは、今のところ俺だけです」

低い声で囁かれて、トリシアの背筋に慄きが走った。思わず頤《おとがい》を反らせかけた瞬間、ユアンに嚙みつくようなキスをされる。

歯列を割って舌が入り込んできて、トリシアの小さな舌を追いかけ回して搦め捕った。ユアンの舌はワインの味がした。大きな手がトリシアの後頭部を摑むようにして、結い上げていた髪を解いてしまう。バサリと背中に流れた髪を、ユアンの指先が弄んだ。

彼に習った通りに鼻で呼吸をしようとするも、口の中で蠢く舌に翻弄されてうまくできない。涙目になりながら彼の背中を拳で叩くと、ようやく解放された。

空気を肺に吸い込んでホッとしたのも束の間、いつの間にか後ろに回っていたユアンに背中のボタンを外されてしまった。

「あっ――」

ドレスを剝がれ、中のコルセットの紐を手早く解かれた。緩んだそれらと一緒にシュミーズも引き下ろされる。かさついた手に、まろび出た柔らかな乳房を摑まれた。

「ぁっ……ぁあ、んっ」

背中に覆い被さるユアンに胸の先を引っ搔かれ、甘い鼻声が漏れた。

黒髪を片手で優しく摑まれ、後ろを向かされる。ベロリと舌で唇を舐められ、口を開けと促された。

「舌を伸ばして」

「……っ、んんっ、ぁ」

苦しい体勢で舌を絡ませ合いながらも、胸の尖りを苛む指は止まらない。

口の中と胸とを同時に攻められ、トリシアの身体が快楽の毒にじわじわと侵されていく。

やがてユアンの逞しい太腿が、ドレスの上からトリシアの両脚を割って、脚の付け根を刺激し始めた。

「んぁっ……ぁ、や、やぁっ……！」

ぐりぐりと捏ねるように動かされると、隠れている秘豆も捏ねられてじんじんと疼き出してしまう。下腹部が熱くなり、奥からじわりと何かが湧き出すのを感じて悲鳴を上げるトリシアに、ユアンが首を甘嚙みしながら笑った。

「仔猫の鳴き声みたいですよ、トリシア」

「……ぁ、ち、ちが……」

甘えた声を出したことが恥ずかしくて否定すれば、ユアンは「へえ？」と意地悪く首を傾げる。

「違うんですか？　こんなにかわいく鳴いているのに？　ここを撫でてやったら、気持ち好くてもっと鳴いてしまうのを知っていますよ」

「あ、あぁぁっ」

ユアンが長い腕を伸ばしてドレスをたくし上げ、ドロワースの股間部の穴から手を差し入れた。

ぐちゅり、と微かな音が耳を掠めて、トリシアは恥ずかしさに顔が赤く染まる。

ユアンが喉の奥でくぐもった笑い声を上げた。

「もう、濡れていますよ」

「ひ、ぁ」

ユアンの指が最も敏感な陰核を指の腹でゆっくりと撫であげる。ビリビリとした快感で、頭が白く霞がかっていくのが分かる。

「ほら、また溢れてきた」

彼の言葉通り、トリシアの身体は奥から愛蜜をどんどん溢れさせている。ユアンはそれを掬い取るように指に纏わせると、また陰核に戻り、円を描くように撫で続ける。

「あっ……ぁあ、ん、も、ゆ、あん、さまぁ……」

トリシアは背後のユアンの首筋に頬を擦りつけ、強請るように名を呼んだ。

ユアンがうっとりと破顔する。

「ああ、かわいいな。……こうしてかわいがっている時だけは、……全部忘れてしまえる」

何を忘れてしまいたいと言うのだろう。

(私を、抱いたことを……?)

つい自己否定的な考えが脳裏を掠め、トリシアは頭を振ってそれを奥へと追いやった。

彼に触れられることを、身体が喜んでいる。心が喜んでいる。

隙間なく触れ合った皮膚の感触や、粘膜の味、その体温を、どうしようもなく愛おしんでいる。彼の心に近づけたことを喜び、もっと近づきたいと思うのは、彼を愛おしいと感じているからだ。

(今は、それだけでいい……)

彼を愛おしいと思う、自分の想いだけで充分だ。

「もっと鳴いて、トリシア。あなたの甘い声をもっと聞かせてくれ」

ユアンがトリシアの耳介《じかい》に歯を立てながら囁いた。

低い艶やかな声が鼓膜に直接響いて、ぶるりと犬のように背筋が震えた。それに合わせるかのように、快感に逆上《のぼ》せた脚が戦慄く。秘豆を愛でるように優しく撫でるだけだった指が、きゅっと包皮の上からそれを摘まんだ。

「ん、アッ、あああっ！」

熱い蒸気を浴びたかのように、全身に愉悦が走る。四肢が突っ張り、背を仰け反らせるトリシアの身体を、ユアンの逞しい腕が抱き締めるように支えた。

そのままくたりと身体を弛緩させた彼女を、ユアンは易々と横抱きにすると、ベッドにうつ伏せに寝かせる。

「まだ眠らないでください。今度は俺に付き合って」

笑いを含んだ声で言われ、大きな手がトリシアの腰を持ち上げる。次いでバサリ、とドレスを捲られ、蒸れた下肢が外気に晒されてようやく、何をされているのか理解した。

「……あ……？　や、やあ……」

尻を突き出すような体勢を取らされていると分かったが、先ほど一度絶頂を味わったばかりの身体には力が入らない。抗議の声を上げたものの、それこそ仔猫の鳴き声のような情けないものにしかならなかった。

ユアンがドロワースの紐を解き、ずるりと引き下げてしまう。

丸見えになってしまったことを想像して、トリシアは頭が沸騰しそうになった。

「いやあ……！」

細い腰を支えた。

「ダメですよ。まだ俺が満足していない」

ユアンが果てていないのは分かったが、何もこんな恥ずかしい恰好でなくとも、と思いながらも、頭がうまく働かずイヤイヤと首を振るだけになってしまう。

ユアンはそれに笑うだけで取り合ってくれなかった。

熱いものがそこに宛てがわれるのを感じた。いくら口ではイヤだと言っていても、彼に快楽を教え込まれた身体は、期待にぎゅうっと腹の奥を疼かせてしまう。そんな自分を恥じて目を閉じた瞬間、ずぶりと最奥まで貫かれた。

「……っ！」

衝撃に息もできなかった。はくはくと口を開閉しながらも、唐突に与えられた狂暴なまでの快楽に、眩暈がしそうだ。

解されていなかったそこは、けれどユアンの形に慣らされてしまったのか、しっかり彼の肉竿を咥え込んでいる。

「……ッ、ハッ、食いちぎられてしまいそうだ……！」

不穏な台詞を楽しそうに吐いて、ユアンが腰を振り始める。

「ぁっ、あ、ああっ、ひ、ぁ、ん……あ、いや、そこ、いやぁ！」

激しく奥まで突き入れながら、ユアンが膨れた秘豆を指で擦った。弾けた快感に、自分の蜜襞がぎゅうっと蠢くのが分かる。

ユアンが息を詰めてトリシアに覆い被さった。

「……っ、ああ、ぎゅうぎゅうと締め付けて……上手に食べていますね、トリシア」

食べてなどいない、と否定したいのに、ユアンが首筋に噛みついてくるので、身体を跳ねさせるのに忙しく、それどころではない。おまけに敏感な陰核を弄られつづけているので、持続する快楽に頭がおかしくなりそうだった。

「や、だめぇ、それ、だめ、なの……ぁっ、あっ、あぁ、ふ、ぁあっ」

ユアンはトリシアの懇願に宥めるようなキスを背中に降らせた後、再び腰を摑んで突き上げ始めた。

肌と肌がぶつかり合う音や、接合部から鳴る粘着質な水音、ユアンの荒い息遣い、そしてなにより、自分の甘えたような嬌声が、奇妙なリズムを保って狭い宿の個室に鳴り響く。

ユアンの汗が自分の背中にパタパタと落ちるのが分かった。

押し入られ、お腹の奥底にぶつかられる度、トリシアの視界が白く滲んでいく。

熱い昂ぶりが自分の内側を苛んでいるのに、その熱くて硬い凶器が愛おしい。

「ああ、トリシア……トリシア！」

ユアンが呻いたのが自分の名であることが、嬉しかった。

自分の中で狂暴な楔が一段と質量を増す。入り口がぎちぎちと音を立てそうだ。抜けるギリギリまで引き抜いたそれを、叩きつけるように突き立てられる。

「ひ、ぁああっ！」

鈍痛なのか快感なのか——境界線上にある愉悦に、目の前に火花が散った。

全身がバラバラに砕け散りそうな感覚の後、薄絹のベールのような絶頂の名残が全身を包んでいく。

中でユアンが魚のように跳ねている。子宮の入り口に熱い飛沫を浴びせかけられているのだ。そう思うと、じわりとお腹があたたかくなる気がした。

その幸福感を抱き締めて、トリシアはゆっくりと身を弛緩させた。

＊＊＊

ランスでの新婚旅行も終盤を迎えた。

トリシア達はランスの地方の街を出て、再び蒸気船に乗るために、ランスの首都にある港を目指して馬車を走らせていた。

途中で通った街の中に、路傍《ろぼう》で裸同然の恰好で立ち尽くす、痩《や》せ細った子どもの姿を見つけ、トリシアは眉を寄せる。

「この街にも、あんな子ども達が……」

痛ましい現状にポツリと呟けば、同じ景色を見ていたらしいユアンが言葉を返した。

「どこへ行ってもああいう子ども達はいなくならない。あの孤児院の中は、ずいぶんとマシだ」

「……え……」

「あそこでは仕事をすれば食事を与えてもらえる。だが街の中で暮らしている孤児達は、丸一日働いたところでもらえる金はパン一つ買えるか買えないかです。多くの孤児が、腹を空かせて、雨風を凌《しの》げずに死んでいくんです」

　そう語るユアンの翡翠色の瞳は、虚空の何かを見据えていた。

　きっと、彼はその中にあったのだろう。飢えと貧困に喘ぐ中、苦労してのし上がった人なのだ。

（私とは、大違い……）

　トリシアは、奇異の目に晒されてきたとはいえ、衣食住に困ったことはない。生きるか死ぬかの瀬戸際のような生活に比べれば、『血塗れ姫』と罵られることなど些細な問題だろう。

（私は、甘やかされていたんだ。甘えていたんだわ）

　黙り込んでしまったトリシアに、ユアンがふ、と吐息を零す。

「俺は、あなたが分からなくなります」

　苛立ったような声音に、トリシアは驚いてパッと彼を見上げた。

　ユアンが焦れたような色を翡翠の瞳に灯し、こちらを食い入るように見下ろしていた。

　思わずゴクリと唾を呑んだ。下手に動けば嚙み殺されてしまうのではないかと思うほど、苛立ちを含んだ獰猛な眼差しだった。

「……わ、分からない、って……」

　オロオロと鸚鵡返しをすると、ユアンが舌打ちをする。

「幼い従僕を刺し殺して『血塗れ姫』などと呼ばれているくせに、そうやって恵まれない子どものために心を痛めてみせる。あなたは一体どういう人なんだ？」

トリシアはギュッと瞼を閉じた。ユアンの口から出る『血塗れ姫』という呼び名に、心臓を抉られたような痛みが走る。

「わ、私、は……」

何か答えなくては、と必死で言葉を探すトリシアを遮るように、ユアンが喋り始める。

「俺もああいう子どもでしたよ。子どもは子どもなりに知恵を絞って、徒党を組んで助け合って生き延びてきた。身体が弱く死んでいく奴もいたし、ゴロツキみたいな大人に殴り殺された奴もいた。中には、見た目のかわいさから貴族のお嬢様に拾ってもらえる者もいましたが」

それまでよりもひと際低い声で告げられた内容に、ドクン、と心臓が鳴った。

ユアンは『貴族のお嬢様』とわざわざ限定した。

それは、トリシアの過去を知っているからだ。

目を見開く彼女を、ユアンがせせら笑うように見る。翡翠色の瞳が、冷たく光っていた。

「そいつも幸運とは言いがたかったですよ。なにしろ、そのお嬢様の気まぐれで、刺殺されてしまったんですから」

「――ッ！」

眩暈がした。

顔から血の気が引いていくのが分かる。

蒼白な顔をするトリシアに、止めを刺すかのようにユアンが続けた。

「そいつは、俺が弟のようにかわいがっていたやつでした。貴族に連れて行かれたと知って、俺は慌てて後を追いました。お屋敷に忍び込んで連れ戻そうとしたが、あいつはきれいな服を着せてもらって笑っていた。幸せそうだった。だから、これで良かったと引いたのです。——だがそれは間違いだった。俺が、間違っていた。あの時連れ戻しておけば、あいつは殺されなくて済んだ！」

歯を食いしばったまま吐き出すように言って、ユアンはトリシアを見据える。

ギラギラと鋭く煌めく目に息を呑んだ。

食い殺されそうだった。

冷や汗が背中を伝い落ちていく。吐きそうだ。込み上げる不快感をやり過ごそうとするのに、目の前がチカチカとして体勢を保てない。

「俺は、あいつを……ローを殺したあなたを、決して許さない。——『血塗れ姫』」

その宣言を聞いたのを最後に、トリシアは意識を失った。

＊＊＊

目の前で崩れ落ちる華奢な身体を、すんでのところで支え、抱き寄せた。

あまりに軽く、頼りないその身体に眉根が寄った。

まるで弱い者虐めをしているような苦々しい気分になる。

(俺は一体、何がしたいんだ……！)

弟分だったローを殺した『血塗れ姫』を許さないと怒る自分と、不器用で無垢な妻を守り、優しくしたいと思う自分。

相反する想いに、頭がおかしくなりそうだった。

こうして自分の糾弾《きゅうだん》に意識を失うほど怯えた彼女を、可哀想にと抱き取ることがすでに矛盾の塊だ。

自分がここまで怯えさせたくせに、何が可哀想だ。

ほとほと自分に呆れながら、トリシアの身体を抱え直し、しっかりと腕の中に収める。

小さな顔が憐れなほど真っ青だ。

細い首は汗で濡れていて、気を失う際に冷や汗をかいたのだと分かる。

つまりこれは演技ではなく、彼女は怯え切って気を失ったのだ。

これを見て、彼女が本当にローを殺した『血塗れ姫』なのだと思えるほど、ユアンは盲目ではない。恐らく、彼女は噂のような極悪非道な人間ではないのだろう。

ユアンの糾弾くらいで気を失う人間が、人を殺せるはずがない。

これまで彼女を間近で見て来て、その不気味と言われている無表情は、型破りなまでに不器用な故であることや、引きこもりで世間知らずではあるが傲慢な人間ではないことが否応なしに分かってしまった。

「じゃあ何故、否定しないんだ……」

トリシアは『血塗れ姫』であることを一度も否定したことがない。気を失うほど怯えるくせに、ローを殺していないとは言わないのだ。

彼女の口から否定してほしかった。

殺していないと一言そう言ってくれれば、今ならきっとそれが嘘でも自分は信じたのに。

ここまでくれば、もう認めるしかない。

ユアンは、トリシアに惹かれている。

『人殺し』と周囲から詰られ、遠巻きにされているくせに、それを否定せず黙って耐える、不器用で、少女のままのような女性。

否定しないのが、ローを殺したことが事実だからなのか、或いは何か理由があるのかはまだ分からないが、彼女に優しくしたいという気持ちはどうしようもない。

もしかしたら本当の夫婦として、上手くやっていけるのではないかと思ってしまう。

そこに立ち塞がるのが、彼女に提示された『契約』だ。

彼女は家の跡継ぎとなる子どもを生んだら、ユアンを切り捨てるつもりでいる。

そんなことを認めるわけにはいかない。

提示された時には、悪くない案だと思えた。彼女に惹かれるどころか、ローを殺した女だと嫌悪していたのだから。

そもそもこの結婚も、ローを殺した『血塗れ姫』への半ば復讐のようなものだった。傲慢で残虐なその女から、夫という立場で地位と権力を奪い、最終的には捨てて嘲笑ってやるつもりだった。

トリシアに惹かれたことで、当初の計画は全て覆ってしまった。

更に最悪なのは、惹かれているくせに、トリシアを完全に許せているわけではないということだ。

彼女が本当にローを殺したのであれば、やはり嫌悪感は払拭しきれない。

それはユアンの根底にある、貴族や金持ちといった権力者への嫌悪故だ。

金や権力を持つ人間が、持たざる者を蔑視し弄ぶように虐げるのを、ユアンは子どもの頃から見続けてきた。ずっとその脅威に晒され続けてきたのだ。

ユアンは十歳になる前に、両親を喪った。両親は城下町で小物売りを営んでいたが商売がうまくいかず借金を重ねていたらしい。最終的には返しきれなくなり、父は借金取りに追われ、殺された。母は父が殺された翌日、後を追って首を吊った。

遺されたのは、ユアンと、三つ年上の姉だった。

十三歳になっていた姉は、不幸なことに美しく、当然のように娼館へ売られた。

泣き叫んで嫌がる姉に引き離されまいとしがみ付いたが、大人の力に敵うはずもなく、殴られて気を失いかけたところを呆気なく引き剝がされた。

『姉さん！　絶対に助けるから！　待ってて！』

そう叫ぶのが精一杯だった。姉が涙を流しながら頷いている顔が、今でも脳裏に焼き付いている。

痩せぎすの男児だったユアンは煙突《えんとつ》掃除の元締めのところに連れて行かれ、毎日薄暗く狭い煙突の中に放り込まれる日々を送ることになった。

言うことを聞かなければ問答無用で殴る蹴るの暴行を受ける劣悪な環境だったが、それでも親方の目を盗んで姉の売られた娼館へ行き、姉を解放してほしいと土下座した。娼館の女将はせせら笑い、「姉ちゃんに会いたきゃ一晩百五十ダンだよ。精々稼いで出直しな」と言い渡してユアンを追い出した。百五十ダンという大金は、当時のユアンが十年働いても稼げない金額だった。

このままでは姉に会うこともままならないと、ユアンは煙突掃除の親方のもとを逃げ出し、窃盗に手を染めた。不幸中の幸いというのだろう、ユアンは身体能力が抜群に優れていて、特にスリの手口は一級品と呼ばれるくらいのものだった。金持ちを狙ってはその財布を抜き取るうちに、同じような境遇の孤児と共謀して仕事をするようになると、ユアンの周囲にはあっという間に孤児が集まり、一つの集団となっていった。

そうやって金を稼いでいき、ようやく百五十ダンに届きそうになった時、姉が死んだことを聞かされた。

姉と仲が良かったという娼婦が、使いを出して姉の遺品を届けてくれたのだ。

ローが貴族の令嬢に拾われていった数か月後くらいのことだった。

娼館で客を取らされる毎日に絶望した姉が、自死したのだという。

茫然としながら渡された包みを開くと、そこにあったのは姉が大切にしていたガラスのおはじきだった。

昔、まだ両親が生きていて幸せだった頃、家族四人で祭りに行って、その時に買ってもらった玩具だ。

ユアンは泣いた。両親が死んで、姉が連れ去られてから初めて、大声を上げて泣いた。

どうしてこんな理不尽が許されるのか。

姉が何をした。自分が何をした。

金持ちや権力者が弱い者を蹂躙することが、どうして野放しにされるのか。

両親を殺した奴らが憎かった。姉を殺した奴らが憎かった。

だが一番憎かったのは、ただ弱いだけの自分だった。

（のし上がってやる）

この時に、ユアンは誓った。

弱いままでは何もできない。ただ負け犬よろしく弄ばれ続けるしかない。

ならば、強くなって、のし上がってやろう。

自分達を嬲《なぶ》ってきた奴ら全てを蹴落として、嘲笑ってやるのだ。

そうしてがむしゃらに何でもやって来た。そうすると幸運も付いてきて、騎士団に入団できた。上へ行くためならなりふり構わないユアンの姿勢を面白がったのが、あの『血塗れ姫』の父親だったのは、運命だとすら思った。

ローを殺《あや》めたあの敵の父親を自分の出世の道具にできることで、いくらか溜飲が下がると思えたのだ。

ユアンにとって、弱い者を嬲る権力者は、決して許してはいけないものだ。

だからいくら惹かれていても、トリシアがローを嬲り殺したのであれば、ユアンは彼女を決して許さない。

姉と、ローの命に誓って、許してはいけないのだ。

ユアンは腕の中の青い顔に、そっと掌を当てる。

「……だから、言ってくれ、トリシア」

自分はローを殺していないのだと。

それだけで、俺はあなたを心から愛することができるから。

第四章　妊娠

新婚旅行から帰国して二月《ふたつき》が経過していた。

蜜月の休暇も終わり、ユアンは騎士として王都の治安維持のための仕事をこなしつつ、シーモア家の婿として公爵領の仕事の引き継ぎも徐々に進めていっており、毎日が慌ただしく過ぎている。

トリシアの方も、それまでの引きこもり生活から一転、教会の慈善事業を手伝うために積極的に外出をするようになった。数は少ないが、社交界のご婦人方の集まりにも参加しているようだ。

これまでレノや執事に任せきりだった家の采配もたどたどしいながらも行っているようで、ようやく女主人としての自覚が芽生えたのかと、使用人たちの間では呆れ半分の褒め言葉が囁かれている。

表面的には実にスムーズに進んでいる結婚生活だったが、その実、二人の関係はぎくしゃくしたままだった。

新婚旅行中、ユアンがトリシアを糾弾して以来、彼女はユアンに対して自分を閉じ切ってしまったのだ。

あの不器用な無表情であってくれるならまだ良かった。

今では、貼り付けたような笑みを浮かべるだけで、その感情を瞳の中に垣間見ることさえ許してくれない状況だった。

それでも夜の営みだけは義務だと思っているのか、ユアンに抱かれるのを拒みはしない。

彼女を追い詰めた自分が悪いのだと分かっていても、従順なだけで自分に心を開かないトリシアに焦れ、毎晩責めるように苛んでしまう。

抱かれている時だけは、快感に浮かされて表情を見せてくれるせいもある。

少しでもいいから彼女の感情に触れたくて、長く、何度も求めてしまうのだ。

そんな身体だけ繋がっている毎日でも、ユアンはあまり焦っていなかった。

距離を詰めるのは少しずつでいいと思っていたのもあるし、なにより本当にトリシアがローを殺したのだという事実を摑めていなかったからだ。

ユアンはあれから、ローの死について人を雇い、独自に調査を進めていた。

だがあれが既に七年も前の事件であることや、サマセット公爵邸内で起きた事件であるため治安部隊が手を出しにくい状況であったこと、また殺されたという少年の遺体は見つからず、少年に家族もなかったため、事件を追及するに至らなかったことから、あれだけ噂になったにもかかわらず、迷宮入りしたままだということが分かっただけだった。

ならばと当時を知る使用人に話を聞いてみたが、主であるリチャードから厳しく言いつけられているのか、決して口を割ることはなかった。

騎士団の訓練を終え、城下町の巡回へ向かう準備をしながら、ユアンは内心舌打ちをしていた。

（詰んだな……）

八方塞がりと言うやつだ。

腹黒狸爺《たぬきじじい》であるリチャードに聞いたところで、面白がってまぜっかえされるだけで、まともな答えが返ってこないのは目に見えている。奇人変人にとって、こちらの必死さは暇つぶしの玩具なのだ。

こうなれば、トリシア自身の口から真実を聞くしかない。

だが、あの糾弾ですっかり心を閉じてしまったトリシアが、真実を話してくれるとも思えなかった。

どうしたものかと悩んでいるところに、ジョナスがやって来て、肩を叩かれる。

「どうしたの、辛気臭い顔しちゃって」

軽口に、ユアンは眉を上げて応戦する。

「この美貌を前に辛気臭いとはよく言ったものだな」

「うわぁ、自分で言っちゃうの？　腹が立つわぁ」

互いに笑いながら歩き出す。

城下町への巡回は二人一組になって行う仕事で、今日の相棒はジョナスだった。

「フローレンスと奥方が新婚旅行で鉢合わせたって？」

忘れかけていた話題に、ユアンは眉を上げた。

「相変わらずあの女は口が軽いな」

「お前が奥方にベタ惚れで、まったく靡《なび》いてくれなかったって吹聴《ふいちょう》してるよ」

「……適当なことを言ってるな、まったく」

浅く笑って受け流せば、ジョナスは驚いたように目を丸くした。

「へえ。案外適当でもないんだな」

「……なんだよ」

「だって、以前のお前だったら眉間に皺を寄せて腹を立てそうな内容だ。どうした？『血塗れ姫』の呪いにでもかかったか？」

少々悪意のあるからかいに、ユアンは黙って歩き続ける。

自分以外の人間がトリシアを『血塗れ姫』と揶揄するのにむかっ腹が立ったが、これまでの自分の発言を鑑《かんが》みれば怒鳴るわけにもいかない。だが同調する気もなく、結果、黙るしかなかった。

ユアンの沈黙を気にせず、ジョナスは「でも分かるかも。やっぱりかわいかったもんなぁ、トリシア嬢」などと間の抜けたことを言っている。

トリシアがかわいいのは認めるが、自分以外の男がそれを言うのもまた気に喰わない。むかむかする気分を治めるために、問答無用でジョナスの頭をバシンと一発平手打ちしておく。

「いってぇ！　何!?　何だよ急に!!」

「蠅《はえ》が止まってた」

「蠅なら叩かずに追っ払って!?　頭にべちょってなるだろう！」

「うるさい」

キャンキャンと喚く同僚を放ってユアンは足を速めた。

トリシアの話題から離れたいのに、小走りで追いかけてくるジョナスがしつこく彼女の名前を出してくる。

「でさ、トリシア嬢、最近慈善活動に熱心になってるみたいじゃないか。社交界でも結構話題になっててさ。『血塗れ姫』の改心かって」

ユアンは鼻で笑った。

「放っておけばいい。くだらない噂話しか能のない連中だ」

一蹴され、ジョナスは「まあそうなんだけど」と溜息を吐く。

「噂だけで終わる話でもないから、一応言っておこうと思って。これまで社交界を嫌って出てこなかったけど、彼女、やっぱり宰相閣下の唯一の娘だから、有象無象《うぞうむぞう》が寄って集《たか》ってるみたいだ。気を付けてあげた方がいい」

聞き捨てならない内容に、ユアンは足を止めてジョナスを睨んだ。

「有象無象？」

「宰相閣下の権力の恩恵に与りたい意地汚い奴らさ。トリシア嬢に取り入って、碌でもない話を持ち掛けてくる可能性もある。彼女、あまり世慣れしていなそうだったから、ちょっと心配になってさ」

ジョナスの最後の言葉に、ユアンは目を眇める。

「世慣れしていない？　どうしてそう思うんだ？」

確かにトリシアは箱入りと言える。

だが世間の『血塗れ姫』に対する評価は、『極悪非道の悪女』だ。どちらかというと、世慣れしていない人を誑かす方だと思うのだが、どうしてジョナスがそう思ったのか不思議だった。

だがジョナスの方は、ユアンの質問の方こそ不思議だと言わんばかりに肩を上げた。

「そんなの、彼女を傍でちょっと見れば分かるよ。結婚式の時だって、緊張して青褪めていたし、指輪を取る手なんて可哀想なほど震えていた。臆病な子なんだろうなって」

当たり前のように言われ、ユアンは愕然とする。

結婚式の時、ジョナスは指輪を持つベスト・マンを務めてくれた。ジョナスがトリシアと接触したのは、指輪を渡すその時くらいだ。

そんな短時間しか接していない相手でも分かるほど、『本当のトリシア』はハッキリと現れ出ていたのか。

それなのに、自分はそれに気づけなかった。

いや、気づこうとしていなかったのだ。

「人前に出るのが怖かったんだなと思ったよ。彼女が人前に出なくなったのは『血塗れ姫』の噂が立ってからだ。……あんなひどい噂が立てば、そりゃ社交界も怖くなるよな。彼女、十二歳だったっていうじゃないか。まだ子どもだったのに、寄って集《たか》って世間が彼女を責め立てたんだ。真実かどうかも分からない噂を理由にね」

「噂……」

ユアンは茫然と呟く。

そう、噂だ。トリシアが殺したというローの死体は見つかっておらず、事件は迷宮入りしている。

殺人は本当にあったのか？

その疑問に行き当たった瞬間、最初に心に浮かんだのは歓喜だった。

（トリシアがローを殺していなければ、俺は彼女を愛することができる！）

だが次の瞬間、先ほどのジョナスの言葉がその歓喜を叩き潰した。

『まだ子どもだったのに、寄って集って世間が彼女を責め立てたんだ。真実かどうかも分からない噂を理由にね』

（彼女がローを殺していないのならば、俺は冤罪で彼女を責め立てたことになる）

何の罪もない彼女を、自分の勝手な思い込みで蹂躙したのだ。

それは、ユアンが最も嫌悪する、弱者を自分の都合でいたぶる権力者たちとまったく同じ行為だ。

ザッと血の気が引く。

あれほど憎み嫌悪してきたものと同類に成り下がっていた自分に、吐き気がした。

（トリシア……）

心の中で彼女の名を呼ぶ。

彼女の名を呼ぶ、その権利が自分にはもうないかもしれないことが、心底怖かった。

＊＊＊

「……リー！　トリー！」

呼び声に、浮かび上がるように意識が浮上した。

ぼんやりと目を開けると、目の前に琥珀色の丸い目が見えた。ふくよかな頬、ぽてっとした二重顎が、とても愛嬌がある。

よく見知った顔に、微笑が零れた。

「……ローレン？」

名を呼べば、切羽詰まった表情を浮かべていたローレンが、あからさまにホッとした顔になった。

「ローレン？　じゃないわよ！　急に倒れるからビックリしたじゃない！　体調が悪いならお屋敷で静かにしてなさいよ、このばか娘！」

目を覚ました途端に甲高い声でお説教を喰らい、トリシアは目をぱちくりとさせて、首を傾げた。

「私……倒れたの？」

「呆れた。自分の体調が悪いことにも気づいてないの？　そこに立って雑貨の選別をしてて、ふらついたかと思ったらそのまま倒れ込んだのよ。慌てて支えたから良かったものの、あたしが間に合わなかったら頭を打っていたかもしれないわ」

今日久々に城下町のローレンの店にやってくることができて、はしゃいでいたことまでは覚えているのだが、倒れたことはまったく覚えていない。

トリシアはふわふわと気持ちのいいローレンの身体から、ノロノロと身を起こす。

石鹸などの雑貨を扱う店をやっているからか、ローレンからはいつもいい匂いがする。

「そ、そうだったの……支えてくれてありがとう」

礼を言えば、ローレンはトリシアの首筋に手を当てて体温を測り、眉を顰めた。

「そんなのはどうでもいいけど……やっぱり体調悪いんじゃない？　なんか身体が熱っぽいし、顔色も悪いわ」

心配そうに言われて、トリシアは「そうかしら」と苦笑いをする。

レノもそうだが、ローレンは彼に輪をかけて心配性だ。

寡黙なレノが心配するときは、言葉はなく行動に出るだけなのだが、ローレンが心配すると一つの行動に十のお説教がついてくるから大変なのだ。

それでも、ローレンがトリシアに対して過保護であるのにはわけがある。

あの事件後、『血塗れ姫』の醜聞に耐えきれなくなったトリシアが、心を壊して一時何も食べられなくなった時期があった。痩せ細り、自分の殻《から》に閉じこもってしまったトリシアを、懸命に励ましてくれたのがローレンだった。

だからまたあんなことになったらと、戦々恐々としているのだ。

いつまで経っても心配ばかりかけてしまうのが申し訳ない。

本当の姉のようなローレンに、トリシアはいつも頼りっぱなしだ。

「心配しないで、ローレン。多分朝ご飯を食べなかったせいだわ」

心配をかけまいとした言い訳に、ローレンはカッと目を見開いた。

「なんですって？　朝ご飯は一日の活力の素！　ちゃんと食べなきゃだめじゃない！」

「ご、ごめんなさい……。でも、最近、朝起きた時に気分が悪いことが多くて……」

その勢いにおされてごにょごにょと更なる言い訳をすると、怒っていたローレンがピタリと動きを止めた。

「トリー、それって……あなた、妊娠してるんじゃないの？」

「――え……」

（……妊娠……？）

思いがけない言葉にトリシアはポカンとしてしまった。

だが、思い当たる節は当然ある。ユアンと結婚し、ずっと夜を共にしているのだから。

結婚してからというもの、一夜たりとも彼に抱かれなかった夜はない。

（……そういえば、私、結婚してからまだ一度も月の物が来ていない……）

元々不順だったので、あまり気にしていなかったが、もう結婚して二か月になるというのに月の物がないのは、明らかにおかしい。

知らず、手が自分の下腹部に触れる。

（ここに、赤ちゃんが……？）

トリシアの表情から察したのか、ローレンが大声でレノを呼ぶ。

「ちょっとー！　レノ！　鉄面皮《てつめんぴ》！」

かしましいローレンにも、レノは通常運転だ。無言のまま店の奥からぬっと姿を現すと、なんですか、と言わんばかりにわずかに首を傾げた。

「ねえ、ちょっと！　寡黙にもほどがあると思うんですけど」

ローレンがウンザリしたように文句を言うが、レノの表情は変わらない。

しばし睨み合うように黙った二人だったが、やがてローレンがやれやれと肩を竦めて折れた。

「あのね。トリーなんだけど。妊娠の可能性があると思うの」

「……！」

するとで、凝り固まっているとばかり思っていたレノの顔の筋肉が、ピクリと動いた。

「……それは、本当ですか」

「素人判断だから正確とは言えないけど、たぶん間違いないと思うわ」

「なんと……！」

ローレンの答えに、レノは急にオロオロし出した。

「ではまず、医者を呼ばねば……ああ、妊婦に良い食べ物も調べなくては……あとは……」

こんなに長く、しかも独り言を言っているレノを見たのは初めてだ。

呆気に取られてその珍しい光景を眺めていると、同じように唖然としたローレンが腕を組んで唸っている。

「あの鉄面皮をこんなにするなんて、すごいわね、孫効果……！」

「孫……」

それはちょっと可哀想なのではないかと、トリシアは苦笑する。レノはまだ三十代のはずだ。おじいちゃんになるのはまだ早い。

だが確かに、実の父親よりもトリシアにとっては親であってくれた人だ。

（親……私が、母親になるのね……）

触れたままだった下腹部は、まだ平《たい》らなままだ。だがここに、ユアンと自分の子どもがいるかもしれないと思うと、胸にあたたかいものが込み上げた。

ユアンとは、うまくいっているとは言いがたい。

まさか彼があの事件と繋がりのある人だとは思わなかった。

もしそうだと分かっていたら、絶対に結婚することはなかった。

ユアンが自分を嫌悪するのは、単に『血塗れ姫』の噂を鵜呑みにしているからだとばかり思っていたが、そうではなかったのだ。

彼が自分を嫌悪するのも——いや、憎むのも、もっともだ。

トリシアは確かにローを殺してしまったのだから。

彼にとって大切な弟分だったのだろう。トリシアに拾われたローを連れ戻そうと屋敷に忍び込むほど、心配していたくらいだ。

それでも、トリシアの傍で笑うローを見て、ローが幸せならそれでいいと引いたのだと言っていた。それはつまり、その時ユアンは、ローをトリシアに任せたと言い換えられる。

それなのに、トリシアはその信頼を裏切ってしまったのだ。

ローを、守りきれなかった。

馬車の中で、ユアンが見せた怒りを思い出すと、今でも冷や汗が出る。

あれほど憎まれていたのだ。

自分に触れる時の彼が優しかったから、つい期待をしてしまいそうだった自分に冷笑が込み上げる。

自分にはない強さを持つ彼なら、もしや、と。

本当にばかだ。

自重できるだけの分別《ふんべつ》があって良かった。そうでなければ、期待に期待を重ね、彼に憎んでいる自分に、あれほど優しく接してくれた人だ。たとえそれが演技だったとしても、それでもトリシアは嬉しかった。

『本当の自分を見て、受け入れてほしい』と懇願してしまっていたかもしれない。

（……多分、私はあなたに恋をしている）

他の誰に何を言われようと、己を貫くその強さが眩しかった。

触れられる度に、嬉しくて堪らなかった。

広くあたたかい彼の腕の中は、泣きたいくらいに安心できた。

依存してはいけない。執着してはいけないと戒めている時点で、きっともう手遅れだったのだ。

（……ユアン様）

ここに本当に子が宿っていたならば、あの契約を全うしよう。

もう充分だ。

「赤ちゃんができていたら、少し早いけれど、計画を実行しようと思うの」

静かにトリシアが告げると、レノとローレンはハッと顔を上げた。

二人は目配せをし合っていたが、ローレンが苦い面持ちで訊いてくる。

「……でも、それでいいの？　トリー。元通り、ランスに行く計画に戻したって……」

ローレンの問いに、トリシアは微笑んで首を振る。

「もう決めたことなの。……私、ずっと逃げていたわ。何をするにも覚悟が足りていなくて、全部終わってしまってから後悔して、泣いて引きこもって……。現実から逃げることしか考えてこなかった。でも、ユアン様が連れて行ってくれたランスの孤児院を見学した時、自分がいかに甘えていたか気づいたの」

トリシアは、貴族の中で『血塗れ姫』と呼ばれ人殺し扱いされることに耐えきれず、自分の殻に閉じこもっていた。

だが、ユアンは……あの子ども達は、もっと過酷な環境に身を置いていた。

人殺し扱いがなんだというのか。生きるか死ぬかの瀬戸際で、自分よりもずっと幼い子達が、喘ぐようにして生きている。

自分が悩み続けてきたことが、いかに些末なことなのかを痛感させられる光景だった。

トリシアにとっては、視界を覆っていたベールが剝がされた瞬間だった。

旅行を終えてから、トリシアはこの国の孤児院の実情を調べるために、あちこちの孤児院に視察に出掛けた。この国の孤児院もランスと同様に孤児救済のための公的制度が整っていないため、ほとんどが経営難に喘いでいて、子ども達は良い環境に置かれているとは言えない状況だった。

（……この国に、ランスのような公立孤児院を作れないかしら）

必要なのは、制度だと思った。

運営のための資金を貴族などからの寄付金に頼っている状態では、施設ごとに状況が異なってしまう。この国の全ての孤児が平等に育まれるためには、まずモデルとなる公立の孤児院を作り、それに倣わせればいい。

そう考えたトリシアは、積極的に教会の慈善事業にも参加するようにした。慈善事業には孤児や老人といった弱者への救済活動に興味のある貴族が集うはずだ。彼らに協力を仰ぎ、孤児院建設を国に要請するのが近道だと考えたからだ。

これまでの『血塗れ姫』という悪評から、トリシアの話に懐疑的な人も当然多かった。トリシアが口下手で表情に乏しいことも仇《あだ》となったのは言うまでもない。

だがありがたいことに、この国の英雄にして宰相である父の名はやはり伊達《だて》ではなかった。『冷徹公』というバックボーンに、トリシアの話に賛同してくれる貴族が少なからずいてくれたのだ。

こうしてまとめた公立孤児院建設の嘆願書を、父である宰相に提出した。

父はトリシアの行動が意外だったのか眉を上げていたが、面白そうにするだけで、怒ったり反対したりはしなかった。嘆願書を受け取ると、議会で審議し、通れば国王陛下に進言することになるとだけ言われた。

今はその結果待ちの状態だが、嘆願書が通れば、トリシアは孤児院の院長に立候補するつもりだった。名前だけの長ではなく、現場で皆と苦楽を共にする人になりたい。

宰相の娘であるトリシアが長となれば、恐らく国への話が通りやすい。それを利用してトリシアが先達となって制度を作り上げていくのだ。

父が宰相位にある間の、まさに『虎の威を借る狐』的な権威ではあるが、それでも利用しない手はないだろう。

『冷徹公』の名前から逃げることしか考えていなかった自分が、それを利用しようと考えるなんて、想像もしていなかった。

なんだか不思議な感じだ。

労働は下賤《げせん》な者がすることとされる貴族社会において、現場に出て自ら働くような職に女性であるトリシアが就いてしまえば、恐らく社交界には二度と出入りできなくなるだろう。

貴族女性としては死んだも同然になることを、ローレンは気にしているようだった。

だがこれまでも社交界から逃げてきたトリシアにしてみれば、出入りできなくなったとしても別段問題はない。寄付を募る際には利もあるが、寄付を募らなくても経営が成り立つ孤児院を作るための制度をこれから作ろうとしているのだから。

「私はもう、逃げたくない。『冷徹公』の名前からも、『血塗れ姫』の悪名からも。そして、ありのままの自分にできることで、何かをやり遂げてみたいの」

静かに言い切ったトリシアの顔に浮かぶ穏やかな微笑みに、ローレンがそれ以上何かを言うことはなかった。

＊＊＊

医師の診察を受けた結果、「おめでとうございます。ご懐妊《かいにん》です」とにこやかに告げられた。生まれてくるのは、来年の夏になるとも。

トリシアは、幸福がひたひたと泉のように自分の内側を満たしていくのを感じて、そっと目を伏せる。

（――そうか。やっぱり、ここにいるのね……）

嬉しかった。子どもが自分の身に宿ることが、こんなにも幸せなことだとは思わなかった。

「お父様と……ユアン様にも、お伝えしなくては」

父が手放しで喜び、「でかした！」と叫ぶのが目に浮かんだ。ずっと後継者を欲していたのだ。喜ばないはずがない。

だが、ユアンの反応が想像できなかった。

子どもができたことを、彼は喜ぶだろうか。それとも、憎んでいるトリシアとの子どもなど、忌々しいと思うだろうか。

トリシアとユアンの間には、『契約』が横たわっている。

子どもが生まれたら、自由を。

二人の絆となるはずの子どもが、別れのための条件となっているのだ。

思えば生まれてくる子のことを全く考えていない契約内容だった。

（この子は生まれてきた時から、父親を失っているようなものなのね……）

ひどく残酷なことをしてしまったのにようやく気がつき、気が滅入った。

いつもこうだ。トリシアは、やってしまってから自分の浅慮さに気づく。どうしてもっと早くに気づけなかったのだろう。

未熟で不完全で、父のように他を跳ね返す圧倒的な自我もなく、ユアンのように貫き通せる信念も持たない。

（……それでも、私は私として、生きて行かなければならないから）

間違えても、後悔しても、自分の足で歩いて行くのだ。

契約違反になってしまうが、ユアンには、子どもが生まれた後も、子どもと会って、父親として接してやってほしいと頼んでみよう。

自分はもう二度と、彼の前には現れないからと。

ユアンなら、きっと分かってくれる。情の深い人だ。そうでなければ、ローのことも忘れていただろうから。

トリシアはそっとお腹に話しかける。

「お母様は、頑張るから」

きっと、大丈夫よ。

そう呟いて、トリシアは穏やかな気持ちで目を閉じた。

＊＊＊

藍色の夜の闇の中で、男の子が泣いていた。

十歳くらいだろうか。まだ幼子を抜け切らないあどけなさの残る顔立ちだ。

目ばかりギョロリと大きくて、どこかを睨みつけているから、せっかくの鮮やかな緑色の瞳が台無しだ。

きれいな色なのに、とトリシアは残念に思う。

男の子は膝を抱えて、歯を食いしばって泣いている。

きっと声を上げて泣くのを我慢しているのだ。

我慢しなくていいのに。

どこもかしこも力が入ってガチガチになっている。

痩せっぽちで、ぎゅう、と抱えた長い手足が折れてしまいそうだ。

可哀想に、とトリシアは少年に覆い被さるようにして抱き締めた。

きっとこの子は寒いのだろう。

独りぼっちで、寂しいのだろう。

孤独を感じたくなくて、どこかを睨んでいるのだろう。

自分を取り巻く全ての理不尽が、憎くて悔しくて、ガチガチに固まっているのだろう。

それは全て、トリシアがよく知っているものだった。トリシアがずっとずっと感じ続けてきたものだ。

だから、トリシアには彼の気持ちがよく分かった。

——慰めてあげたい。

可哀想なこの子が、少しでもあたたかいように。

少しでも、寂しくないように。独りじゃないと思えるように。

理不尽を打ち倒せるくらいに、元気になれるように。

トリシアは彼を抱き締めて、白金のくしゃくしゃの髪を撫で、薄い背中をそっと撫でた。

腕の中の男の子が身を震わせ、泣く声が聞こえた気がした。

＊＊＊

ふわ、と抱き上げられる浮遊感に目が覚めた。

いつの間にか眠ってしまっていたようだ。

膝の裏と背中に逞しい腕の感触がして、横抱きで運ばれているのが分かった。

トリシアをこうして運ぶことができるのは、レノか、ユアンだけだ。

だがレノの腕はこんなに太くない。この安定感は、ユアンだ。

「……ユアン、様……？」

まだ夢の名残の中を漂いながら、トリシアはぼんやりと上にある彼の顔を眺める。

辺りが薄暗いのか、ユアンの表情はよく分からなかった。

「すまない。起こしてしまったか？」

ユアンの声音は穏やかだったが、違和感を覚えてトリシアは目を細める。

穏やかすぎるのだ。遠慮がちと言ってもいい。

ユアンはトリシアに触れる時、いつだって優しい。だがそれは遠慮とは程遠く、いつだって彼の望むようにトリシアを乱れさせるために、優しかったのだ。

ユアンはトリシアをベッドの上にそっと下ろすと、頬にかかっていた黒髪を指で払ってくれた。

そのまま髪を何も言わず撫で続ける彼に、トリシアは首を傾げる。

「……ユアン様？」

こちらを見下ろすユアンの顔には、力ない笑みが浮かんでいた。

そんな彼を見たのは初めてで、トリシアは小さく息を呑む。

新婚旅行の馬車の中での一件以来、二人の関係がギクシャクしていても、ユアンの様子はいつも通りだった。こちらに阿《おもね》ることも、かといってこちらを無視するようなこともない。

（……それなのに、どうしたのかしら……。今日のユアン様は、ひどく弱って見える……）

仕事で何かあったのだろうか。

この家の婿になったことで、騎士の仕事以外に、父の領地の仕事も手伝い始めているようだから、大変なのかもしれない。

こんな時に、子どもを授かったことを告げない方がいいだろうか。

思案していると、ユアンがトリシアの胸元に顔を埋めた。

まるで子どものような仕草に、彼が慰めを求めている気がして、ついその金髪の頭を撫でてしまう。

嫌ならやんわりと退けるだろうと思ったが、彼は黙ってトリシアの愛撫を受けている。

慰めが欲しいのではないかという推測は正しかったのかもしれない。

しばらくの間、トリシアは黙ったまま、ベッドの上でユアンの頭を抱き締めるようにして撫で続けた。

夏の陽射しのような金の髪が、スルスルと指の間を滑り落ちる感触に、目を細める。

（……このお腹の子は、どちらの髪の色を受け継ぐのかしら）

色素の濃いものが受け継がれやすいと聞いたことがある。自分が黒髪だから、黒髪である可能性が高いのかもしれない。

だが、できれば彼の色を受け継いでくれたらいい。

そうすれば、彼と会えなくなっても、彼を想うよすがになるだろう。

「……あなたは、『血塗れ姫』なんかじゃなかった」

ぼんやりと物思いに耽《ふけ》っていたところに、ポツリと漏らされたユアンの言葉に、トリシアは瞬きをした。

「……え？」

覆い被さるようにうつ伏せになっていたユアンが、のそりと頭をもたげ、トリシアの顔を覗き込むようにして見つめてきた。

金色の髪の間から覗く翡翠色の眼差しが、凪いだ湖面のようにゆらゆらと光っている。

「以前、あなたを知れば知るほど、分からなくなると言ったのを覚えていますか？」

トリシアは頷いた。一緒に湯船に浸かった時のことだろう。思い出すだけでも顔が火照ってきてしまう思い出だ。

「あれは、間違いでした。分からなくなるんじゃない。俺が、分かろうとしていなかっただけだ。……自分で目を塞いでいただけだったんです」

ユアンの声が、だんだんと苦しげなものになる。

何故そんなに辛そうな顔をするのだろう。

彼の苦しみを少しでも和らげたくて、トリシアはその整った美貌に手を伸ばす。

頬に触れれば、彼はグッと眉根を寄せて余計に泣きそうな顔になった。触ったことが不快だったのだろうかと手を離そうとすると、彼の手がそれを摑み、再び頬に押し当てた。

「あなたは、『血塗れ姫』なんかじゃない。……そうなんでしょう？　あなたにローを殺

せるはずがない。あんなひどいことを言った俺にさえ、こんなにも優しいあなたが……」

呻《うめ》くような吐露に、トリシアは驚いてしまった。

彼はトリシアにひどいことを言ってしまったと、後悔しているのだ。

思い当たるのは、やはり馬車の中での糾弾だ。

だがあの時、彼は間違ったことは何一つ言っていない。

トリシアは、糾弾されて当たり前のことをしてしまったのだから。

だからトリシアは首を振って彼の言葉を否定した。

「いいえ、私は……『血塗れ姫』です。そう呼ばれて当然なのです。私は……私が、ローを殺したのだから」

ロー……トリシアの拾った天使だった。

レノにせがんで城下町を訪れた時に、道の隅で蹲っていた少年。

痩せて小さくて、震えながら泣いていた。トリシアが声をかけると、小さな頭をゆっくり動かしてこちらを見上げた。その顔が、絵本で見た天使とそっくりで驚いたのを、今でも覚えている。

大きな瞳がきらきらと煌めいていて、天使は涙まで美しいのだと、思わずじっくり見入ってしまった。

彼はパンを友達に奪われたのだと言って泣いていた。お腹が空いたと。

だからトリシアは彼を屋敷に連れ帰った。トリシアの家には、パンがある。お菓子だってある。出会った美しい天使に笑ってほしかったのだ。

天使はローと名乗った。

ローを風呂に入れ、小姓用のお仕着せの制服を着せてあげたら、とてもかわいらしくなった。こんなきれいな服を着たのは初めてだと、目を丸くしていた。

ローはパンやスープを口いっぱいに頬張りながら、ここは天国なの？　と訊いた。天使なのに、そんなことを訊くなんておかしい、とトリシアが笑えば、不思議そうに首を傾げていた。

美しく、かわいらしいトリシアの天使。

陰気で引っ込み思案で覚束ないトリシアにも、とても優しかった。あの宰相閣下の娘なのに、などと言ってトリシアをばかにせず、いつも笑って彼女の傍にいてくれた。初めての友達だった。

家の使用人も、皆ローを好きになった。皆、ローを愛していた。

（――だから、あんなことになってしまった）

天使を連れ帰るべきではなかったのだ。天にいるべき愛らしい天使を、自分の傍に留めたいなどと思ったりしたから、罰が当たった。

血塗れでベッドに横たわるローの姿を思い出し、トリシアは静かに目を伏せた。

「私が、ローを殺しました」

もう一度繰り返して、瞼を開く。

ユアンの翡翠色の瞳が、大きく見開かれて固まっていた。

「だから、あなたが私を憎むのは当然なのです、ユアン様」

トリシアはそう言って、苦く微笑む。

ユアンに憎まれるのが辛くないかと言われれば、辛いに決まっている。

彼に恋をしているのだから。

けれどトリシアの彼への想いは、ただ好きだという純粋なものではない。

最初はその潔いまでの精神の強さに憧れ、次には、彼に実は蔑まれていたことを知って落ち込んだ。もしかしたら、少し怒っていたのかもしれない。けれど自分に触れる彼の優しさや、温もりの心地好さを知って、そこに安堵と期待を抱くようになった。

加えて、自分が持ち出したあの『契約』のせいで、彼の行動も、自分の気持ちにすら懐疑的にならざるを得ない状況だ。

だからトリシアのユアンへの恋心は、好きなのか嫌いなのかも曖昧で、諦めながら期待しているような、ぐちゃぐちゃでどろどろの泥水のような、濁った感情だ。

(だから、憎まれてもいいの。どんな形であれ、彼の心の中に私がいるなら)

それを執着と、人は呼ぶのかもしれない。

ユアンは茫然とトリシアを見つめたままだった。

彼は基本的に、とても優しい人だ。出世のために利用すると言っていたトリシアを無下にもできず、優しく抱き締めてしまうような人だ。

憎しみを抱き続け、それをトリシアにぶつけることが忍びなくなったのだろう。彼の憎しみの根底である『トリシアがローを殺した』という事実すら、疑い始めるほどに。

彼のトリシアへの非難は間違っていない。

だから、トリシアを憎むことで、苦しみを感じる必要はないのだ。

苦しまなくていい。そのまま、自分を憎んでいてほしい。

（……私を忘れないでくれたら、もうそれだけでいいから）

トリシアはゆっくりと身を起こす。その華奢な身に圧し掛かるようにしていたユアンも、彼女の動きに合わせてのろのろと身体を起こした。

離れてしまった温もりをほんの少しだけ惜しいと思いながら、トリシアは口を開いた。

「子どもができました」

茫然としたままだったユアンの顔が、驚愕に歪んでいく。

『子どもが生まれれば、自由を』――それが、契約だ。

まだ生まれていないから正確に言えばもう少し後だが、それを待つまでもないだろう。

ユアンはきっともう二度とトリシアには触れはしない。

トリシアが、正真正銘、ローを殺した『血塗れ姫』だと、今、確信してしまったのだから。

「契約でしたね。……お互いの『自由』を」

もう二度と、こんなふうに眺めることもなくなるのだなと思いながら、ユアンの端整な美貌を見つめる。そして、微笑んで告げた。

「……さようなら、ユアン様」

第五章　愛人

鈍色《にびいろ》の光が閃くのを目の端に捉え、ユアンは下肢に力を込め、右の側腹部を反らして身体を捻った。その一拍後に脇腹めがけて剣が突き出される。喰らっていればあばらを折っただろうなと思いつつ、間一髪でそれを避け、身を捻った勢いのままくるりと回転して相手の背中めがけて剣を振り下ろす。

ガキ、と金属のぶつかり合う音が、鼓膜に痛いほどに響いた。

ユアンの一撃をすんでのところで己の剣で受け止めた相手は、無理な体勢であるため苦悶の表情を浮かべている。それをいいことに圧し掛かるように体重をかけ力で押せば、相手の身体が耐えきれずバランスを崩してドッと肩から土の上に倒れ込んだ。

すかさずその喉元に、剣の切っ先を突きつける。

「そこまで！」

団長の野太い制止の声がかかり、ユアンは息を吐いて剣を下ろした。倒れている対戦相手に手を差し伸べたが、眉間に皺を寄せて無視される。

まあ、騎士団の中ではままあることだ。

肩を竦めて背を向ければ、背後から忌々しそうな声が飛んできた。

「調子に乗るなよ、男娼野郎が」

これもままあることだ。

ちらりと背後に目をやって、こちらを睨みつけている強面を一瞥し、また顔を戻して歩き出す。見ても楽しい顔ではないと分かっていたのに見てしまった。無益な。

試合場の外に出て手拭いを取っていると、ホイ、と水筒を差し出される。

ジョナスだった。

「お疲れさん。今日もまたお見事だったたな、副団長殿」

にやにや笑いながらわざとらしく役職名を付け足され、ユアンは小さく舌打ちをした。

「やめろ」

水筒を奪うように取って歩き出すユアンを、ジョナスが慌てて追いかけてくる。

先ほどの模擬試合の前に、副団長に昇進したことを皆の前で団長から言い渡されたのだ。

ユアンの若さで、しかも平民出身者のこの昇進は、異例と言える。

この異例の昇進に、宰相閣下の婿となった背景があるのは言うまでもない。

「なんだよ、ご機嫌斜めだな。せっかく念願の昇進だってのに、なんでそんなに不機嫌なんだ。嬉しくないのか？」

ジョナスの不思議そうな声音に苛立ちが募る。

確かに、以前までのユアンなら手放しで喜んだだろう。彼の人生において、なによりも優先されるべきものが出世だった。

世の中は権力と金がものを言う。持たざる者は持つ者に虐げられるだけだ。

だから何をしてでものし上がる。それがユアンの人生の目標で、それ以上に大切なものなどなかったのに。

今こうして、思い描いた通りの人生を着々と歩んでいるというのに、どうしてこんなにも虚しいのか。

理由は分かっている。

(――トリシア)

出世のために利用したはずの妻。

かわいがっていた弟分であるローを惨殺した『血塗れ姫』など、利用して悪いなどと思わなかった。それどころか、必要なものを手にした後は、捨ててしまおうとすら考えていた。それが『血塗れ姫』には相応しかろうと。

だから彼女が『契約』を持ち掛けてきた時も、なるほど『血塗れ姫』らしい狡猾さだと納得した。

だが実際の彼女に近づき、触れてみれば、凄惨な噂とは正反対なほど、不器用で、臆病で、憐れなほどにまっさらな娘だった。

雑に扱ってやろうと思っていた初夜も、何も知らない無垢な身なのだとすぐに窺い知れた。おまけに、自分のこの大きな身体を受け止めきれるか心配なほどの華奢な身体に、無体などできようはずもない。

怯えながらも必死に自分を受け入れようとする健気さに、彼女を守りたい、優しくしたいという庇護欲が湧いてきて、自分でも戸惑った。そんなもの、とうの昔に失くしてしまったと思っていたのに。

日を追うごとに、おずおずとではあるが、少しずつ表情を見せ始める彼女を、野生の仔猫を懐かせるような気持ちで見ていた。朝、目が覚めてユアンの姿を見つけると、無表情ながらも、あの藍色と飴色の混じる瞳をほんの少し緩ませるのを見るのが好きだった。

そうやって彼女に惹かれていく一方、ローをいたぶり殺した『血塗れ姫』を許せないと憤る気持ちも強くなっていった。

今思えば、彼女に惹かれることへの罪悪感のようなものだったのだろう。相反する感情を制御しきれなくなった挙げ句、彼女を人殺しと詰り、許さないと断罪した。

(俺は、ローや姉さんを救えなかった自分の罪を、トリシアにぶつけていただけだった)

救えなかった己を責める代わりに、彼女を責めたのだ。

(トリシアにそんな真似ができるわけがないと、見ていれば分かったのに。……分かっていたのに!)

どうして目の前の彼女を信じなかったのだろう。

どうして「分かっているよ」と抱き締めてやれなかったのだろう。

きっと、彼女が閉じこもり、人に表情を見せなくなったのは、あの悪評に心を痛めていたからだ。

子どもが生まれれば自由を、というあの契約も、結婚相手である自分を恐れていたから。『血塗れ姫』と自分を罵る者から逃げるための、苦肉の策だったのだろう。

糾弾した時から、トリシアが自分に対し一線を引いたのは感じていた。

少しずつでも見せてくれていた感情を、一切消してしまったからだ。だが、一緒に暮らし、夜を嫌がることなく共にしてくれることで、まだ大丈夫だと安心してしまっていた。

本当に嫌ならば、触れることも拒むだろうと。

そして彼女がローを殺していない証拠を見つけ出すことに躍起になっていた。その証拠さえ見つかれば、自分は彼女を愛せるからと。

(なにが、愛せるだ。何様なんだ、俺は)

思い返せば、自分の傲慢さに反吐が出る。

つまるところそれは、トリシアを信じていない――目の前の彼女を信じず、好き勝手に吹聴された『血塗れ姫』の悪評を信じている証拠だ。

ユアンが己のしたことの罪深さにようやく気づいた時には、彼女はもう夫を見限っていた。

『私が、ローを殺しました』

そう言ったトリシアの表情は、凪いでいた。

『だから、あなたが私を憎むのは当然なのです、ユアン様』

彼女がローを殺してないことは、証拠がなくとも、もう疑っていなかった。

臆病で優しいトリシアにそんな真似ができるわけがないからだ。

だから、どうして彼女がそんな嘘を吐くのか分からず、啞然とした。

だが、すぐ理由が知れた。

『子どもができました。契約でしたね。……お互いの『自由』を』

そう告げられた時に、もう許されないのだと分かった。

トリシアは、ユアンから逃れようとしていた。

ユアンにどう思われても構わないのだろう。契約通り、彼女はユアンから離れて『自由』を得るのだから。

後悔しても遅い。

彼女を信じず、無実の罪で糾弾した自分を、トリシアは許してはくれない。

『……さようなら、ユアン様』

別れを告げるトリシアの顔には、柔らかく美しい微笑が浮かんでいた。

ユアンに何が言えただろう。

トリシアを引き留める権利などもうない。もしかしたら、端から持っていなかったのかもしれない。

その数日後、トリシアは静かな場所で出産にのぞむためと言って、あのレノという従者だけを連れて郊外の別宅へと居を移した。

そのまま戻ってくることはなく、冬が来て新年を迎え、雪もすっかり溶けてしまった。

どれくらい彼女の顔を見ていないだろう。

彼女のいない時間を数えるのは嫌になってしまった。

トリシアのいない屋敷で、トリシアの夫として過ごす奇妙さは、居心地の悪さよりも虚しさが大きい。

これが自分の望む生活だったはずだと言い聞かせてみても、トリシアの華奢な身体を抱き締めて眠る夜を知ってしまった今では、何の満足も得られなかった。

屋敷にいれば、つい彼女の姿を捜してしまう。

ソファでうたた寝するあどけない寝顔。ベッドで身を丸くして眠る仔猫のような姿。食事の時に好物が出ると、ほんの少しだけ口元が緩む様子。無意識なのか、ぼんやりとしている時に艶やかで真っ直ぐな髪を指で弄っているのもかわいかった。

傍にいた時には、なんでもない微笑ましい光景だったその記憶は、今やユアンの胸を切なく抉る凶器だ。

苦しいのに、彼女を感じていたくて、ユアンはあの屋敷を離れられずにいる。

「そういえばさ、トリシア嬢だけど」

トリシアの名が飛び出してきて、ユアンは思わず足を止めた。ジョナスもそれに合わせて立ち止まり、こちらを心配そうな顔で見た。

「公立孤児院建設案が議会で審議されることになって、わりと大変そうだけど、大丈夫なのか？　お腹も目立ってきてるらしいじゃないか」

ジョナスの父親である侯爵は議会にも籍のある侯爵であるため、政界の事情に精通しているのだ。今のところ、平民上がりの一代男爵に過ぎないユアンには、当然ながら議会での籍などなく、ジョナスは貴重な情報源だ。

「……そうなのか」

別居後、彼女が公立孤児院建設を目指して活動をし始めたことは、やはりジョナスから聞いて知った。同居していた時も、それまで見向きもしなかった社交界に顔を出したり、教会の慈善活動に積極的に参加し出したのは知っていたが、まさかそんなことを考えていたとは、と驚かされた。

新婚旅行で訪れた、ランスの孤児院での彼女の様子が思い出される。働く子ども達に驚嘆していた。ぎこちないながらも懸命に微笑んでみせ、小さな子どもを労っている姿に胸があたたかくなった。あの経験が、今の彼女を動かしているのだろうかと思うと、共にした過去の時間によって、まだ彼女と繋がっていられる気がして嬉しかった。

だが、そのせいで体調を崩すようではと、顔が曇る。

ユアンの曖昧な反応に、ジョナスが呆れた声を出した。

「そうなのかって、他人事だな。お前の奥方だろう？」

「……他人事なわけじゃない」

否定したものの、歯切れの悪い自覚はあった。

トリシアはひっそりと居を移したので、ユアンと彼女が別居状態にあることは、まだ世間に知られてはいない。ジョナスも、ユアンが彼女の様子を知らないとは思っていないのだ。

「おいおい、いくら出世の道具ったって、お前の子どもを身ごもってるんだ。もう少し気にかけてあげた方がいいぞ」

かけられるものならかけたいのだ、と怒鳴りたいのを、グッと堪える。何も知らないジョナスに八つ当たりしても仕方ないだろう。

黙ったままのユアンに、ジョナスは溜息をついた。

「トリシア嬢が提案した公立孤児院建設案に反対している貴族の中に、不穏な動きをしてるのがいる」

聞き捨てならない内容に、一気に顔が強張る。

「不穏な動き？」

「……具体的にどうという話じゃないが、奥方の身辺には気を配った方がいい」

「どういうことだ」

知らず、唸り声になった。怒気を孕んだ声色に、ジョナスが「俺に怒るなよ」と呟きながらも説明した。

「そもそも、彼女が提案した公立孤児院建設は貴族にとって利があるような事業じゃない。

社会福祉は金に余裕のある貴族だけが寄付すればいいってのが、これまでの常識だったからな。孤児院が公立になれば、その分各領地への課税が増やされるわけだ。余裕のない貴族達にしてみれば、大迷惑なんだよ。だからこれまで市民から上がってきた社会福祉に関する草案はことごとく潰されて、議会に上げられることすらなかった」

何のための貴族だ、と失笑が込み上げる。

泥水を啜る生活をしていた頃には知らなかったが、そもそも貴族には下の者を保護し援助する義務があると、騎士になる際に読まされた本で学んだ。民から税を取り立てているのだから、その見返りというわけだ。

それを大迷惑とは、ではお前達は何のために存在しているのかと問い質したくなる。

「それなのに今回の案が議会にまで上がってきたのは、発案者が宰相閣下のご令嬢で、彼女が主導して事業を進めているというところが大きい。賛同派の貴族の大半は宰相閣下に阿る類の連中だ。もちろん、高邁な精神から事業を支持している人もいるだろうが、トリシア嬢のように自ら動いてまで、という人はいないだろうな。つまり主導するトリシア嬢がいなくなれば、案自体がお蔵入りする状況なわけだ」

「つまり、トリシアの身に危険が及ぶかもしれないと？」

ユアンの問いに、ジョナスは腕を組んで「うーん」と唸る。

「宰相閣下のご令嬢だからな。お腹に大事な後継者も抱えてるし、さすがに滅多なことはしないと思うが。それでもトリシア嬢が怯えてやめると言い出す程度の脅しをかけるくらいはするかもな」

　ユアンはグッと拳を固める。

　トリシアの身に危険が迫っているかもしれないのに、守れない状況がもどかしい。今すぐにでも彼女の傍に行きたい気持ちを堪えるのに、四肢に力が籠った。

「反対派の貴族というのは？」

「一番激しいのは、セイモア伯爵だろうな」

　聞き覚えのある名に首を捻ると、ジョナスが指を立てて言った。

「フローレンスのパトロンだよ。賭博が原因であちこちに借金してて、領地の経営も火の車だそうだ。金策に奔走していて議会にも顔を出さず除籍されそうになってたのを、課税案件の孤児院建設の話が出た途端、大声で反対を喚き散らしている」

「あの小太りの爺か……」

　蒸気船の賭博場で出くわした鼻持ちならない老人を思い出し、ユアンは低く唸った。

　傍でトリシアを守ろうにも、あの契約がある以上、彼女に近づけない。

（ならば、違う方法で守ってみせる）

　唇を引き結び、ユアンは考えを巡らせ始めた。

＊＊＊

春のうららかな陽射しの中、貴婦人たちが囀《さえず》るように談笑していた。

猫脚のテーブルには、彼女達が各々持ってきた手作りの品が所狭しと置かれている。

「ね、見てくださる、このレースの靴下」

「あら、赤ちゃんの靴下ね？　とってもかわいいわ！」

「本当？　これをたくさん作って、今度のチャリティバザーに出そうと思っていますの。どうかしら？」

「まあ、素敵！　すごくいい案だわ！」

彼女たちは慈善事業に熱心なサロンのメンバーで、トリシアは今そのお茶会に招かれていた。

公立孤児院建設を目指して動き出してから、トリシアは苦手だと感じていたご婦人方と交流を図るようになった。

言うまでもなく事業に賛同してくれる有力貴族を増やすことが目的だ。

しかしその結果、怪物のようだと思っていた彼女達社交界の住人が、話をしてみれば自分となんら変わりない人たちなのだと知ることになった。

特に慈善事業に関わろうとする人達だから、トリシアの価値観と近いのもあるのだろう。

最初こそ、『血塗れ姫』の悪評から、トリシアに関わることを尻込みする様子もあったが、今ではすっかり打ち解けてくれたように思う。

自分の殻から一歩外に出てみれば、世界は自分が思うほど尖っても苦いものでもなかったことに、トリシアはようやく気づき始めていた。

「ねえ、トリシア様もいかが？　この靴下！」

ご婦人の一人が、トリシアにも話題の靴下を差し出してくれる。

「ええ……まあ、本当に、かわいい……」

小さな靴下は、まるでお人形の物のようだった。

「ふふ、トリシア様も、もうすぐですものね！　楽しみねえ！」

微笑みながら言われて、トリシアは自分のせり出したお腹を見下ろした。

まんまるになったこのお腹の中に、自分の赤ちゃんがいるのだ。そう思うだけで、自然と笑みが零れる。

もう胎動もあり、お腹を蹴る感触も分かる。力が強くて肋骨に当たり痛みを感じることもあるが、それすらも愛しく思えた。

父のタウンハウスを出て郊外の別邸に移り、早半年が経っていた。

レノが傍にいてくれるし、時折ローレンも訪ねて来てくれるので、寂しくはない。

夜に一人でベッドに入ると、涙が出てしまうことはあるが。

もうあの腕に抱かれて眠ることはないのだと思うと、温かいはずのベッドが冷たく感じられて、なかなか眠ることができなくなる。

だがそんな時には決まって、お腹の子がトントンとお腹をつついてくれるのだ。

まるで「大丈夫だよ。一人じゃないよ」と言われているようで、それに力をもらって、眠りに就く。

子どものためなら母は強しと言うけれど、きっとそうではない。

子どもに強くしてもらっているのだ。

「ご予定はいつでしたかしら？」

「医師には、晩春から夏にかけてだと」

「まあ、じゃあ本当にもうすぐなのね！　宰相閣下も、旦那様もさぞかし楽しみになさっているでしょう！」

満面の笑みで言った彼女に、周囲の女性が焦ったように肘でつついて目配せする。

「あっ……！　ご、ごめんなさい、私ったら……！」

肘打ちでやっと自分の失言に気づいたらしい彼女は、ハッと口元を押さえて青くなった。

その一連の様子に、トリシアは苦笑が漏れる。

「いいのですよ。お気になさらず」

首を横に振って大丈夫だと意思表示すれば、婦人達はホッとした顔になった。だがその内の一人が、グッと唇をへの字に曲げたかと思うと、目を吊り上げて怒り出す。

「本当に！　男の人というのは、どうしてこうなのかしら！　トリシア様のように可憐な奥様がいらして、どうして浮気など！」

一人が言い出すと皆が言い出すのが女性の集団というものなのだろうか。彼女の発言を皮切りに、全員がプンプンと怒り始めた。こうなるとトリシアの出番は完全になくなる。

「そうですわ！　いくらお顔がハンサムでも、奥様を蔑《ないがし》ろにするような男性は許せません！　失礼ですがヘドランド男爵様は少々おバカなのだと思いますわ。ええ、人様の旦那様をごめんなさい。でも言わせてくださいまし。ご自分の家族を大切になさらない方は、他の誰にも大切にしてもらえないということなのです！」

「しかも、相手はあのセイモア伯爵の愛人とか！　その女も決まったパトロンがいるくせに、他にも手を伸ばすなんて、下品にもほどがありませんこと？　こんなことをして、男爵様に飽きられた後、次のパトロンが見つかるとでも思っているのかしら」

矢継ぎ早に繰り広げられる過激な文句の応酬に、眩暈がしそうだ。よくこんなに口も頭も回るものだと感心してしまう。

ただの文句ではなく、彼女達の言っていることには一理も二理もある。

良くも悪くも社交界の縮図のような集団だが、頭の良い女性ばかりなのだ。

ユアンが元の愛人とよりを戻したらしいという噂を聞いたのは、ひと月ほど前だった。

すぐに頭に浮かんだのは、新婚旅行の船で会った、あの妖艶な美女だ。

名はフローレンスと言ったか。

あの時の親しげな様子を思い出し、なるほど、と納得した。もしかしたらあの頃から関係があって、ずっと続いていたのかもしれない。

胸を刺すものが無いと言ったら嘘になる。それどころか、今もシクシクと痛んで、吐き気を感じているくらいだ。

だが、どうしようもない。

自分にはそれを咎める権利など、今も、以前にもない。

「そうそう、セイモア伯爵といえば」

ご婦人方の話はまだ止まらない。

その中に最近よく聞くようになった名前を出されて、トリシアは顔を上げた。

「噂ではギャンブルに熱心で破産寸前とか。愛人に払うお給金もないんじゃなくて？」

「だったら経営の立て直しを精々頑張ったらよろしいのに。私達の崇高な目標の邪魔ばかりなさって、本当に碌なことなさらない方だわ！」

これればかりは同感だったので、トリシアは頷きながら溜息をつく。

セイモア伯爵は公立孤児院建設に反対している貴族の代表のような人だ。

トリシアが参加する慈善事業にわざわざ乗り込んできて、『親の権力を笠に着るような小娘を信用できるものか！』と面と向かって罵られたこともある。

実際に父の名前がなければ通らなかった案だと分かってはいるが、孤児院建設に向けて賛同者を募っているところでの妨害行為は本当に迷惑だ。

その他にも、恐らく彼からと思われる罵詈雑言の書かれた手紙が届いたりと、地味な嫌がらせが続いている。

レノが念のためにと別宅の護衛を増やしていたが、これ以上おかしなことが続くようなら、治安維持部隊にも世話にならなければと考えているところだ。

父に相談することも考えたが、己の行動の責任は自分でとれ、というのが父の信条であるため、鼻で笑われそうな気がする。

それに、身を守ってくれと頼めば、恐らくなんらかの見返りを要求されるだろう。

父は後継者を欲している。下手をすれば子どもを奪うと言いかねない。

奇人変人と呼ばれる父の傍で子どもを育てたくなかった。自分の幼い頃のトラウマを思い返し、あんな思いをこの子にさせたくないと心底思う。父を憎んでいるわけではないが、受け入れがたい人だというのは否めない。

トリシアとて、家を継ぐ子が必要なことは理解している。そこに異論はないが、心の傷になりやすい幼少期は、父から離れて育てたいのだ。

今、父がこうしてトリシアの好きにさせているのは、トリシアへの興味があまりないこともあるが、現段階でトリシアが父に借りがないからだ。何かを頼めば、当たり前のように対価を提示されるだろう。

父にものを頼むことを想像すると、一気に気が重くなる。

トリシアはお腹を擦りながら、深い溜息を吐いた。

＊＊＊

別宅に帰宅すると、応接室にローレンの姿があった。

「あ、ローレン。来ていたのね」

「おかえり！　入って待たせてもらってたわよ」

紅茶とお茶菓子を前にご満悦の様子だ。

使用人たちには、ローレンが来たら自分が留守の場合でも迎え入れるように言ってあるので、ちゃんともてなしてくれたようだ、
トリシアはレノの腕に摑まりながら、ゆっくりとローレンの隣のソファまで歩き、座った。最近は大きくなったお腹が邪魔で足元が見えないため、レノに摑まってゆっくり歩くようにしている。

どっこいしょ、と言わんばかりの動作に、ローレンがニコニコと目を細めた。

「大きくなったわねぇ！」

「ふふ、そうでしょう？　もう重たくて。私としては、もう出てきてもいい頃だと思うのだけど……」

「何言ってるの！　あともうひと月はお腹にいてもらわないと、出て来てから赤ちゃんが大変よ」

それは医者にも言われていたことだったので、トリシアは苦笑した。だが、分かっていても、早くお腹の中の赤ちゃんに会いたいという気持ちが強いのだ。

お腹を撫でて、そっと囁く。

「大切に、大切にあなたを育てるから、早く元気なお顔を見せてね……」

——父親がいなくても——

トリシアにしてみれば無意識ではあったが、言外に含めた意味を察してしまったローレンが、忌々しそうに舌打ちをする。

「っとに、あのクソ浮気男が……！」

つい先ほどもサロンで聞いたような台詞に、トリシアは苦く笑った。

「ローレン。浮気じゃないのよ」

「あのね！　契約のことは分かってるわよ。でも、あたしはあの男を信じてたの！　なによ、ユアン・ヘドランドも他の男と同じじゃない！　期待を裏切りやがって、クズ！　もげろ！」

「ローレン……」

ローレンは男嫌いだ。それもかなりの。全ての男を嫌悪しているのに、平民出身の英雄であるユアンのことだけは信じているようだった。

だがそのユアンがフローレンスとよりを戻したという噂を知ってから、ローレンの中で彼の株は大暴落してしまったらしい。

彼は全ての事情を知っていて、正確には浮気ではないと分かっていても許せないようで、事あるごとに「もげろ！」と呪いの言葉を吐いている。

何がもげるのかは訊かないでいる。

「まあいいわ。不愉快な人間のことを考えるのはやめておきましょう。とりあえず、今度のチャリティバザーで参加者に配るチラシの原案を作ったから見てほしいの」

ローレンは孤児院建設に向けての準備を手伝ってくれている。行動が早くてとても助かっているのだが、ローレンには自分の店もあるので心配でもある。

「ありがとう。とても助かるわ。でも、お店の方は大丈夫？　私のせいでお店が疎かになるのはとても申し訳ないわ……」

トリシアの不安を、ローレンは片手を振って一蹴した。

「心配しないで。やれる範囲でやってるから。それにあんたのためだけにやってるわけじゃないの」

言って、ローレンは身を乗り出してトリシアの手を握った。ぽってりと厚くて、あたたかい手だ。

「あたしは国が運営してくれる孤児院ができたら、すごいことだって思ってるから。あたし達みたいな親がいない平民の子どもは、死ぬか、盗むかの二択よ。皆、悪いことをしたくてしてるわけじゃない。生きるためにしてるの。でも、そんなのってないわよね。誰も何もしてくれない、でも自分達でもどうしようもないっていう最悪の状況に、あんたのやってることは、きっと光になるはずだから」

「ローレン……」

まんまるい顔の中の琥珀色の目が、力強くトリシアを励ましてくれる。

「あんたってすごい子よ、トリー。ビックリ箱みたい。あの時だって、あたしは本当なら殺されたって仕方なかったのに、あんたは助けてくれた。普段臆病で大人しいくせに、いざとなったら肝が据わるのよね。普通できないわ、あんなこと。だから今回、あんたが孤児院のことを言い出した時も、驚かなかったわ。あんたならやれるって信じてる」

目をぐるりと回しておどけてみせるローレンに、トリシアは苦笑する。

「……勢いなのよ。覚悟もないくせに、気がついたら動いているの……やってしまったことの責任の重さに後で気づいて、後悔ばかり……」

『血塗れ姫』の悪評も、ユアンを得られなかったことも、このお腹の子の父親を奪うことになってしまったことも、全部トリシアの浅はかさが原因だ。

『責任を取れ』と、これまで何度も父に言い渡されてきた。父はトリシアのこういう面を危惧して、忠告していたのだろう。

自己嫌悪に顔を曇らせるトリシアに、ローレンは「ばかね」とトリシアの両頬をあたたかい手で包んだ。

「あんたのおかげで、今のあたしがあるの。あんたの勇気のおかげでね！　あんたはあたしの天使なのよ、トリー。いつだってあたしを救い出してくれる。さっきはあんたのためだけじゃないって言ったけど、あたしはあんたのためだったら何でもする。覚えておいて」

優しい手に、トリシアの目が熱く潤んだ。

自分の方こそ、ローレンのためならなんだってするのに。

ローレンから多くを奪ってしまったのは、トリシアだ。ローレンの生き方を狭め、窮屈な檻に入れてしまったようなものだ。それなのに、それを『救い』だと言って、傍にいてくれるローレンに、どれだけ感謝してもし足りない。

「……ありがとう、ローレン。大好きよ……」

感謝と共に、涙が零れた。

ぷくぷくの手でそれを拭いながら、ローレンが輝くように笑う。

「あたしもよ、トリー。ああ、それにレノも。男はみんな大嫌いだけど、あんただけは特別。大好きよ！」

背後に控えていたレノを思い出したように、パッと振り返ってローレンが言うと、レノは変わらない無表情のままで「どうも」とだけ答えた。

それがおかしくて、ローレンと顔を見合わせて笑ったのだった。

＊＊＊

仕事を終え、帰り支度をしていると、ジョナスが声をかけてきた。

「おい、ユアン。ちょっといいか」

社交的なジョナスらしからぬ端的な物言いに、あまり機嫌は良くなさそうだと感じながら返事をする。

「いいけど、あまり時間はない」

「構わない」

顎で促され付いていくと、騎士団の官舎の使われていない部屋に入れられた。

ジョナスはしっかりとドアを閉めたのを確認すると、こちらに向き直る。渋い顔だ。

「お前、フローレンスとよりを戻したって本当か？」

やはりその話だったかと、ユアンは息を吐く。

「今更だな。ひと月前くらいから噂になっていたと思うが？」

サラリと答えるユアンに、ジョナスが頭を掻き毟《むし》った。

「まさか本当だとは思わなかったんだよ！　昨夜フローレンスと腕を組んで郊外の屋敷に入って行ったのを見たぞ。あれはセイモア伯爵が所有している愛人用の別宅だろう。お前、何考えてるんだ？　お前の奥方と対立している奴の愛人と繋がるなんて！　しかも奥方は妊娠しているだろうが！」

お前はクズか！　クズなのか！　と吠えるように責め立てられて、ユアンの口からフッと笑みが零れる。

「いっそ心地好いな」

「はあ!?」

「いや、陰からではなく正面切ってクズと言われたから、清々しいなと」

ユアンの微笑みに、ジョナスが一歩後ろに引いた。

「……え、そういう性癖？」

「違う」

即答すれば、ホッとした演技を大袈裟にしてみせる。鬱陶《うっとう》しい。

「……で、どういうことなんだ？　クズの自覚があるってことは、何か理由があってやってるんだろう？」

「……伯爵がいつまでも尻尾を摑ませないから、懐に飛び込むことにした」

その答えに、ジョナスは口をポカンと開けた。

「お前、そんな大胆な……！　いやでも、自分の愛人を横取りされてるのに、そんなことできるのか？　普通腹を立てて警戒するだろう」

「今伯爵はそれどころじゃないさ。借金返済の金策に四苦八苦している。その上、公立孤児院建設案が議会を通れば、各領地への臨時増税は確実だ。法案可決を阻止するために、トリシアに嫌がらせするのに必死で、愛人を気に掛ける余裕なんかない。そこに、トリシアの夫である俺が、愛人に近づけば……」

そこまで説明すると、ジョナスは溜息を吐いた。

「ああ、なるほど。トリシア嬢への精神攻撃の材料になると……」

ユアンは首肯する。

「フローレンスを介して、俺がトリシアに辟易していてなんとか離婚したがっていると仄めかしたら、次の日には食事の誘いが届いた。フローレンスを貸し出す代わりに、金と、トリシアの弱みになるような情報を見つけて寄越せと言われたよ」

　誰が渡すか、と肥え太った狸のような爺を殴りつけたくなるのを堪え、笑顔で諾と言ったが。

「調べてみると、伯爵の抱えている借金の額と、領地からの収益額にどう考えても開きがありすぎる。普通に考えればもう破産していてもおかしくない状況なのに、どうしてまだ生活できているのか。公表できない収入があるとしか思えない。だとすれば、あの噂の信憑性は高いということだろう」

「酒の密輸の件か」

　ユアンが頷けば、ジョナスは腕を組んだ。

　この国では酒の製造と売買には国が税金をかけて管理している。以前輸入された酒の中に極めて中毒性の高いものがあったため、厳しく規制されているのだ。

「確かに社交界でも伯爵の金回りについては噂になっているよ。金を貸している奴らにとっちゃ、飛ばれたらたまったものじゃない。金を回収できなくなるからな。酒の密輸の噂も皆知っているが、あの狸、用心深いことで有名だからなぁ……」

「その尻尾を摑むために、懐に飛び込んだんだ。トリシアに何かする前に、牢屋に叩き込んでやる」

　目をぎらつかせ、唸るように言ったユアンを、ジョナスがしげしげと見つめる。

「……しかし、変われば変わるもんだなあ。出世のために利用して捨てると豪語してた人でなしが、捨て身の献身をしちゃうような愛妻家になるとは……」

愛だなあ、などとからかう悪友をねめつけながらも、その通りなので文句も言えない。

ユアンはジョナスに全てを——自分の生い立ちや、トリシアとの『契約』、彼女に惹かれながらも信じられず傷つけたこと、そして彼女が去ってしまったことなどを話していた。

本来なら誰にも話すつもりはなかったが、ジョナスは信頼に足ると思えたことと、彼がトリシアに対し公正な目を持っていたことを鑑みて、大丈夫だと判断した。

そしてなにより、彼に頼みごとをしなくてはならなかったからだ。

『セイモア伯爵の身辺を探ってほしい』というものだ。

もちろん、トリシアの身の安全を確保するためだ。彼女を傍で守ろうにも、ユアンにはそれが許されていない状況だ。ならばと、彼女の父親であるリチャードに頼んだのだが、リチャードは軽く眉を上げて首を傾げた。

『何故、儂がそんなことをしてやらねばならん？』

いかにも不思議でならないといった顔で言われ、不思議なのはこちらだと言ってやりたくなった。

『あなたの娘が危険に晒されているかもしれないのですよ？』

食い下がったユアンに、リチャードは自分の顎髭を撫でながら言った。

『それはトリシアが自分で招いたことだろう？　議会にあの案を提出すれば、反対派が出て当然だ。意見が対立すれば危険は生じる。少し考えれば行き当たる弊害だ。考えうる弊害に対策した上で行動するのが当然だし、或いは百歩譲ってそれが不測の事態だったとしても、己の裁量で対処できなければそこまでの人間であり、それがその者の人生よ。己のしたことの責任を取るのが、生きるということだ』

愕然とした。

確かにその理論は正しい。正しいが、あまりにも厳しくはないだろうか。

英雄と呼ばれるリチャードはそういう生き方を貫いているのかもしれないが、万人にそれができるわけがない。

ユアンは改めて、主であり、舅《しゅうと》であるこの男が奇人変人であることを実感させられた。

この男には、自分の娘に対して情というものはないのだろうか。

『お言葉ですが、それではトリシア様は父親を頼れないということになります』

ユアンの反論に、リチャードはニヤリと口の端を上げた。

『頼ってくるならば手を貸さないこともない。無論対価は要求するから……恐らくトリシアは儂を頼るまいよ。子どもを取られたくはないだろうからな』

唸り声を上げてしまうところだった。吃驚する発言ばかりで、頭がおかしくなりそうだ。

つまりリチャードは、トリシアが助けを求めてきたら、助ける代わりに子どもを取り上げると言っているのだ。

『子どもを……取り上げて、どうなさるのですか？』

『まあ、育てるだろうな。儂の興味を引くような面白い子に育てばいいが』

その発言だけで、まともな育て方ではないと確信できる。

トリシアが妊娠発覚後、別宅に移った理由の一つが分かった気がした。

目の前の奇人は、自分の興味を引くものなら、弄り倒して壊してしまう子どもと同じだ。

こんな危険人物の傍に我が子を置く母親はいないだろう。彼女の判断は正しかった。

舅がまったく頼りにならないことが分かり、自分で動くしかないと腹を据えたユアンは、ジョナスを頼ったのである。

頼んだ時、ジョナスは少しだけ驚いた顔をしたが、すぐに了承してくれた。

『まあ、事情を聴くまでもなく、お前がトリシア嬢にぞっこんなのは分かっていたからな。僕が彼女を褒めると、あからさまに不機嫌になっていたし』

ニヤニヤと笑いながらそんな指摘までされて、ユアンの方が驚いてしまった。

ともあれ、貴族として政界や社交界にも顔の広いジョナスは、さすがの情報収集力であっさりと伯爵の密輸の噂を聞き出してきてくれたのだ。

ユアンの説明を聞いていたジョナスだったが、うーんと腕を組んで唸りながら「あのな」と切り出してきた。

「伯爵の懐に入って、尻尾を摑むのを虎視眈々と、ってわけだよな。うん、それは分かった。うまくやったとも思う。さすがだよ。だが僕が一番聞いておきたいのはそこじゃないんだ」

言って、ポン、とユアンの肩に手を置いた。

目尻の下がった甘い印象の顔が、険しくこちらを見つめている。

「お前がそういう理由でフローレンスと行動してるってこと、トリシア嬢にちゃんと説明してあるのか？」

ユアンは目を瞬いた。思いもよらないことだった。

「いや」

短い否定に、ジョナスは額に手をやって天を仰ぐ。

「うおーいおいおいおいおい。待て待て待て待て。それはまずいだろう！　お前！　トリシア嬢、絶対お前が浮気してるって誤解しちゃうぞ！」

悪友の慌てぶりに、苦い笑いが漏れた。

浮気を誤解されるのなら、どんなに良かっただろう。

現実には、ユアンの行動は浮気にすらならない。

「トリシアは誤解なんかしない。そういう『契約』だからな」

自分には初めからトリシアに対してなんの権利もないのだから。

情けなさに自嘲を吐き出せば、ジョナスは困ったように眉を下げ、ガシガシと頭を掻いた。

「なんだろう……あのさ、もう一度ちゃんと話し合った方がいいと思うぞ、お前達夫婦。『契約』のことも聞いたけど、でも少なくともお前は彼女の傍にいたいんだろう？　形だけとはいえ、夫婦なんだ。気持ちをぶつけるくらい、してもいいんじゃないか？」

ジョナスの言葉に、ユアンは顔を上げる。

鏡を見てはいないが、ひどい顔をしているのだろうなと思った。

もしかしたら、縋るような表情だったかもしれない。

「……そうだな。いつか……いつか、それができたらいい」

まずトリシアの前で跪き、これまでのことを謝ろう。

なんだったら、這い蹲《つくば》ってその爪先に口づけてもいい。

そうして、愛を告げるのだ。

彼女が愛を返してくれなくてもいい。……できるなら愛してくれた方がもっといいが。

だが、愛されなくても、彼女を愛し続けることを許してもらい、彼女と、彼女との子どもの傍にいさせてくれるなら、もうそれだけでいい。

幸福な想像に、胸が軋んだ。

＊＊＊

「あら、奥様じゃなくて？」

そう声をかけられたのは、ローレンの店へ行こうと馬車を降りた時だった。

最初は自分にかけられたものではないと思い、気にせず歩き出そうとしたのだが、後ろから慌てたような声が追いかけてきたので気がついた。

「あら、やだ、待って！　待ってくださいな！　ヘドランド男爵夫人！」

久し振りに聞いたその呼び名にドキリと胸が鳴った。

最近ではユアンの不貞行為の噂を気にしてか、周囲の人たちがユアンの妻としての呼び名を使わず、あえて「トリシア様」と呼ぶようになっていたからだ。

巷《ちまた》では、離婚も間近だと噂されているらしい。

驚いて足を止めれば、見たことのある女性がトリシアに向かって手を振っている。

鮮やかな赤毛を華やかに結い上げ、胸元の開いた流行のモーニングドレスを身に着けた艶のある美女だ。

「――フローレンス様」

船で見た時と変わらぬ美貌とむせ返るような薔薇のオードトワレの匂いに、息が止まる。

昔の――そして今の、ユアンの愛人。

（何故、こんなところに……）

城下町は広い。何年もここに出入りしているが、彼女と会ったことなど一度もないのに。

警戒心が働き、自然と無表情になるトリシアに構わず、フローレンスの方は気さくな態度で話しかけてくる。

「お久しぶりですわ！　あの船でお会いした時以来ですわね！　お元気そうでなによりですわぁ！」

「……ええ。あなたも」

堅い口調で応じるトリシアを見て、フローレンスはクスクスと笑った。

「嫌だわ、そんな他人行儀な！　あたしたち、ユアンを介する同志なのだから！　奥様は彼の世間体を、あたしは彼の心と身体を任されているんですもの！　彼を共有する女同士、もっと仲良く致しましょうよ」

「――」

一瞬何を言われたのか理解できず、茫然とした。

（……彼を共有する女同士……？）

頭の中で言われた台詞を反芻し、ようやく意味が脳に到達する。

つまり、ユアンの愛人として、妻であるトリシアに挨拶をしているつもりなのだろう。

（仲良く……）

するべきなのだろうか。愛人と妻は。

人間、意表を突かれると、とんでもない思考回路に回線が繋がってしまうのかもしれない。ローレンがいたならば、すかさず「しっかりしなさい！　このおばか！」とどやされていただろう。

フローレンスに反応しきれず立ち尽くしていると、背後に控えていたレノが無言で動き、トリシアを背に庇うように立ち塞がる。

「レノ……」

「トリシア様、下賤の女です。相手になさる必要はありません」

フローレンスの方をまったく見ようともせず、レノが言った。それが気に障ったのか、間髪を容れずにフローレンスの声が飛ぶ。

「ちょっと待ちなさいよ」

それには答えず、トリシアを自分の身で庇うようにして歩き出すレノに、フローレンスの白い手がかかる。赤く長い爪がレノの腕を掴むのを見た瞬間、ふわ、とフローレンスの身が浮き、ドサリと道の上に崩れ落ちた。

「……え？」

一瞬の出来事だった。

レノがフローレンスの手を引き寄せ、関節の可動域方向にそのまま折り曲げ、その勢いに乗せてひっくり返して投げたのだ。

レノが得意とする体術だと分かっていたトリシアはさほど驚かなかったが、投げられた当人は何が起きたのか分からず、目をぱちくりとさせていた。

「去《い》ね。死にたくなければ、二度とトリシア様に近づくな」

レノが淡々とした口調で言った。こんな時に無表情であることは、恐ろしさが倍増する。フローレンスも顔を青くしている。

女性がいきなり倒されたことに気づいた周囲がざわつき始めた。

「トリシア様」

短く促され、トリシアは倒れたままのフローレンスを気にしつつも、周囲の目もあったので素直に従った。レノは手練れだ。怪我をさせるような投げ方はしていないだろう。

だが、足を踏み出した瞬間、フローレンスの甲高い笑い声が響いた。

ギョッとして振り向けば、道に倒れ込んだまま、目を吊り上げた恐ろしい形相でこちらを睨んでいる彼女と目が合う。

先ほどまでは辛うじて見せていた愛想の良い表情はもうどこにもなかった。

ギラギラと自分をねめつける獣のような目に、ゾッと背中に震えが走る。

「おお、怖い！『死にたくなければ』？さすがは『血塗れ姫』！下賤の女だから痛めつけても構わないというわけね！恐ろしいお方！気に食わない使用人を惨殺するだけありますわ！」

「な……」

驚いて絶句するトリシアに、フローレンスはなおも罵詈雑言を浴びせかける。

「ユアンも言ってたわ！あんな恐ろしい人殺しとは早く縁を切りたい。子どもだって、『血塗れ姫』の血を引いているかと思うと、おぞましくて見たくもないってね！」

胸を刃物で切り付けられたような、鋭い痛みが走った。

『子どもだって、『血塗れ姫』の血を引いているかと思うと、おぞましくて見たくもない』

言ったのはフローレンスで、ユアンではないと分かっている。

分かっていても、その言葉は充分にトリシアを痛めつけた。

心の中で、もしかしたらと思っていたことだったからだ。

出世のために結婚したトリシアを、それでもユアンは優しく抱いてくれた。たとえトリシアのことを、ローを殺した憎い敵だと思っているとしても、トリシアを優しく扱ってくれた手や、包みこんでくれた温もりは、確かに本物だった。

だから、あの行為で授かったこの子は、自分達の間にある打算や憎しみとは切り離されているのだと思いたかった。思っていたかったのだ。

（やはり、嫌悪し、憎んでいる私と同じように、この子はユアン様に愛されない……）

当たり前だ。いくら半分は血が繋がっていても、憎んでいる人間の子を、誰が愛しいと思えるものか。ユアンはそんな人ではないと信じたい。だが今目の前で彼の愛する女性が放った言葉に太刀打ちする術を、トリシアは持たなかった。

突きつけられた現実に、眩暈がした。

（ごめんね……ごめんなさい。私のせいで）

この子は、自分のせいで父親に愛されない。そう思うと、ただひたすらに申し訳なかった。

「失礼します、トリシア様」

虚ろな表情になったトリシアを、レノが抱きかかえるようにして歩き出す。

それに無抵抗に従いながら、トリシアは心の中で、我が子に謝り続けたのだった。

第六章　罠

いつものように、ユアンが仕事を終えてフローレンスの屋敷へと行くと、そこには先客が来ていた。

「やあ、男爵」

「これはこれは、セイモア伯爵。お元気そうでなによりです」

フローレンスを侍らせて長椅子に腰かけていたのは、この屋敷の主であるセイモア伯爵だった。でっぷりと太った腹が突き出ていて、せっかくの衣装が形を崩していて台無しだ。

「なんてことだ。伯爵がいらっしゃるのであれば、俺は遠慮するべきでしたね。知らなかったとはいえ、失礼をしました」

ユアンは愛想良く笑いながら、申し訳なさそうに肩を竦めてみせる。

フローレンスはまだセイモア伯爵の愛人だ。伯爵とフローレンスが交わした愛人契約は一年ごとに更新するもので、伯爵は既に一年分の料金をフローレンスに払ってしまっているからだ。よって、ユアンは伯爵から彼女を借りているという形になる。つまり、伯爵がいない時に、彼女と過ごす権利を買っているということだ。伯爵に提示された冗談のように高額の料金には笑い出したくなったが、トリシアを守るためだ。致し方ない。

伯爵はユアンの腰の低さに気をよくしたのか、にこやかに手を振った。

「いやいや、その必要はないよ、男爵。今日私は君に会いに来たのだから」

「俺にですか？」

さも驚いたかのように言いながら、ユアンは心の中でほくそ笑む。

これまでフローレンスを介して、伯爵に『妻にウンザリしている』『離婚したいのにできない』などと、あたかもユアンがトリシアに悪意を抱いているかのような発言を伝えてあった。そろそろ餌に食いついてもいい頃だ。

「君はあの『血塗れ姫』と離婚するつもりだと聞いたが、本当かね？」

ホラ来た、と心の中で喝采を上げながら、苦い笑みを浮かべて首を振る。

「ああ、その話ですか……。ええ、お恥ずかしい話ですが、出世に目が眩んで結婚したものの、やはりああいう女性は扱いに困ってしまって……」

ユアンの演技に、伯爵は唾を飛ばさんばかりの勢いで賛同した。

「ああ、分かるよ！　これだから甘やかされた娘は困る。親の権力を笠に着て、政治にまで首を挟むとは、身の程知らずもいいところだ！　君は離婚してしかるべきだ！」

誰がするか、と思いつつ、困ったように首を竦める。

「もちろんそうしたいのは山々なんですが、離婚すれば出世は遠のきます。今の男爵位も宰相閣下のご威光《いこう》あっての地位ですし、騎士団副団長の地位とて、宰相閣下とのご縁が切れればあっという間に降格してしまうでしょう。情けない話、そうなると彼女……フローレンスとの逢瀬《おうせ》もままならない。それは耐えられなくて……」

いかにも切なげに伯爵にしな垂れかかっているフローレンスを見遣れば、フローレンスは得意げに微笑みを返してくる。

それを見た伯爵は満足げにカカと笑った。自分の愛人が他の男を虜《とりこ》にしていることに、優越感を抱く類の男なのだろう。

「いやはや、恋は魔物よな。良かろう、良かろう。だがこのフローレンスは儂のお気に入りだ。タダで貸してやるとも言えん。これが拗ねるのもあるでな。……そこで、だ。君に良い仕事を紹介しようと思っているのだ」

ユアンはにっこりと破顔した。

「……伺いましょう」

伯爵の持ち掛けてきた話は、案の定きな臭いものだった。

伯爵の領地にある小さな漁港に荷物が届くので、それを受け取り、別の場所に運ぶ護衛をしてほしいというものだった。

「なに、大した荷物ではない。ただ少々値が張る物でな。受取先の方がなかなかの心配性で、盗まれるのではないかと怯えているのだよ。君の王立騎士団副団長という肩書きがあれば、盗賊も寄って来ないだろうからな」

伯爵はそう言って笑うが、どう考えても怪しい代物だ。

その漁港というのは漁船がある程度の小さな港だ。つまり輸出入用の大きな船の出入りはない。鮮度重視の海産物しかない港から、別の場所に運ぶ必要のある物が届くこと自体が不自然だ。

そしてユアンの副団長の肩書きは、盗賊への牽制のためではなく、恐らく各領地間にある関所を通過する際に必要なのだろう。

ただの商人であれば荷物全てが検められるが、王立騎士団の副団長が公務で極秘の荷物を運んでいると言い切れば、地方役人には疑いようもない。

（十中八九、酒の密輸で間違いないだろうな）

まさにこれを待っていた。

叫び出したい気持ちを堪え、ユアンは少し考え込むような様子を見せる。

「しかし……運ぶ物も雇い主も分からないような仕事を受けるのは」

諸手《もろて》を挙げて飛びつけば、逆に不審がられるかもしれないと、少し慎重さを見せたのだが、うまい具合に功を奏した。

「ああ、もちろんだとも。では近日、儂と取引先と君とで顔を合わせる機会を設けよう。その際に、仕事内容の詳細も話すことにしよう」

伯爵の提案に、ユアンが秀麗な微笑みで頷いたのは言うまでもなかった。

＊＊＊

上機嫌の伯爵が馬車に乗り込むのを見送って、ユアンは屋敷の中に戻る。

部屋ではフローレンスが扇情的な絹の夜着一枚で、しどけなく長椅子に横たわっていた。

「狸は無事に帰ったの？」

先ほどまでは伯爵に媚びるようにしていたのに、いなくなった途端これだ。

実に強かだなと思うが、それだけ徹底した仕事ぶりだとも言える。フローレンスには自分と似た割り切りの良さがあり、ユアンはそこが気に入っていた。

「ああ。ご機嫌でお帰りになったよ」

ユアンはキャビネットから蒸留酒を出し、グラスに注ぎながら答えた。伯爵の酒だが、こちらもフローレンスを拝借する料金を山ほど払っているから構わないだろう。

「そう、なによりだわ」

フローレンスはかったるそうに言って、ソファから立ち上がり近づいて来た。

そしてユアンの手からグラスを取ると、美しい所作でその中身を呷る。クッと一口で中身を飲み干す様子は見事としか言いようがない。

「相変わらず酒に強いな」

「あら。お酒に強くないと、この稼業はやってられないわよ」

空になったグラスを放るようにユアンに渡すと、フローレンスはユアンの背中に抱き着いてきた。

「ねえ、狸が捕まった後は、どうするの？」

ユアンは片方の眉を上げた。

フローレンスには伯爵の酒の密輸の証拠を摑みたいという旨だけを説明してある。トリシアとの間にあったことを話す必要はないし、フローレンスはジョナスのように信用に足る相手でもないからだ。

フローレンスに協力を頼むために必要なのはただ一つ、金だ。行動原理が金であるため、そういう意味では非常に信用できる相手だ。

もちろん今回の件では、彼女にも大金を支払ってある。

これでユアンの財産はほぼ底をついたと言っていいが、フローレンスにとってみれば、この件で伯爵が捕まればパトロンを失うことになるので、妥当な金額なのだろう。

「……どうするとは？」

「だって、あたしとのあんな噂が立ってしまっているから、あなた、奥様にも宰相様にも愛想を尽かされたんじゃなくて？　きっと離婚されちゃうわよ。そしたら今の地位も仕事もなくなるでしょう？」

ユアンは噴き出してしまった。

「俺の心配をしてくれるのか？　お前みたいな守銭奴は、自分以外の人間はどうでもいいのかと思っていたが」

するとフローレンスはふくれっ面をしてみせる。

「なによ、あたしだって、昔馴染みを心配するくらいの情はあるわよ」

「そりゃ驚きだ」

ユアンはまだクツクツと笑いながら、フローレンスに空にされたグラスに、もう一度酒を注いだ。その腕を赤い爪をした手が不満そうに揺する。

「よせ、零れるだろう」

「ねえ、茶化してないで、ユアン。もしあなたが良かったら、この件が済んだら、一緒にあたしの故郷の村へ行かない？　何にもない田舎だけど、あたしが貯めてるお金で、家くらい買えるわ。そこで何か商売でも始めるの。そりゃ、今みたいに豪勢な暮らしはできないだろうけど――」

言い募るフローレンスに、ユアンは片手の掌を向けて黙らせた。

どうやら今夜の酒は、ごうつくばりで大酒飲みの女ですら感傷的にさせるらしい。

(悪酔いする酒だな)

彼女が語る未来は、とても居心地が良さそうだ。もし以前のユアンだったら、これまで築いてきた地位も金もすべてなくなる現実を前にすれば、それもいいかと思ったかもしれない。

だが、今のユアンには、まったく食指の動かない誘惑だ。

何故ならば、そこにはトリシアがいない。

トリシアのいない未来など、ユアンにとって価値は皆無だ。

「気遣いはありがたいけどな、俺は妻と離婚はしない」

微笑んでキッパリと言ったユアンに、フローレンスは愕然とした顔をした。

「な……だって、もう……」

「妻がどれだけ俺に愛想を尽かそうと、たとえば向こうから離婚を言い渡されたとしても、俺は彼女の傍を離れない。見守れる距離で、彼女の傍に居続ける」

ユアンは結局酒を手渡さないまま、グラスをサイドテーブルの上に置いた。

何でもないことのようにサラリと告げたユアンに、フローレンスが乾いた笑い声を立てた。

「ハッ……ばかじゃないの？　何故そんな意味のないことを？　子どもがいるから？　でも子どもなんか、あなたがいなくても何不自由なく育つわ。貴族の家の子どもだもの！」

ユアンは吐き出すように笑う。

心底理解できないといったフローレンスの表情に、昔の自分を見たからだ。

「違うな。もちろん、生まれてくる子どものことも大切だ。だが理由は、俺が妻に惚れているからだ。彼女を愛している。だから、傍を離れない。それだけだ」

フローレンスが目を瞠る。

そのまましばらく絶句した彼女は、大きな溜息を吐いて肩を落とした。

「――そう。それじゃあ、仕方ないわね」

波打つ赤毛を搔き上げて笑ったフローレンスに、ユアンもまた肩を上げて笑う。

仕方ない――まったくその通り。

唯一無二を見つけてしまった。

自分の生き方を変えるのに、それ以上の理由などないのだから。

＊＊＊

聴診器《ちょうしんき》の金属が、ひやりとお腹の上に当てられる。

トリシアはゆっくりと深呼吸するのを心掛けた。

仰向けに寝るこの体勢は、お腹がここまで大きくなった今、息が浅くなってしまいがちだ。赤ちゃんが内臓を圧迫するからだと医師が教えてくれた。

主治医が丸くせり出したお腹のあちこちに聴診器を押し当てている。赤ちゃんの胎動と心臓の音を聞こうとしているのだ。

赤ちゃんは無事に大きくなっているだろうか、元気だろうかと、そんな心配ばかりしてしまい、診察のこの時間はいつもヒヤヒヤしてしまう。

やがて聴診器を耳から外した医師が、にっこりと微笑んだ。

「うん、元気ですね。心臓の音もしっかりしているし、腹部の張りも問題ない」

医師の言葉に安堵しつつも、トリシアは訊ねる。

「あの、ですが、最近あまり動かなくなった気がして……」

これまでこちらがビックリしてしまうほど胎動が活発だったのに、最近はあまり動かなくなっている気がしていて不安だった。

「ああ、それは赤ちゃんが大きくなったからですよ。以前は小さかったから、お母さんのお腹の中にまだ動く余地があったけれど、今は赤ちゃんが大きくなって、その場所が足りなくなってしまったというだけです。問題ありません。……ただ……」

ふと考えるように腕を組んだ医師に、トリシアは思わず身を乗り出した。

赤ちゃんに何かあったのだろうか。

「お父さんが大きい人なのかな？　ずいぶんと大きい赤ちゃんのようだ。お母さんが華奢だから、そこが少し心配ですね……」

顎に手を当てる医師に、トリシアはなんとなく微笑みを浮かべて頷いた。

確かにユアンはかなり大柄だ。ユアンに似れば、この子はとても大きい子になるだろう。

「もういつ生まれてもいい頃です。これからは赤ちゃんが大きくなりすぎるのも困るので、お腹が空くでしょうが食べ過ぎないように。あとは塩辛い物も控えてくださいね」

医師の忠告に、トリシアは少し顔を赤らめる。最近確かに、レノがビックリするほどよく食べるのだ。これまでは食が細いと心配されるほどだったから、余計にそう思ってしまうのかもしれない。

一通りの検診を終えると、医師は「ではまた来週」と言い置いて帰っていった。

それを見送り戻ってきたレノが、お茶のトレーを手にしていたので、トリシアは苦く笑いながらそれを断らなくてはいけなかった。銀のトレーの上にはお茶だけでなく、美味しそうな焼き菓子ものっていたからだ。トリシアの好物の洋ナシのタルトだ。

「ありがたいのだけど、レノ。お茶はいただくけれど、タルトは遠慮させてもらうわね。今お医者様に体重を増やしすぎないようにと注意されたところなの」

するとレノはわずかに眉を上げ、頷いてタルトの皿は下げた。

「順調でしたか？」

ティーカップを手渡してくれながら、レノが訊ねてくる。

「ええ、順調のようよ。ちょっと赤ちゃんが大きいくらいですって」

丸いお腹を見下ろして答えれば、レノが「そうですか」と柔らかな声色で言った。

下手をすると一日黙ったままというくらい無口なこの従者は、最近ずいぶんと喋るようになった。その内容は、たいていお腹の赤ちゃんのことやトリシアの体調についてなのだから、嬉しいやらおかしいやらである。

（本当に、おじいちゃんみたいね）

以前ローレンが言っていたことを思い出して、つい口元が緩んでしまう。

そこでまたハッとなる。自分が自然と微笑むなんて、以前にはあり得ないことだったのに。そう考えると、このお腹の赤ちゃんが全てを良い方向へと導いてくれているような気がする。

　穏やかな気持ちでお茶に口をつけていると、レノが薄く口を開き、何かを躊躇うようにまたそれを閉じるのを見てしまった。レノが二の足を踏むような素振りをするのを見たのは、それこそ初めてだったトリシアは、驚いて目を丸くする。

「え、なぁに？　どうしたの、レノ。何か言いたいことがあるのなら、ちゃんと言って」

　そう促せば、レノは小さく溜息を吐いて口を開いた。

「……やはりこの別宅で出産なさる気持ちはお変わりありませんか？　今からでも、本宅にお戻りになったほうが……」

　トリシアは目を眇める。トリシアが実家で——父の傍で子どもを育てたくない理由を、レノは十二分に承知しているはずだ。トリシアが生まれた時からずっと傍にいてくれた、父か兄のような人なのだから。

　それでも、レノがこんなことを言い出すということは、何か理由があるはずだ。

「……また、嫌がらせの手紙が入っていたのね？」

　それが原因だとすぐに思い至る程度には、その手紙は頻回に届いていた。トリシアが孤児院の件で動き出してから始まったため、犯人は大方目星がついている。

　声高に反対を叫んでいるセイモア伯爵だろう。

　トリシアの質問に、レノが先ほどとは打って変わった厳しい口調で答えた。

「はい。この一週間で三通……。内容も嫌がらせから脅迫めいたものに変わってきております。ここの警備を増やすのにも限界があります」

なるほど、確かに父のいる本宅は、宰相閣下の自宅に相応しく警備は王族なみに物々しい。嫌がらせなどものともしない頑強さはあるだろう。

トリシアは溜息を吐く。

「……でも、本宅に戻ればお父様がいるわ」

あらゆる面において特殊と言わざるを得ない父が傍にいる環境が、子どもにとって良いとはどうしても思えない。自分を基準に物事を推し量り、それを他者にも強要する人だ。人間誰しもそういった面はあるのかもしれないが、父の場合、その価値観が特異すぎるので、強要される相手にとっては負担でしかない。

(負担、なんて言葉で済めばいいけれど)

そうではなく、心の傷になってしまい、その後の人生を大きく歪められてしまった人もいる。トリシアは幸いにしてそこまでの心の傷を抱えることはなかったが、それでもあの魔の手が自分の子に……と想像すると、身の毛がよだつ。

無論、公爵家の跡取りであることを考えれば、いずれ本宅に戻ることを余儀なくされるだろうが、せめて物心がつく十歳までは父とは離れて育てたい。その年になれば、男の子であれば寄宿学校に入るし、女の子であれば異性であることを理由に自分の傍から離さなければ守りようがあるだろうから。

トリシアの渋る声に、レノもまた口を噤む。

短い沈黙が二人の間に下りた。

「……今日はどんな内容だったの？」

妊娠中ということで、余計な心労をかけさせないために、届いた手紙はトリシアが見る前にレノが確認している。いざという時には証拠とするために処分はしていないようだが、トリシアは事を荒立てるのは最終手段でいいと考えている。新しい試みを国絡みで行う際に反対意見は出て当たり前だし、それがなければ歪みが生じ、必ずどこかで問題となって爆発する。それくらいなら、最初から意見のすり合わせをして摩擦を回避していく方が建設的だと思うからだ。

だからこれまで嫌がらせを放置してきたのだが、その内容が脅迫じみてきているとなれば話は別だ。

トリシアが促せば、レノは黙ったまま懐から封書を取り出した。

何の変哲もない白い封筒と便箋《びんせん》。レノが調べたところ、それは市井で広く販売されているものらしい。広げると、本や新聞の切り抜きとみられる文字が貼り付けられていた。

『人殺しが孤児院を作るな！　子どももろとも地獄に落ちろ！』

「……これは、なかなか……」

トリシアは溜息と共に言葉を吐き出す。

確かに、脅迫めいた内容だ。

「この『子ども』が孤児院の子どもではなく、お腹のお子様を指しているとすれば、かなり切羽詰まった脅威とも取れるのです」

レノが眉間に皺を寄せて付け加えた。

「……なるほど。確かにそれならば……生まれるまでの間は本宅に身を寄せた方がいいのかもしれないわね……」

気は進まないが、お腹の赤ちゃんにも脅威が迫っているのであれば、他に選択肢はない。

トリシアの出した答えに、レノが若干ホッとしたような表情を浮かべた。

手練れとはいえ、体術を得意とするレノは主に接近戦で相手を仕留める。となれば必然、敵がトリシアにも接近している状況が想定される。普段ならばそれでもトリシアに傷を負わせない自信があるのだろうが、今トリシアは身重の身体だ。レノにとっても不安の大きい事態なのだろう。

気を遣わせて申し訳ないと思いつつ、やはり気落ちしてしまう。

「……本宅に戻るとなれば、ローレンにもそうそう会えなくなるわね……」

別宅だからこそ、ローレンが自由に出入りできたことを思うと、寂しさと心細さは拭えない。ローレンが話し相手になって励ましてくれたから、さしたる不安も感じずにやってこられたのだから。

(本宅に戻れば、ユアン様が嫌がるかもしれないわね……)

せっかくいなくなったトリシアが自分の生活圏内に戻ってくるとなれば、たいそう目障りだろう。

だがすぐに、彼が現在愛人のところに入り浸りだという噂を思い出して苦笑した。

（……そうだわ。本宅にも帰って来ないのだから、会うこともないでしょう）

ユアンとフローレンスが一緒にいる姿を想像しかけて、トリシアは小さく頭を振る。

さすがにそれを思い浮かべて平気な顔をしていられるほど、恋の傷は癒えていない。

ユアンと離れている状況だから、平気でいられるのだ。実際に自分を疎ましく思う彼の顔を見たり、フローレンスや他の女性と一緒にいる彼を見ようものなら、きっとまともではいられない。泣くだろうし、もしかしたら彼を詰ってしまうかもしれない。

（……私には、そんな権利なんかないのに）

ユアンにしてみれば、いい迷惑でしかない。

みっともない自分を曝け出す前に、彼の傍から離れたのは正解だった。

そんな自嘲めいたことを考えていると、ぶつり、とお腹に妙な衝撃を感じた。

「……あら……？」

痛いわけでもなく、ただ妙な感じとしか言えない違和感に首を傾げた時、ノックの音と共に侍女の声がした。

「奥様、お客様がお見えで……あっ、困ります！」

「ちょっと、今そんなのいいから！　トリー！　入るわよ！」

ドアの向こうでそんな問答が聞こえてきて、勢いよく入ってきたのは、ローレンだった。

走ってきたのか、いつもは上品に結い上げている蜂蜜色の髪は乱れ、大きな身体をぜいぜいと揺らして息をしている。

「ロ、ローレン。どうしたの？」

鬼気迫る様子に、気圧されながら訊ねると、ローレンは手にしていたくしゃくしゃの新聞を突き出した。

号外、と大きく書かれている。

「これ！」

戸惑いながらそれを広げれば、そこにデカデカと書かれた名前に目を見開いた。

『英雄ユアン、捕まる！』

「……え!?」

「どういうことだ？」

目を疑うとはこのことだろうか。横から覗き込んでいたレノも驚愕の表情をしている。

記事を読み進めようにも手が震えてまともには読めない。

そんなトリシアを慮ってか、ローレンが代わりに硬い表情で口を開いた。

「昨日酒の密輸取引の現場を押さえられて、治安部隊に何人かの貴族が捕まったみたい。以前から怪しいと噂されていたセイモア伯爵と地方豪商のマクレガー。そしてユアン・ヘドランドの姿もあったそうよ。記事では、セイモア伯爵と愛人を巡って争っていたユアンが、愛人を譲り受ける代わりの条件として、密輸に加わったんじゃないかって……」

ぐらり、と眩暈がした。

(ユアン様が、酒の密輸で捕まる……?)

そんなばかな、と思った。

ユアンは上昇志向の強い人だ。出世のためなら手段を選ばない。

トリシアとの結婚がそうであったように。

そして利用する駒は慎重に選んでいるはずだ。そんなユアンが、セイモア伯爵のような人を駒に選ぶだろうか?　セイモア伯爵が借金に塗れていることは周知の事実だったし、そんな泥船と分かっているようなものに乗るようなユアンではない。

「……何かの、間違いよ……」

呟きながら、だが、と思い直す。

もし彼が、脅されていたとしたら?

新聞の記事にあるように、セイモア伯爵の愛人であるフローレンスを得るために提示された条件が、今回の犯罪に加担することだったとしたら?

(……ユアン様が、本当にフローレンスを愛しているのだとしたら)

泥船と分かっていても乗るくらいに、ユアンは彼女を愛しているのだろうか。

ぎゅう、と胸が締め付けられる。焼け焦げるような想いで、胸が苦しかった。

フローレンスが羨《うらや》ましい。そんなふうに、彼に想われたかった。これまでの生き方を変えてしまえるほど彼に愛されたいと、本当は心の奥底でずっと願っていたのだ。

大き過ぎる父の名も、悪評も、全部気にしないと言えるくらいユアンが愛してくれたならと、ばかみたいに祈っていた。

だがそれと同じくらい『血塗れ姫』の醜聞に塗れた自分を、ローを自分に殺されたユアンが愛してくれるはずがないと分かっていた。

(……ダメよ、トリシア。今はそんなことを考えている場合じゃない)

自分の思考に拘泥《こうでい》しかかっていたトリシアは、我に返ってグッと奥歯を噛んだ。

今は、ユアンを救い出すことが先決だ。拘留所へ行って、彼を釈放《しゃくほう》しなくてはと立ち上がった途端、脚の間にじわりと何かが滲み出るのが分かった。

「え……?」

もしや粗相をしてしまっただろうか、と焦った次の瞬間に、ズキン、と腹を刺すような痛みに襲われる。

「……っ!!」

息を呑み、お腹を抱えて前屈みになるトリシアに、ローレンとレノが悲鳴を上げた。

「トリー!!」

「トリシア様!」

飛びつくようにしてトリシアを抱き締めるローレンが、彼女が屈み込んだ場所の絨毯が色を変えていくのに気づいて真っ青になる。

「は……破水!? レ、レノ! お医者様! お医者様を呼んで!!」

『破水』の言葉に背を仰け反らせたレノが、弾かれたように立ち上がり、風のように部屋を飛び出していく。

腹を刺すような痛みはあの一回だけで、トリシアはローレンに凭《もた》れながらも、すぐに落ち着きを取り戻していた。

（もう、生まれるのね……）

ずっと待ち望んでいた時がすぐそこに迫っているのだと思うと、なんだか胸が膨らむような、不思議な感覚になった。

（……今ならなんでもできそうな気持ちだわ）

出産は痛いと聞いている。でもこの子の顔を見るためなら頑張れる。

（それに……）

トリシアはユアンの顔を思い描いた。

美しく、強い、トリシアの憧れ。

彼のようになれたらと願った。

それは無理だったけれど、でも、彼は、彼の思う通りに生きてほしい。

「ローレン、お願いがあるの」

「え？　なに？　大丈夫なの、痛くない？」

自分よりもよほど狼狽えた表情のローレンに、クスリと笑みが零れた。

「大丈夫。あのね、お医者様が着いたら、ユアン様のところに行ってほしいの」

「ハァ!?　拘留所に行けってこと!?」

思い切り嫌そうな顔になるローレンに、トリシアは窓の傍のチェストを指さした。

「あの一番上の抽斗《ひきだし》の中に、書類が入っている封筒があるの。それを、彼に渡してほしい」

「トリー、今そんなこと言ってる場合じゃ……」

窘めようと唇を尖らせたローレンは、トリシアの真剣な眼差しに眉を顰めて口を閉じる。

「ローレン。お願い」

目を見て繰り返せば、ローレンは盛大なしかめっ面をして叫ぶように言った。

「もう！　分かったわよ！　行けばいいんでしょ、行けば！」

親友の承諾に、トリシアは微笑んだ。

「ありがとう、ローレン。あなたは、私の天使だわ。昔からずっと……」

するとローレンもくしゃりと顔を歪めて笑い返す。

「……ばかね、それはこっちの台詞よ。あんたはあたしの天使。天使の言うことだったら、なんだって聞いちゃうのよ。結局あたしは」

二人は顔を見合わせ、ふふっと笑い合った。

＊＊＊

拘留所の独房から出されたユアンは、迎えに来た人物の顔を見た途端、ブスッとした顔で唸った。

「遅い」

　その文句に、相手――ジョナスがビキリと青筋を立てた。

「おい、勝手なこと言うなよ、この猪突猛進《ちょとつもうしん》野郎。こっちはお前が潜入捜査をしてたって証拠を集めるのにどれだけ苦労したと思ってる！」

　普段温厚な彼がここまで怒るのだから、相当大変だったのだろう。なにしろ、セイモア伯爵の件は騎士団を通さずにユアンの独断で行っていた調査だ。知っているのはジョナスだけで、そのジョナスもユアンが伯爵もろとも捕まってしまったことを知って、どれだけ仰天したかは想像に難くない。

　そしてこうして無事に釈放されたところを見ると、ユアンがセイモア伯爵と共謀したように見せかけ、潜入調査をしていたのだという証拠を一生懸命作り上げてくれたのだろう。

「悪い。感謝してる」

「おう、盛大に感謝しろ」

　ユアンの謝罪に、ジョナスは踏ん反り返って頷いた。

　そんなジョナスに苦い笑いで応えると、ユアンは深い溜息を吐いた。

　ユアンが伯爵に連れられ、酒の密輸の取引相手に引き合わされたのは昨日のことだ。

　ユアンとしては、まだ仕事を引き受けると返事をしたわけではなかったので、これが直接密輸の証拠になる密会になるとは思っていなかった。とりあえず取引相手が誰なのかを確認した上で、証拠固めをしていくつもりだったのだ。

それが実際に現場に行ってみれば、そこには密輸の商品と思われる酒が数種類用意されていた。伯爵が取引相手であるマクレガーに試飲させるつもりだったようだ。

明らかに密輸品だと分かるそれは、よりによってこの国で酒の輸入が禁止となった原因の、中毒性の高い酒だった。この酒を所持しているだけで禁固十年を喰らうとんでもない代物だ。

（しまった、捕縛用の道具を持ってくるべきだった）

と後悔した矢先に、治安部隊に踏み込まれたというわけである。

ちなみに治安部隊とユアンの所属している王立騎士団は別の組織である。それ故に、今回のユアンの釈放には時間がかかったのだ。

「しかし治安部隊が動いていたとはな……」

あれだけ伯爵の傍にいたのだから、治安部隊が動いていれば、同じような職業柄、自分であれば勘づきそうだと自負していただけに、ユアンとしては少々悔しい気持ちだった。

だがこれにジョナスは顔を険しくした。

「いや。どうやら、治安部隊に投書があったらしい」

「投書？」

「ああ。あの当日の昼頃に、今夜酒の密輸に関する取引がある、という内容の手紙を、子どもが持ってきたそうだ。ご丁寧に、時間と場所、そしてセイモア伯爵とマクレガーと、お前の名前まで書かれていた。だから余計に、お前を釈放するのに手間取ったんだよ」

ジョナスの説明に、ユアンは唖然とした。

「誰が……そんな投書を……」

言いながら、ユアンには答えが分かっていた。

そこまで詳しい内容を知っている人物となれば、思い当たるのは一人しかいない。

フローレンスだ。

だが彼女はユアンが伯爵を調査するために潜入していることは知っているはずだ。それなのに、何故そんな投書を？

「フローレンスが、何故……」

自問自答するようなユアンの呟きに、ジョナスが溜息を吐く。

「やっぱりか」

「やっぱりかって、どういう意味だ」

目を丸くするユアンに、ジョナスはもう一度深々と溜息を吐いた。

「お前……フローレンスが何の下心もなくお前に協力するとでも思っていたのか？」

「は？」

思いがけない問いに、ユアンは目を瞬く。

「いや、彼女には協力してもらう代わりに大金を払ってある」

だから協力することでフローレンスにも利があったのだと説明したつもりだったが、

ジョナスの三度目の溜息を引き出しただけだった。

「それはお前に合わせた建前だろう。お前がそういう関係を求めているから言わざるを得なかったんだよ。フローレンスはお前に惚れていた。それこそ、お前が一介の騎士に過ぎない頃、愛人契約をしていた頃よりずっと前からな。騎士団であの娼館に出入りしている奴なら、誰だって知ってる話だ」

ユアンは唖然とした。ジョナスが言っているのは、本当にフローレンスの話なのだろうか。

フローレンスと自分は似た物同士だ。上にのし上がるためには手段を選ばない。金と都合だけで繋がっているという関係が当たり前で、そこに何の感情もない。そんな潔さを気に入ってもいた。そのはずだったのに。

言葉もないユアンに、ジョナスはやれやれと肩を竦める。

「フローレンスはずっとお前に固執していた。それこそ、その日の客が騎士団の奴なら、今日ユアンが何をしているのかと訊ねるほどにな」

「……おいおい」

普通に考えて、それは娼婦として失格だろう。客の前で他の男に気がありますと言っているようなものだ。

「それがネタになるくらい、フローレンスの恋慕は明白だったたってことだ。だからお前が彼女の持ち掛けた愛人契約に承諾した時は、皆で祝ってやったくらいさ」

「だが、その契約を終わらせたのは彼女の方だぞ」

フローレンスの方からセイモア伯爵というパトロンを見つけたから、愛人契約を解消したいと言ってきたのだ。もしジョナスの言うことが本当なら、フローレンスから別れを切り出すのはおかしい。

そう指摘したユアンを、ジョナスは憐れむような目で見つめてきた。

「お前……フローレンスを抱いたことが一度もないんだろう？」

「……」

なんと答えればいいのか分からず、ユアンは一瞬言葉に詰まる。それはフローレンスの名誉にも関わることだからだ。

するとジョナスは苦い笑みを口元に浮かべた。

「そんな顔するな。フローレンスから聞いたことがあるんだ。愛人契約をしたけれど、抱かれたことは一度もないんだって。自分に魅力がないのかって相談された。お前はフローレンスと愛人契約をする前も、娼館の中には入るけど、どんなに誘われても女を買わなかったからな。多分、娼婦を抱かない主義なんだろうと僕は思っていたけど」

その通りだったので、ユアンは黙ったまま否定をしなかった。

自分の姉が娼館に売られて自殺したのだ。

子どもの頃にはどれだけ働いても手の届かなかったその場所が、騎士となって高額な給金をもらえば、容易く出入りできる場所になった。その事実を、どう受け止めればいいのか分からなかった。

もっと早くに騎士になれていたら、姉を救えただろうか。

そんな問いをわざと自分に突きつけるために、仲間と一緒に娼館へ行ったこともある。

だが女を抱く気には到底なれなかった。

姉が自分で命を絶つほど苦痛を感じた行為を、どうして自分ができるだろう。

だからユアンは、金で女を買ったとしても、決して抱くことはしなかった。

金で女を抱かない。それが、姉に対する罪ほろぼしのようなものだったから。

娼館に行った時は、こなれた女ではなく、まだ年端もいかない新入りを買うことにしていた。そして個室で「何もしないから、今日は眠れ」と言って休ませた。まだ幼いと言っていい少女達だ。毎晩のように男達に貪られる身体を、一晩でいいから休ませてやりたかった。泣きながら礼を言う少女達に、姉もこんな想いをして娼館に立っていたのかと思うと、やるせなさばかりが込み上げた。

フローレンスとの愛人契約も、体裁を保つためという彼女に共感し受けただけで、抱いたことは一度もない。愛人関係であるフリをしてやるのが、フローレンスの矜持を保つことにつながるならそれでいいと思っていたのだ。

「一つ訊いていいか、ユアン。どうして、抱きもしない女に金を払ってやった？　どうしてそこまでしたんだ？」

愛人契約をしている間、ユアンはフローレンスに金を払っていた。

抱かない相手に何故そこまで、というのは、確かに疑問に思うだろう。

だがユアン自身、何故、と問われてみると、答えは曖昧なものでしかなかった。

愛人を生業にしている以上、フローレンスは金がなければ困っただろうし、あまり多くは払えないと断りを入れたユアンに、彼女が提示した金額が思ったよりも安かったのも理由の一つだろう。

「あー……なんだろう、どう言えば伝わるのか分からないが、多分、同志に対する投資、みたいなもんだったのかなと思う……」

顎に手をやりながら考えつつの説明に、ジョナスはクッと喉を鳴らして笑い出す。

「同志、か……なるほど。お前らしいよ」

その少々虚ろな表情に、ユアンは眉を顰めた。ジョナスがどうしてここまでフローレンスのことを気にかけるのか、なんとなく分かった気がした。

「ジョナス……もしかして、お前……」

皆まで言わずとも、ユアンの言わんとするところを理解したらしいジョナスが、自嘲めいた表情で笑う。

「まあ、卑怯だとは思うけど、お前が彼女を抱いてないと確証を得たから白状するよ。僕は彼女と関係を持っている。それこそ、お前と愛人契約を結んでいた時からずっとだ」

ユアンはまた唖然とした。ずっとということは、自分の愛人だった時から更に、伯爵の愛人である今もということだろう。つまりフローレンスは三人の男を手玉に取っていたということになる。さすがと言うかなんと言うか、である。

そんなユアンに、ジョナスはもう何度目か分からない溜息を吐く。

「まあ、彼女にしてみれば、お前と違って、僕は完全に金蔓でしかないだろうけどね。伯爵と違って、所詮貴族の次男でしかないから、爵位も付いてこないしな」

皮肉気に言ってみせるジョナスだが、逆を言えば、金蔓としか見られていなくても、フローレンスの傍にいたかったということだ。

「だから、今回フローレンスがお前を陥れるような投書をした理由は分かるんだ。きっと彼女は、今度こそお前に抱いてもらえると思っていたんだろう。それなのに、お前はそうしなかった。伯爵が捕まれば、お前との関係も切れる。だから手に入らないのなら、何か復讐を——彼女の考えそうなことだよ」

ジョナスは諦めたように言ったが、ユアンにしてみれば、そんなことを考えるフローレンスが想像できない。彼女は金が入ればそれでいいという、とてもドライな人間のはずだ。

半信半疑な様子のユアンに、ジョナスが苦笑して提案してくる。

「じゃあ、答え合わせをしに行こう」


屋敷を訊ねると、フローレンスはちゃんと在宅していた。

もしジョナスの言うことが本当なら、投書をしたくらいだから、とっくにどこかへ逃げていると思った。

いるということは、やはりジョナスの言うことは間違っていたのかと内心で思っていると、にこやかに二人を出迎えたフローレンスが言った。

「あら。ジョナスが一緒ってことは、バレちゃったってことね」

悪びれもせずに言ってのけられ、ユアンはまたもや吃驚する。

そんな間抜け面をたっぷりと観察したフローレンスは、フンと鼻を鳴らす。

「ざまぁ見なさい、ユアン。あたしみたいないい女を袖にするから、そういう目に遭うのよ」

こうなれば認めざるを得ない。

ユアンはこめかみを揉んだ。フローレンスにかける言葉が見つからない。

彼女は自分に惚れていたということだ。それならば、あの夜の『一緒に田舎で暮らそう』という提案も、求愛の言葉ということになるのだろう。それなのにユアンは、本気にせずにあしらったも同然だ。

「フローレンス、その、悪かった」

どうしようもないので謝れば、隣でジョナスが手で顔を覆って嘆いた。

何故だ、と前を見てみると、フローレンスが悪魔のように眦を吊り上げて微笑んでいる。

「それは何に対しての謝罪？　もしかして、あたしの気持ちに気づかなかったから、とかじゃないでしょうね？」

その通りだったので、ユアンは黙り込む。ここで肯定するほどばかではない。だが沈黙を肯定と取ったフローレンスが、甲高い声で笑い出した。

「ああ、ほんっとうにどうしようもないばかなのね、ユアン！　あなたがあたしの気持ちに気づかないのなんて当然なのよ。だってあたしがそうさせていたんだから！　同情とか憐憫であたしの気持ちを推し量ったりしないでちょうだい！」

捲し立てるフローレンスの剣幕に圧され、ユアンは口を噤む。こういう時の女性は、暴れる騎士団員よりも手に負えない。

フローレンスはなおも喋り続ける。

「あたしはあなたに同情なんてされたくないの！　だってあたしが、あなたに同情しているんだもの！　このおばかさん！　相変わらずなんにも覚えていないのね！」

何のことだと首を傾げると、フローレンスはニヤリと口の端を上げた。

そして懐から何かを取り出すと、掌を上にして差し出してくる。

「これに見覚えはないの？　ユアン」

その意味深な顔を怪訝に思いつつ掌の上を覗き込んで、ユアンは目を瞠った。

そこにあったのは、数粒のガラスでできたおはじきだった。なんの変哲もない、どこにでもある子どもの遊び道具。

だが、ユアンにとってはなによりも忘れられない物だ。

咄嗟にフローレンスの手から奪い取り、唸り声で詰問した。

「これは……これを、どこで手に入れた！」

それは姉のおはじきだった。家族で行った祭りの日に買ってもらっていた、思い出のおはじき。姉が死んだ時に届けられたものと同じだ。

ユアンの形相に、フローレンスは憐れむような眼差しを向ける。

「まだ思い出さない？　ユアン。それをあなたに送ってあげたのは、あたしなのに」

「な――」

そういえば、あのおはじきを送ってくれたのは、姉の同僚の娼婦だった。

それがまさか、目の前のフローレンスだったとは。

「やっぱり覚えてないのね。あたしは覚えてるわ。あなたがお姉さん――マリカに会いに来て、追い返されるところを見てたの。マリカそっくりのかわいい男の子だった。マリカは弟に会わせてもらえないってまた泣いていたわね」

クスクスと笑いながら、フローレンスは語る。

ユアンは姉が売られた娼館に何度も行っては追い払われたことを思い出した。あの時は用心棒のような男や女将にしか会えなかったと思っていたが、娼館の中からはその姿を見られていたのだと気づかされる。

自分が会いに来たと知って、姉は泣いていたのか。可哀想に。会えない想いを募らせるくらいなら、行かない方が良かったのだろうか。

「マリカは、すごくきれいな子だったわ。この子ならこの花街一の売れっ妓《こ》になれるって皆が期待してたのに、あの子ってば泣いてばっかりでちっとも仕事に身が入らなくて。可哀想だから面倒を見てあげてたのよ。それなのに……そんな役立たずのマリカが身請けされるっていうんだもの。世の中って不公平よね」

フローレンスが忌々しげに吐き捨てた事実に、ユアンは心臓が止まりそうになる。

「身請け……？　どういうことだ。姉さんは自殺したんじゃなかったのか!?」

考えてみれば、ユアンはあのおはじきと共に寄越された手紙で、姉が自死したのだと信じ、姉の生死を確認しようともしなかった。

ローが殺され、自分に力のないことに絶望していたせいで、姉の死すらも当然であったかのように思い込んでしまっていたのだ。

問い質そうとフローレンスに摑みかかろうとするユアンを、ジョナスが慌てて止める。

「落ち着け、ユアン」

だがフローレンスの方は、ユアンの激情を喜ぶように笑い声を立てた。

「ふ、あはは！　そうよ、ユアン。あなたはずっとあたしに騙されていたの！　あんたの愛するお姉さんは、死んでなんかいないわ！　金持ちに身請けされ、どっかに連れて行かれたのよ！　可哀想ねぇ、死んだと思い込まされて、ずっと罪悪感を持たされ続けたのよねぇ！　このあたしのせいで！」

狂ったように笑い声を上げるフローレンスを見つめ、ユアンは半ば茫然としていた。

死んだと思っていた姉が、実は死んでいなかったと聞かされて、喜んでいいのか、怒ればいいのか分からない。

　頭に浮かぶのは、ただ、何故、という疑問符だけだ。

「何故……何故、そんなことを？」

　姉が……自分が何をしたというのだろう。何故そんな嘘を吐く必要があった？

　不可解すぎるフローレンスの行動に、まったく理解が追い付かない状況だった。

　唖然としていると、ひとしきり笑い終えたフローレンスが、スッとこちらを見据えるように視線を当てた。その眼差しのあまりの暗さに、ゾクリとしたものが背筋を駆け抜ける。

「あなた達が特別だったからよ」

　フローレンスの答えに、眉根が寄った。

「特別、だと？」

　意味が分からない。あの頃の自分達は、ただひたすらにもがいていた。何もできていなかったのに、特別だと？

「あの泥水の中で喘ぐような毎日の中、みんな同じはずなのに。みんな、力のある奴らに弄ばれるばかりで、ただ諦めて、耐えるしかなかった。あたしもそう。親に売られて身体を売るしかなかったから、そうしてたの。どうして、なんて思わなかった。それが当然だと諦めていたの」

　フローレンスの吐露には、ユアンを同情させるに充分な説得力があった。ユアン自身、同じ泥の中でもがいていた。皆そうだったのだ。

「……でも、あなた達は違った。マリカは毎日泣いていた。あれだけの美しさを持っていて、娼婦の中で売れっ妓になるって未来まで約束されてるのに、それを嘆いて抗っていた。そしてあなたも、ユアン。娼館に乗り込んで、到底敵うはずのない相手に食って掛かって、姉に会わせろって吠えていたわね。驚いたわ。ばかみたいって思った。抗って何になるの？　ただ痛めつけられるだけじゃない。あたしはばかにしてたの！　マリカもあなたも見下していた！　それなのに！」

最後は叫んで、フローレンスは言葉を切った。

ダラリと両手を下ろし、どこか空を見るように視線を彷徨わせると、フローレンスはくしゃりと顔を歪ませた。まるで泣き出す直前の、子どものような顔だった。

「ばかなマリカが、救われたわ。お金持ちに身請けされて、娼館の中から抜け出した。そんなの、おかしいじゃない。あたしの方が、ちゃんとやっていたのに。嫌なお客にも愛想をよくして、乱暴にされても笑ってやった。痛くても苦しくても、泣いたりせず、頑張っていたのはあたしの方よ！　なのにどうして、泣いて我がままを言っていただけのマリカが救われるのよ！　ひどいじゃない！」

フローレンスは泣いていた。両目から涙を流しながら、血を吐くように叫んでいる。

ユアンは言葉もなかった。彼女はずっと傷つけられてきたのだ。両親に売られ、娼婦として身を削ってきたことは、フローレンスを傷つけ、摩耗《まもう》させてきたのだ。けれどそれを認めてしまえば、自分を保てなかったのだ。

だから痛みだと思うことを、自らに禁じることで生き抜いてきたのだ。

（……ああ、だが俺だってそうだった）

傷つけられ、痛めつけられるばかりの毎日の中で、大切な者すら失って、痛みを感じる心を捨てた。金と権力を得ることが生きる全てだと思って、がむしゃらに走ってきた。

だが本当は、誰かに救ってほしかった。これは理不尽なのだと認めてくれて、もう大丈夫だよと言ってほしかったのだ。

「だから、マリカが餞別にってあのおはじきをあたしに寄越した時、マリカを死んだことにしようと思った。泣き虫で我がままなマリカは、娼婦が嫌で惨めに自殺したの。あたしの中ではそれでいい。だから、あなたはその証人なのよ、ユアン。あなたは、死んだマリカをあたしと一緒に悼むことのできる、唯一の仲間なの」

ユアンは黙ったままフローレンスを見つめた。

ジョナスはフローレンスが自分に惚れているのだと言ったが、それは違う。これが人を好きだという感情だとしたら、あまりに濁っている。

確かに執着はされているのかもしれないが、彼女は自分の欺瞞《ぎまん》を真実にするための道具として、ユアンを欲しているだけだ。

彼女の狂気に圧倒されたのか、ジョナスもまた絶句して立ち尽くしている。

「それなのに――妻を愛しているですって？　子どもも大切？　そんな幸せ……あなたが摑んで良いはずないでしょう？　だから、あなたを犯罪者にしてやろうと思ったの。牢屋に放り込んでしまえば、愛しの奥様の傍にも行けないじゃない」

ふ、と短く鼻で笑ったフローレンスは、長い睫毛をゆっくりと伏せて瞑目した。まるで眠ってしまったのかと思うほど長い一時《ひととき》の後、彼女は再び目を開く。

その表情からは、それまで見せていた狂気じみた色が一切抜け落ちていた。スッキリとした表情で、フローレンスは顎を反らした。

「で？　どうするの？　あたしを捕まえる？　あなたを陥れようとした罪で、とか？」

その問いに、ユアンは首を横に振る。

フローレンスは治安部隊に投書しただけだ。しかもその内容は密輸の犯人を捕縛するのに貢献する内容で、ユアンが潜入捜査をしていたことは知らなかったのだと言ってしまえばそれまでだろう。罪に問える内容ではない。

そうでなくとも、ユアンはフローレンスに報復しようとは思わなかった。

恐らく先ほどの激しい心情の吐露は、彼女の一面ではあるが、全てではない。

何故なら、本当に歪んだ愛憎をぶつけるためだけにユアンを利用したいのであれば、姉の真実を教えたりはしないはずだ。騙したままでも何の問題もなかった。

それなのに教えたということは、きっとフローレンスの中でユアンを騙し続けてきたことへの罪悪感があったのだろう。逆を言えば、だからこそ、ユアンに執着し続けたのだ。

ユアンの推測は多分正しい。その証拠に、フローレンスはニコリと笑って言った。

「そう。じゃあ、さよならね、ユアン」

それが分かったから、ユアンもまた頷く。

「ああ。さようなら、フローレンス」

恋心などではなかったが、ある種の絆のようなものを感じていた人だった。

彼女にとっては複雑に入り組んだ執着だったとしても、同志だったことには変わりはない。

ユアンはその絆に、最後の別れを告げたのだった。

第七章　真相

フローレンスの屋敷を出たところで、ユアンは深呼吸をした。

ジョナスはフローレンスの屋敷に置いてきた。彼女への恋慕があるのだから、慰める役には適切だろう。

外の空気を吐き出しても、落ち着かなかった。

自分の知らなかった事実を目の当たりにして、感情が追い付かない。

長年の同志だと思っていたフローレンスの自分への入り組んだ思慕。

そして自死したと思っていた姉が、死んでいなかったということ。

前者に対しては複雑な感情で、正直受け止めるまでに時間がかかりそうだったが、姉に関しては素直に「良かった」と思えた。

(姉さんは、自殺していなかった。生きている……)

生きていてくれるなら、良かった。

身請けされたと言っていたが、誰にだろうか。そこで幸せにしているのだろうか。様々な疑問が湧いてきたが、どれも明るい未来に根差したものだ。なぜなら、生きていれば会えるのだ。幸せではないのなら、そこから救い出せばいい。もうあの頃の自分ではない。きっと――

思いを巡らせながら、ユアンは自分の手足を拘束していた見えない鎖が、一つ、音もなく消えていくのを感じていた。

罪悪感という鎖だ。姉を救えなかった自分を、ユアンはずっと許せないでいた。

（トリシアに会いたい……）

無性に、彼女に会いたかった。

会ってこのことを話したかった。彼女は興味がないだろうか。それでも、今自分が抱いているこの感覚を分かち合ってみたかった。

もうどれくらい彼女の顔を見ていないのだろう。

彼女を信じず、傷つけた。切り捨てられて当然だ。さようならと告げられて、去っていく彼女を見送ることしかできなかった。

（何故足掻こうとしなかったのか）

嫌だと、もう一度チャンスが欲しいのだと、跪いて足に口づけて、希《こいねが》えば良かったのだ。思えば姉の死とて、告げられたことを受け止めるだけで、疑おうともしなかった。亡くなった姉に会いに行くことすらしなかったのだ。

怖かったのだ。自殺したという姉の姿を見るのが。

(意気地がないから、こういうことになるんだ)

自分の不甲斐なさに反吐が出る。

トリシアに会いたいと女々しく想いを募らせているくらいなら、会いに行けばいいのだ。会って想いを告げ、拒まれても諦めなければいい。何度でも、何度でも彼女に跪けばいい。

(トリシアに会いに行こう)

そう決めた途端、もやもやと燻《くす》ぶっていた様々な迷いが、アッサリと収まりを見せた。

出世のための結婚だったこと、トリシアとの契約や、彼女にぶつけてしまった心ない言葉、許してはくれないだろうという諦観——ごちゃごちゃした全ては、トリシアを愛しているという自分の想いの前では些細なものだ。それらを凌駕するほどに、自分は彼女を愛していて、傍にいたいと思っているのだから。

とりあえず、自宅に帰って身なりを整えなければ。治安部隊に拘束されて汚い独房に放り込まれ、ボロボロの有り様だ。

セイモア伯爵の潜入調査を開始してから、フローレンスの屋敷に入り浸っていたので、サマセット公爵邸に帰るのは本当に久々だ。

セイモア伯爵というトリシアの脅威を排除できたのだから、今後は憂いなく自宅で眠れるというものだ。

（そういえば、俺は身重の妻を放り出して愛人のところに入り浸っていた夫ということになっているんだよな……）

今更ながら自分の悪評に慄いてしまう。

使用人たちに追い出されたりしないだろうかと心配になってきたところで、けたたましい音が耳に響いた。なんとなく目を遣れば、荒っぽくこちらへ向かって走ってくる馬車が見える。

驚いたのは、その車窓から女が顔を出して、ユアンを指さして叫んでいたのだ。

「あなた！　ユアン・ヘドランド！　このクズ男！」

フルネームを呼び上げられ、ユアンは思わずそちらに射るような目を向ける。自分は確かにクズかもしれないが、見ず知らずの女に罵倒されるいわれはない。

馬車はユアンの目の前で砂埃を上げて停まり、御者が留め具を外すのも待てないとばかりに、中から女が飛び出してきた。

ずいぶんと丸い……ふくよかな女性だった。金の巻き毛を結い上げて、簡素なドレスを身に着けている。典型的な町娘といった様子だ。

やはり見覚えのない娘に、ユアンは首を傾げた。どこかで会ったことがあるのだろうか。

娘はつかつかと近づいてくると、腕を振り上げていきなりユアンの頬を殴打した。

バシ、と女にしては強い力で平手打ちされ、あまりの出来事に呆気に取られてしまう。

普段ならば避けられる程度の平手だったが、なにしろいろんなことがありすぎた。どこか茫然としてしまっていて、繰り出される平手をぼんやりと眺めてしまっていたのだ。

「あんた！　こんな時にまで愛人の家から出てくるとか、本当に最低ね！　トリーが大変だって言うのに！」

『トリー』という愛称に、一気に思考回路が動き出す。

トリシアのことだ。この女が誰であれ、その発言からトリシアの知り合いで、愛人の家から出てきたユアンを非難していることは理解できた。

「トリシアに何かあったのか⁉」

血相を変えて訊ねれば、女は驚いたように顔を引いたが、まだ腹を立てているのか怒った顔つきで答えてくれた。

「陣痛が始まったのよ。すごく苦しんでいる。赤ん坊が逆子で、なかなか出てこないってお医者様が……」

なるほど、それを知らせに来てくれた使いだったかと瞬時に判断すると、ユアンは女を押し戻すようにして、自らも馬車に乗り込んだ。

「出してくれ！　トリシアのもとへ！」

馬車の屋根を叩いて叫ぶと、女が呆気に取られた顔で自分を凝視していた。

馬車が動き出したのを確認して、ユアンは女に向き直る。

「なんだ？」

「……あなたって、トリーを嫌いなんだと思ってた」

確かに自分の所業を振り返ればそう思われても仕方ない。

だが事実は違うのだと明言する必要はあるだろう。

「俺はトリシアを愛している」

きっぱりと言い切ると、女は怪訝そうな顔になった。

「……じゃあ、なんで愛人なんか」

「愛人はセイモア伯爵を排除するための潜入調査に協力してもらっただけで、関係は持っていない」

正直に答えたのだが、女は鼻で笑う。

「よく言うわ。誰が信じるのよ、そんな与太話。そもそもあなたの元愛人でしょうが」

確かに信じてもらえるはずもない。だが信じてもらうのはトリシア一人でいい。だからユアンは軽く肩を竦めた。

「俺は金で買った女は抱かない。姉が娼館に売られ、辛い思いをしたのを見てきたからだ」

信じてもらえないだろうがと、一応付け加えた説明に、しかし女はハッとしたように黙り込んだ。

「……そう。そうよね」

アッサリと信じた様子の女に、ユアンの方が驚いてしまう。

「信じるのか？」

思わず訊ねると、女は眉を片方だけくいっと上げた。

「嘘なの？」

「いや、本当だが……。信じてもらえるとは思わなかった」

ユアンの言葉に、女が目を丸くして、それからニヤリと笑う。

「あたしはあなたがお姉さんを娼館から救い出すために、一生懸命お金を稼いでるのを見てきたもの。疑いようもないわ」

「――は？」

目が点になるとはこのことだろうか。

確かにそれは事実だったが、何故この女が知っているのだろう。

（子どもの頃の、仲間だった……？　いや、だが……）

仲間にこんな少女がいただろうか。

ポカンとするユアンに、女は愉快そうに破顔した。

「まだ分からないの？　ホラ、僕だよ、『ボス』」

懐かしい呼び名に仰天する。

それはローがユアンを呼ぶ時に使っていた名だ。最初ユアンを『お兄ちゃん』と呼んでいたのだが、甘ったれだと周囲にからかわれ、それから『ボス』と呼ぶようになった。

折れそうなほど細く、だが天使のように愛らしかったローの姿を思い出し、目の前の女と比べる。

見た目が違いすぎる。ローはこんなに顔は丸くなかった……。いや、顔だけではない。体格も、昔のローの四倍はありそうだ。

だが確かに、ローと同じ蜂蜜色の巻き毛だ。瞳の色も、同じ琥珀色。

「……ロー……なの、か？」

半信半疑で絞り出した問いに、女はにっこりと笑みを深めた。

「ご明察。久し振りだね、ボス。今は『ロー』じゃなく、ローレンだけど」

「いやいやいや！　無理がある！　無理があるだろう！」

自分で言っておきながら。ユアンはブンブンと首を横に振りながら叫ぶ。

「ローはこんなに大きくなかったし、そもそもお前は女だろう！」

「ちょっとボス、女性に体型に関する発言をするのはマナー違反よ。そしてこれは女装しているだけだから。中身はちゃんと男だから」

いや結局どっちなんだ、と指摘したくなる返答に、ユアンは頭を掻き毟《むし》りたくなった。

「だって……お前、死んだはずじゃ……」

死んだと聞いたのだ。だがそれも証拠のない話で、ローの死体は誰も見ていない。では結局あの実《まこと》しやかに囁かれていた噂は何だったのか。

ユアンの疑問に、それまで笑っていたローが一気に顔色を変えた。こちらを挑むように睨みつけると、低い声で唸るように言う。

「死んでない。言っておくけど、トリーはあたしを殺しちゃいないわよ。あの子は人殺しているのだ。
トリシアが『血塗れ姫』ではないことくらい分かっている。ずっと前から、彼女を信じ
「そんなことを疑ってなんかない！」
なんかじゃない」

ているのだ。


ユアンの声を荒らげる様子に、ローレンは幾分ホッとした表情になった。

「……あたし達は『ロー』を殺さなくちゃいけなかったの」

「……どういう意味だ？」

言葉の意味を捉えきれず、ユアンは首を傾げた。だが女――ローレンはそれには答えず、謎かけのような言葉を続ける。

「だからここにいるあたしは『ロー』じゃなく『ローレン』という女。そういうことにしなくちゃいけないの」

「……訳が分からない。お前は幼い頃、トリシアに拾われた。ここまでは正しいのか？」

ユアンの怪訝な表情に、ローレンは苦く笑って首肯した。

「そうよ。トリーはあたしの天使だった。仲間から虐められて、お腹を空かせて泣いていたあたしに、『大丈夫？』って手を差し伸べてくれたの。かわいくてきれいでいい匂いがして……同じ人間とは思えなかった。まさに天使でしょう？」

トリシアのことを語るローレンは誇らしげで、彼女に対する愛情に溢れている。

本当に家族のようにトリシアを愛しているのだと分かり、そういう存在がトリシアにい

ることを喜びながらも、ユアンは少しだけ悔しさを感じた。自分もこんなふうに、彼女を愛しているのだと全面的に晒していれば、何か違っていたのだろうか。

「あたしがお腹を空かせて泣いていたのだと知ると、自分の家に連れて行ってくれて、お腹いっぱい食べさせてくれた。見たこともないきれいな服を着せてくれて、あたしに『お友達になってほしい』ってはにかみながら言ってきたわ。夢みたいだった。それからも、夢みたいな毎日。大好きな天使と一緒に過ごせて、お腹が空くことも虐められることもなく、ふかふかのベッドで眠れた。天国に来てしまったんじゃないかって疑ったほど」

そこまではユアンの知っていることだった。公爵邸に忍び込み、ローが幸せそうに笑っているのを確認したのだから。

「……でもある日、『冷徹公』が娘の拾った小姓を見に来たの」

冷徹公の名に、ユアンはギクリと心臓が縮んだ。

奇人変人と呼ばれるあの義父の顔が頭に浮かぶ。英雄でありながら、様々な所業で多くの悪評を抱える希代の変人だ。

嫌な予感に、肝が冷えた。

「まあ、当たり前よね。娘が勝手に拾ってきてしまったんだもの。どんな者なのか確認するわよね。だから、あたしもトリーも、そりゃ少し緊張はしたけど、心配なんかしてなかった。このままの幸せが続くんだって思ってた」

語るローレンの表情がどんどん暗く曇っていく。唇を噛み、苦痛に耐えるように息を深く吐き出して、ローレンは丸い顔を上げた。

「冷徹公……あの男はね、あたしの顔を見るなり微笑んで、『気に入った。夜伽《よとぎ》をせよ』と宣ったのよ」

ユアンは両手で顔を覆った。

ひどすぎる。倫理も常識もあったものではない。あの頃ローはまだ十歳かそこらだったはずだ。そんな幼い子ども相手に何を考えているのだと怒りを覚える。だがリチャードであればやりかねない。いや、悪びれもなくやってのけるのが目に見える。

「もちろん、あたしもトリーも意味が分からなかった。けど周囲の人達が一様に蒼褪めていたから、きっと良くないことなんだろうって分かった。……その頃のトリーはまだ幼くて、父親がどういう人間なのか理解できていなかったんでしょうね。微笑んで『わぁ、お父さまにお仕事を言いつけてもらえるなんて、ローはすごいのね』って言ったわ。……だから、あたしはその夜、あの男の部屋に行った」

聞いていられない。ユアンは手で口を覆って込み上げる吐き気を堪えた。

「……誰も止めなかったのか」

「止められるわけがないでしょう？　天下の冷徹公よ。逆らえば解雇で済めばいい方で、無事に屋敷から出してもらえないって言われていたのに。……ああ、でも、そうね。一人だけ、止めてくれた人がいた。レノよ。お金を渡してくれて、この屋敷から逃げろって言ってくれた」

トリシアの傍に控える、無表情の従者を思い出し、ユアンは苦笑した。トリシアに、傍にいることを許されているあの従者に嫉妬したこともあった。だが、トリシアに信頼されて当然だ。レノの方が自分よりも何倍も人間としてまともなのだから。

「でも、そうするとトリーと二度と会えなくなるって、子ども心にも分かった。だから、あたしは怖いけど我慢するって断ったの」

「ばかだな！」

逃げれば良かったんだと怒りを込めて言えば、ローレンは肩を竦めた。

「何をされるか、具体的に分かってなかったからというのもあるのよね。でも、後悔はしてないの。トリーには悪いけど、あたしはあの子と会えなくなるくらいなら、死んだ方がマシだと思ってるから。それくらい、あたしにとってトリーは大切な人なの」

キッパリと言い切ったローレンは、気を取り直したように居住まいを正し、話を再開する。

「それで、レノの制止を振り切ってあの男の部屋に行って……覚悟も根性も足りてないガキだったからね。途中で怖くなって、サイドテーブルに置いてあったペーパーナイフであの男を刺しちゃったの。当然激怒されて殴られそうになった時、がむしゃらに暴れたおかげで、うまい具合にあいつの首に蹴りが入って。ラッキーよね。あいつが昏倒した隙に、泣きながらトリシアの部屋に逃げ込んだわ」

未遂で済んでいたことにホッとしつつも、屋敷の主を怪我させた上昏倒させたのだ。その後ローが無事に済むとは思えない。

「事情を泣きじゃくりながら話したら、トリーは顔を真っ青にして、あたしに謝ってきた。『ごめんなさい、何も知らずにお父さまのところに行かせてしまった。私のせいだ』って。そんなわけないいじゃない。悪いのは全部あの変態よ！」

その通りだ。

「でもそんなこと言っていたって、あいつが目を覚ましたら報復しに来るし、トリーは慌ててあたしを隠してくれた。でもそれだって一時よ。案の定、トリーの部屋に隠れていられたのも数日で、あたしに逃げられたことを知ったあいつは怒り狂って、屋敷中の使用人に、あたしを探し出して自分の前に連れて来い、さもなくば全員クビだと言い渡した。これで、屋敷の中は全員敵になっちゃったわけ。あたしはもう無理だと思った。だからもういいって言ったわ。公爵様のところに行くって。そしたら、トリーが泣き出して止めたの。『絶対に行かせない。私がローを守ってみせる』って」

ローレンはそこで言葉を切って、静かに微笑んだ。

「たくさんの大人がいるのに、誰も助けてくれなかった。その中で、たった十二歳の女の子が、あたしを助けるって泣きながら抱き締めてくれたの。ねえ、その時のあたしの気持ちが分かる？　だから、トリーはあたしの天使なの。あたしは、この子のために生きようって思った。この子が望むなら、なんだってしてしまようって」

ローレンの話を聞きながら、ユアンの心の中に言いようのない想いが溢れる。

ここまでの話だけで、トリシアがローを殺したのではなく、救おうとしていたのだと分かる。あの奇人の父親に、幼い少女がたった一人で立ち向かったのだ。それも、自分のためではなく、他人を助けるために。どれほどの勇気が要っただろう。どれほど、怖かっただろう。

トリシアの高潔さを誇らしく思うと同時に、そんな彼女を貶めていた過去の自分を蹴り倒したくて仕方なかった。

「トリーは、あたしを屋敷から出すために、死んだことにしようとした。死体であれば、堂々と屋敷の外に運ぶことができるって。他の使用人にバレないように、トリーの部屋でお芝居の舞台を作ったわ。トリーの部屋しか使えなかったから、あたしが自殺したっていう設定は不自然だから使えなかった。レノが肉屋から動物の血をこっそりともらってきて、あたしとトリーのベッドを血塗れにした。臭かったけど、その匂いで他の使用人は誰もあたしに近づこうとしないだろうから、死んだふりをしているのがバレないだろうって。レノではなく、トリーが殺したことにしたのは、レノが処罰されないようにするため。あいつは使用人に、あたしを自分の前に連れて来いって命じていたから、殺してしまったんじゃ、レノが処罰されてしまうからって」

ユアンは黙って聞きながら、眉を顰めてしまった。

ずいぶんと幼稚な計画に思えたからだ。粗が多い上に、不確定な要素が多すぎる。

刺し殺したとなれば身体の奥深くにある動脈血でなくてはならず、それは驚くほど鮮やかな赤色をしている。抜いて時間の経った動物の血はどす黒く、明らかに色が違うし、匂いも違う。そして臭いから近づかないだろうというのも楽観にしか思えない。リチャードが命じれば使用人はすぐさま動くし、死んでいるか否かの確認をさせる可能性はとても高いのではと思えた。

十二歳の少女が考えたことだから仕方がないのかもしれないが、リチャードなら容易く見破ってしまったのではないだろうか。

ユアンの腑に落ちない表情に気づいたローレンが、苦い笑みを口元に浮かべる。

「……まあ、そういう顔になるわよね。話してるあたしも、うまくいきっこないって思っちゃう計画だもの」

「レノは何も言わなかったのか？」

「もちろん言ってたわ。あたしを秘密裏に逃がす方法はあるって説得していた。けれど、あたしが逃げれば、その咎は使用人に行くの。優しいトリーはそれも嫌がった。いざバレた時も、自分が計画して、レノやあたしを無理やり巻き込んだってことにすればいいとまで言ってた。それでレノが折れたの。でもきっとレノは自分が責任を取るつもりだったと思うわ。あの人がトリーに責任を負わせるはずがないもの」

無論、あたしもね、と付け足して、ローレンは続ける。

「そして計画は実行された。使用人の中には本気にして怯えている人もいたけれど、半分は異様な雰囲気に呑まれつつ、半信半疑だったわね。それまで大人しくて優しいだけの令嬢だったトリシアに、そんなことができるわけないもの」

　それはそうだろうな、とユアンも想像する。トリシアをよく知っている人間ならば、それがローを助けるための茶番だとすぐに知れたはずだ。

「そして冷徹公が現れた。あいつは現場を見て、いきなり大笑いし出して、トリシアに『これはお前がやったのか』と訊ねたわ。トリシアは震えながらも微笑んで、『お父さまのためにやりました』と計画通りの台詞を吐いた。あたしはもうダメだと思った。あいつの声色は完全に面白がっていて、これが茶番だと見抜いていたと分かったから。そりゃそうよ。使用人ですら気づくのに、あの冷徹公を欺けるわけなんかない。起き上がって這い蹲って謝って、トリーは何も悪くないんだって許しを請おうと思った瞬間、あいつが言ったの。『いいだろう、この儂が認めよう。お前はその小僧を殺した。故に、その責任は自分でとらねばならん』って。あたしは意味が分からなかった。一瞬騙し遂《おお》せていたのかと思ったけれど、次の言葉でその意味が分かったわ」

　そこで一度息を吐くと、ローレンは丸い鼻に皺を寄せる。不愉快そうな顔だ。

「お前はたった今から『人殺し』となったのだ、トリシア。その小僧は『殺された』。人を殺したお前が、世間からどんなふうに扱われるかを身をもって知るがいい。そしてその小僧は死んだのだから、もうこの世に存在してはならん。もし儂がその小僧が息をしているのを見た時には、この手で縊《くび》り殺してくれよう。それが、〝やったことの責任を取る〟ということだ」

リチャードの口調を真似たその台詞に、目の前が怒りで赤く染まる。

つまりリチャードは、トリシアの茶番に騙されてやる代わりに、トリシアに『人殺し』としての人生を強いたのだ。

『自分のしたことの責任を取る』――以前ユアンにも言っていたことがあるリチャードのその信念は、確かに正しいのかもしれない。

だが、トリシアが何をしたというのだ？　友人を必死で救おうとしただけだ。

そもそも、リチャードが稚い少年を犯そうとしなければ、そんなことにはならなかった。リチャードにこそ、取るべき責任があるのではないか。

「それでトリシアはやってもいない殺人の汚名を着せられて、『血塗れ姫』と呼ばれるようになったというわけか。実の娘に、何故そんな非道な真似ができるんだ……！」

呻くように絞り出したユアンに、ローレンが首を横に振る。

「それはあたし達がもう何度も繰り返してきた問いよ、ユアン。特にトリーは、社交界でひどく虐められて塞ぎ込んでからは、ずっとそのことで悩み、苦しんできた。でも、いくら考えても答えは出ないわ。だって、相手は人間じゃないの。怪物よ」

「怪物……」

言い得て妙とはこのことか、と乾いた笑いが漏れた。

独自の価値観でしか動かないリチャードは、確かに異なる価値観を持つ者からしたら、怪物そのものだ。特に、その独自の価値観を押し付けられて、苦しめられた者にとっては。

「あたし達の常識で当て嵌められるはずがないの。……そう思うことで、あたし達は諦めてきた。それしかなかったのよ。だから、トリーは距離を置いたのよ」

そうか、とユアンは気づいた。

トリシアにとって、結婚とは怪物である父から逃れるための唯一の機会だったのだ。

女性の自立を認めないこの貴族社会において、娘は父親の所有物だ。そして結婚すれば、その所有権は夫に移る。夫の許可があれば、彼女は父親と離れて暮らすことができるようになるのだ。

（……だから、あの『契約』だったのか……）

『子どもが生まれれば、互いに自由を』

その裏に隠されていたのは、父親から、そして夫からの自由だったのだ。

「とにかく、そうやってあたしはトリーに救われたの。トリーはすぐさまあたしを屋敷の外に逃がしてくれた。レノの知り合いに雑貨店を営んでいるお爺さんがいて、その人の養女にしてもらって街に紛れ込んだの。男の子だった『ロー』はあの時に死んだから、あたしは女の『ローレン』になった。トリーがつけてくれた名前よ」

誇らしそうに言ったローレンに、ユアンは無性に泣きたい衝動に駆られた。

「……ああ。良い名前だな。ローレン」

泣きそうになったのをごまかすように微笑めば、ローレンは嬉しそうに笑った。

そのまんまるな笑顔に『ロー』の面影が見えて、ユアンは喉が塞がる。

はく、と息を吸うと、衝動が堰を切った。目頭が熱くなり、真向かいに座る丸顔に手を伸ばした。

ぼろり、と涙が転がり落ちる。

「……お前、ここに、いたんだな、ロー。トリシアがいろんなものを犠牲にして、お前を救ってくれていたんだ。それなのに、俺は……！」

過去の自分を思い出せば、情けなくて死にたくなる。

なにが、『血塗れ姫』だ。なにが、『許さない』だ。

トリシアは殺すどころか、自分の身を削るようにして……己の未来すらも犠牲にして、ローを救ってくれていたのに。

「俺は……お前を救えなかったことを、ずっと後悔していた。その後悔を、トリシアにぶつけて自分を正当化していたんだ。俺は……！」

それは懺悔だったのだろうか。だが、懺悔をして許されるとも思っていない。

ローレンもまた同じ見解だったようで、ユアンの涙につられるように泣き出しながらも、許しの言葉は発さなかった。

「そうよ。あなたは後悔すべきなの。本当のトリーを知ろうともせず、ただ非難をぶつけてくる連中を、あたしはずっとやっつけてやりたかった。本当のトリーを見て愛してくれる人が現れるのを待っていたのに……あなたってば本当に期待外れだったよ！　あたしは『ボス』だったらきっとって思っていたのに！」

泣きながらも冗談めかしたことを言うローレンに、ふ、と笑いが零れたものの、ユアンにはひたすら「すまない」と謝ることしかできない。

「確認するけど、あなたはトリーを愛しているのよね？」

涙を指で拭いつつ、ローレンが確認する。

ユアンもまた顔を擦って洟《はな》を啜りながら、しっかりと頷いた。

「ああ」

「だったら、床に這い蹲って謝り倒して、トリーに許してもらうといいわ」

ローレンが持っていたバッグから封筒を取り出し、ユアンに向けて差し出した。

「これ、トリーからあなたに渡してって頼まれたの。あなたが治安部隊に捕まったって聞いて、拘留所にこれを届けるように言われたんだけど、拘留所に行ったらもう釈放されたって言われて。もしかしたらと思って愛人とやらの屋敷に来てみれば、まんまとそこから出て来るんだもの。あったま来ちゃったわ」

それについては説明したはずだが、それでも腹が立つようだ。

ローレンがトリシアのために怒っているのが分かるので、悪い気はしない。トリシアには強力な小姑《こじゅうと》がついていたのだなと思うと、彼女が完全に孤独だったのではなかったことを、柄にもなく神に感謝したくなった。

そんなことを思いつつ、トリシアがローレンに託したという封筒を開いて中身を検める。

「……………！」

ユアンは息を呑んだ。

そこにあったのは、離婚届だった。教会に証明書を発行してもらう際に提出するもので、この離婚届の用紙を買うのには多額の寄付金が必要なことでも知られている。

用紙には既にトリシアの名前が記入済みだ。

(離婚……してほしいと。そういうことなのか……)

這い蹲って許しを請おうと思っていた矢先に、出ばなを挫かれたようなものだ。

だからといって諦める気はなかったが、それでも気が滅入る。

愕然とそれを見つめていると、横から盗み見たローレンが額に手をやって盛大に嘆いた。

「……ああ、ほんっとうにあの子ったら……口下手にもほどがあるでしょう！」

「……口下手？」

暗澹《あんたん》たる未来を予感させる紙切れを見せられては、人の言葉に縋りたくもなるというものだ。

訊ねたユアンに、ローレンはジロリと険しい眼差しを向ける。

「あなたが愛人との噂なんか立てられちゃうからでしょうが！　多分トリーのことだから、あなたが愛人と結婚したくなった時のために、とかなんとかの理由でこれを用意してたんでしょうね。あなたが愛人のために捕まった、なんて書かれてる新聞を読んだ後だったから、猶更《なおさら》よ」

「……そんなことが新聞に出ているのか」

「もう少し自覚した方がいいわよ、平民の英雄さん。あなたがトリーにちゃんと事情を説明しておかないからこんなことになるのよ。ばかじゃないの」

心底呆れたと言わんばかりの目を向けられて、ユアンは苦く笑うしかできなかった。

トリシアが気にするとは思えなかったのだ。

彼女には見放されたと思っていたから。

(だが、もうそんなくだらないことを考えるのはやめだ)

「這い蹲るさ。トリシアが嫌だと拒んでも、彼女の足を摑んで離すつもりはない」

腹にグッと力を込めて宣言すれば、ローレンは呆れたような顔をして肩を竦めたのだった。

＊＊＊

別宅に到着すると、屋敷の中は騒然としていた。

厨房では大鍋にぐらぐらと湯を沸かし、侍女たちが多くの布を持って、トリシアの寝室の前でオロオロと右往左往している。

一番落ち着きがないのはなんとレノで、大股であっちに入ったりこっちに来たりと蜂のようにぐるぐると飛び回っていた。

「レノ！」

ローレンが声をかけるとようやく気がついたようで、パッと顔を上げてホッとした表情になった。この男のこんな人間臭い顔を、ユアンは初めて見た。

「ローレン。……ユアン様も」

ユアンの姿があることに驚いた顔をしたものの、付け加えるように名を呼ばれる。

当然だが、ユアンに対して良い印象は持っていないようだ。

「トリーはどう？　赤ちゃんは？」

ローレンの問いに、レノが苦い表情になった。

「……逆子な上、お子様が大きすぎるようで、長丁場になるだろうと医師が」

「そう……」

ローレンが顔を曇らせた瞬間、寝室の中から獣じみた呻き声が聞こえてきた。

「え……これ、トリーの声!?」

ローレンが仰天して訊ねるほど、その声は激しく大きかった。

普段はうっかりすれば聞き逃してしまいそうなほど声の小さいトリシアが、こんな大声を出せるのかとユアンも度肝を抜かれてしまった。だがそれほど苦しんでいるのだと思うと、いてもたってもいられず、ユアンはドアを開いて中に飛び込んだ。

「あっ、ちょっと！　男は入っちゃ……！」

ローレンの焦った声が背後からかかったが、それどころではなかった。

ベッドの上で髪を振り乱し、汗塗れになったトリシアが、泣きながら痛みに耐えていた。

咄嗟に彼女の傍に駆け寄った。トリシアに見放されたとか、拒絶されるかもしれないないどという考えは、一切頭から抜け落ちていた。

苦しむ彼女の傍に行かなければと、それだけだった。

「トリシア！」

ベッドに乗り上げるようにして寄り添えば、トリシアは焦点の合わない目でユアンを見る。

「……ユ、アン、さま……？」

荒い呼吸の最中に切れ切れに名を呼ばれ、歓喜が胸に湧き上がった。頭がおかしくなりそうなくらい会いたかったトリシアが、今目の前にいるのだと思うと、どうしようもなく幸せだった。

「そうだ。勝手に来てしまって、すまない。でも、あなたの傍にいたいんだ。ここにいてもいいだろうか」

彼女の手を握り、微笑みながらそう訊ねれば、トリシアは不思議そうな顔をした。

「……どう、して……ぅあああっ！」

痛みがまた襲ってきたのか、トリシアがまた苦悶の表情で呻き出した。

「トリシア！　トリシア、大丈夫か!?」

彼女の苦しみを目の当たりにし、気が動転してしまったユアンは、トリシアの呻き声と同じくらいの大声を出して声をかける。

握られた手はじっとりと汗をかいていて、そこに込められた力はとても女性のものとは思えないほど強い。

「ぅうぅう……！　ぅあああああっ！」

「トリシア！　トリシア！」

四肢を震わせて痛みに耐える様子に、心配で居ても立っても居られない。

大声で名を呼んでいると、トリシアの脚の間にいた医師が眉根を寄せて溜息を吐いた。

「彼はトリシア様の夫君でよろしいのかな？」

その問いに、いつの間にか傍に来ていたローレンが答える。

「ええ、そうです」

「ならばここに入るのも致し方ないでしょう。ですが、夫君はもう少し声を抑えてくださ い。できれば、奥様を宥めるような、余裕のある気持ちで」

呆れたように言われ、ユアンは動転しつつも落ち着くようにと深呼吸をする。

「そう。そしてできれば、奥様の腰を擦ってあげるといいですね。彼女が嫌がればしない方がいいですが」

医師に促され、言われた通りにトリシアの腰を手で擦った。トリシアは痛みに身を震わせながらも、それを嫌がることなく受け入れている。

「いいですね、その調子だ。お父様に似て大きい赤ちゃんのようですね。長くなりそうですが、皆さん頑張りましょう」

医師ににっこりと言い渡されて、ローレンもユアンもゴクリと唾を呑み込んだ。この状態でどれくらい続くのだろうと怖くなった。

だが——とユアンはトリシアを見下ろす。

痛みの波が引いたのか、彼女はぐったりと目を瞑っている。頬に張り付いた黒髪を指でとってやりながら、大きくせり出したお腹を見た。

ここに、赤ん坊がいるのだ。

自分と、トリシアの——そう思うと、力が湧いてくる気がした。

「はい……！」

しっかりと頷いたユアンに、医師は満足そうに笑った。

トリシアのお産は、遅々として進まなかった。

初めての出産ということもあるが、逆子であるせいかなかなか子どもが下りて来ないと医師が眉間に皺を寄せる。

半日を過ぎると、付き添っているだけのユアンまでへとへとになってしまった。

トリシアは可哀想なほど疲労困憊していて、陣痛の波が引いた数分の間にスッと眠りに落ちてしまうほどだった。

ローレンが渡してくれた手拭いで汗を拭いてやるが、それも追い付かないくらいだ。

「困ったな。このままではお母さんの体力が持たない」

医師が苦り切った口調で唸った。焦ったローレンが、顔色を変えて医師に縋る。

「え、そ、そんな……どうすればいいんですか、先生！」

「とりあえず、お母さんに砂糖水を飲ませてください。少しは力の足しになるはずだ」

言われ、ローレンが厨房にすっ飛んでいった。

その次の瞬間には、また陣痛の波が来たのか、トリシアが呻き声を上げて身を震わせ始める。

「ぅああ……、あ、ぅっ……うう……っ」

呻き声も最初のような勢いがなくなってきていた。

ただでさえ華奢なトリシアの身体が、命を削るように震えている様は痛々しく、ユアンは彼女の手に口づける。

「ああ、代わってやれたらいいのに……！」

本気でそう思った。これほど苦しむ彼女を見ているしかできないくらいなら、自分がその痛みと苦しみを引き受けた方がずっとマシだ。

「は、っ……、ぁっ……ん、んぅ……！」

トリシアが声を殺すように身悶える。

医師がハッとした表情になり、トリシアに向かって「声を極力出さないように！　そのままいきんで！」と指示の声を上げた。

「っ、やはり、足か……！」

医師が苦渋に満ちた声で呻くのが聞こえた。

「辛いでしょうが、あと少しです！　頑張って！」

医師の声に、トリシアが再びいきみ始める。

ユアンはトリシアの手を握り直す。いきみ始めると、こちらもしっかりと力を籠めなくては潰されそうな力で握りしめられるのだ。

「っ……くっ、……！」

息を止め、華奢な身が震え始める。

ユアンはその様子に釘付けになった。

小さな顔を真っ赤にして、全身全霊で赤ん坊を産み落とそうとするトリシアは、汗や涙や、いろんなものに塗れていたが、これまで見たどの彼女よりも美しく思えた。

「そうそう、上手だ！　そのままいきんでいきんで……よぉし！　もう大丈夫、息を吐いて、声を出して！」

「っ、あっ、はぁ、はぁ、はぁ！」

トリシアが荒い呼吸を吐き出していると、医師の方からけたたましい泣き声が上がった。

ハッとしてそちらを見れば、血塗れの赤ん坊が医師の手の中でもがき、泣き叫んでいる。

「――あっ……」

「生まれましたよ！　元気な男の子だ！」

ホッとした声で医師が叫び、ユアンはトリシアの顔を見た。

トリシアはとろりと笑って、「生まれたのね……」と呟くと、そのままスゥッと引き込まれるように眠ってしまった。

「……トリシア？」

「……！　いかん！　出血が！」

赤ん坊を助手に預けた医師が、突如険しい声を発した。

「やはり産道に傷ができたか……！　湯とガーゼを！」

厳しい指示が飛び、場が騒然とする。

赤ん坊の泣き声、医師の指示を出す無機質な声、金属の器具が立てる音——そんなものが入り混じって、ユアンの鼓膜を麻痺させていく。

「……トリシア」

自分の腕の中で真っ青な顔で眠るトリシアに、そっと呼びかけた。

愛しい、誰よりも大切な妻は、彼の呼びかけに、瞼を震わせることもなかった。

＊＊＊

男の子を出産した後、トリシアが目を覚ますことはなかった。

「赤ちゃんが逆子のまま出て来てしまったことと、母体に対して赤ちゃんが大きすぎたことで、産道に傷ができたようです。その上胎盤が剝離した際にも出血が多く、危険な状況です。処置は済みましたので、これ以上我々にできることはありません。母体の体力次第としか……」

そんな説明をする医師を、胸倉を摑んで揺さ振ってやりたかった。

危険な状態？

母体の体力次第？

それではまるで、トリシアが死ぬかもしれないということではないか。

呆然とするユアンに、医師が痛ましげな眼差しを向ける。

それに耐えきれず、ユアンはその場から離れた。

トリシアの傍に行かなくては。

足早に階段を上がると、トリシアの寝室のドアの前に、ローレンが立っていた。その腕に真っ白いレースの施された布を抱えている。

「ユアン」

近づいていくと彼に気づき、そっと腕を開くようにして、抱いていた布の中身を見せてきた。

赤ん坊が眠っていた。真っ赤なくしゃくしゃの顔で、小さな口をもぞもぞと動かしながら、目を閉じている。

先ほど、トリシアが一生懸命産み落としたばかりの命だ。

「……抱いていいだろうか」

ボソリと呟けば、ローレンは泣きそうな顔で、もちろん、と笑った。

そっと腕の中に落とされた命の重さに、ユアンは戸惑った。重いような気もするし、軽いような気もする。だが、これが命の重さだと思った。

「……どちらに似ているのかしら」

ローレンが言った。ユアンはしわくちゃな赤い顔を改めて眺める。

「トリシアだ。……全部、トリシアに似た方がいい」

ローレンの言った通り、トリシアは天使だ。彼女ほど、高潔で勇敢で、優しい人はいない。彼女の美徳全てを受け継げばいい。

そう思って答えれば、ローレンは洟を啜った。

「そうね……そうね」

「……トリシアに、会わせたい」

ユアンが言えば、ローレンはグッと喉を鳴らして、何も言わずに頷いた。声を出せば泣いてしまうのだろう。泣かないでいてくれて良かった。泣かれたら、まるでトリシアが死んでしまったように思えて、きっと腹を立ててしまっただろう。

部屋に入ると、トリシアが整えられたベッドに埋もれるようにして眠っていた。

小さな顔は、紙のように白い。

その顔色を見ない振りをして、ユアンはベッドにそっと近づいた。

「……トリシア。俺とあなたの子を、連れてきたよ。あなたが産んでくれた子だ。……どちらに似ているのかな。もう少し大きくならないと分からないのかもしれない」

眠る子を抱いて、意味もなくベッドの周りを歩き回る。

トリシアの顔を見たいのに、見るのが怖かった。

「名前はどうしようか。あなたは何か考えていたのかな？　俺は……男の子ならシリルなんかいいかもしれないと思っていた。公平を司る天使の名だ。騎士団の印章の翼は、このシリルの翼だと言われているから……。だがあなたが用意している名前があれば、もちろんそれがいい。あなたの方がセンスがあるだろうから」

ユアンは取り留めもなく喋り続ける。

トリシアからの返事がないのを認めたくないからだ。沈黙が怖い。そのまま何かに彼女を呑み込まれてしまいそうだ。

彼女を永遠に失うかもしれない恐怖に、頭がおかしくなりそうだった。

「孤児院ができたら、この子も連れて三人で訪問しよう。……俺も連れて行ってくれるだろうか？　できれば連れて行ってほしい。あなたの傍にいたいんだ」

どうして今になって、こんなに簡単に言葉が出て来るのか。

どうしてもっと早くに、彼女に伝えていなかったのか。

喉が塞がる。戦慄く唇を噛み締めた。

言葉が止まり、沈黙が落ちる。恐怖に、足が震えた。

ユアンは赤ん坊を抱いたまま、トリシアの顔を覗き込む。

真っ白な、人形のような、美しい寝顔だった。

「トリシア……何か……何か、言ってくれ……」

情けなく哀願する。

彼女を失うかもしれないと思うだけで、目の前が真っ暗になる気がした。

涙が滂沱と流れたが、もうどうでも良かった。

「行かないでくれ……お願いだ。愛しているんだ。俺はあなたなしに、この先をどうやって生きていけばいい……！」

血を吐くような慟哭《どうこく》が部屋の中に響いて、消えた。

＊＊＊

トリシアは心地のよい水の中を歩いていた。

水の中のはずなのに、息ができて、暑くも寒くもない。

（なんて気持ちがいいのかしら。身体が羽根のように軽いわ）

いい気持ちで手足を動かして、ずんずんと先へ歩む。

どこへ行くのかは分かっていないが、気分はとても良かった。

ふと前を見ると、遠くの方で誰かが手招きをしている。

誰だろう、と目を凝らして、それが記憶の中の母であることが分かった。

(お母様だ……！)

トリシアの心が一気に浮き立つ。

ずっと会いたいと思っていた。父と理解し合えないトリシアは、いつも亡くなった母がいたらと想像した。

記憶に残る母は、いつだって優しく微笑んでくれていた。

(お母様！)

その胸に飛び込もうと駆け出したトリシアの耳に、誰かの声が掠めた。思わず足を止めて振り返ったが、誰もいない。

(空耳かしら)

だが、どこかで聞き覚えのある声だった。啜り泣くような声にも聞こえた。

(誰だったかしら……)

探ろうとする傍から、記憶は霧のようになってかき消えていく。

首を傾げながら、トリシアは再び前を向いた。

向こうでは、まだ母が手を振ってくれている。

再び歩き出そうとすると、今度は手を引かれて驚いた。

誰もいなかったはずなのに、と振り返れば、どこかで見たような顔の子どもが、トリシアの手を握っていた。

そして、行こうとしていた方向とは真逆の方へと手を引いた。

「そっちじゃないのよ、ぼく」

トリシアは窘めたが、子どもは首を横に振って、「こっちでいいんだよ」と笑う。

その笑顔に見覚えがあるのに、思い出せずまたトリシアは首を傾げる。

子どもの言うがままに歩いて行けば、先ほどの声がまた聞こえ始めた。

行けば行くほど、どんどん啜り泣きの声が大きくなる。

(なんて、哀しそうな声なの……)

慰めてあげなくちゃ、と思った瞬間、子どもが笑った。

「そうだよ。お母さまが泣かせたんだから、ちゃんとなぐさめてあげなくちゃ」

「お母様？」

首を捻った瞬間、身体が水中から浮かび上がるようにぐうっと押し上げられていくのを感じた。

「お父さまに、よろしくね」

子どもの声が、すぐ傍から響いた気がした。

＊＊＊

目を開くと、視界いっぱいにユアンの泣き顔が映った。

驚いてもいい光景なのに、トリシアはクスリと笑ってしまう。

「あなただったのね……泣いていたのは」

出した声は、自分のものとは思えないほど掠れていた。

ユアンは目をこれでもかというほど見開いて、その美しい両目からまたボロボロと涙を流す。

「トリシア……！」

感極まったように呟いて、ユアンは声を上げて泣き出した。

大人の男の人がそんなふうに泣くのを初めて見たトリシアは、驚きながらも重い腕を伸ばして彼の頬に触れる。

「泣かないで……ユアン様。もう、大丈夫。大丈夫よ……」

よし、よし、と顔を撫でれば、ユアンはその手を掴んで掌に口づけた。そしてそれを自分の額に押し当てると、祈るようにして告げる。

「トリシア、あなたを信じず、傷つけた愚かな俺を、どうか許してほしい。いや、許さなくてもいい、あなたの傍においで欲しい。お願いだ。もう二度と、あなたを失いたくない……。あなたを、愛しているんだ」

唐突な愛の告白に、目覚めたばかりのトリシアの頭の方がついていかない。

茫然としていると、ユアンは壊れた玩具のように、ひたすら「愛している」を繰り返した。

何が何だか分からないけれど、ユアンの涙を拭いながらトリシアもまた泣きながら笑う。

本当はずっと、ユアンが傍にいてくれたらと思っていた。

本当のトリシアを見て、愛してくれればと、夢を見るように願っていた。

でも現実には無理だと分かっていたから、諦めていただけだ。

もしかしたら、都合のいい夢なのかもしれない。

だけどそれなら、この幸せを享受すればいいではないか。

「まあ、じゃあ、私達、両思いなのね……嬉しいわ……」

トリシアの言葉に、またユアンが顔をくしゃくしゃにして泣いたのだった。

終章　約束

「お母様！　早く早く！」

　仔犬のように馬車から飛び出した少年が、まだ馬車から顔を出したばかりの母親を振り返り、じれったそうに急き立てる。

　少年の髪は夜の闇のような漆黒で、その丸い瞳は極上の翡翠のような鮮やかな緑だ。

「まあ、シリルったら。そんなに急がなくても、孤児院は逃げないわ」

　夫の手を借りて馬車から降りたトリシアは、呆れて笑いながら息子に言った。

　今年六歳になるシリルは、孤児院の子ども達が大好きだ。一人っ子のせいか、自分より大きいお姉ちゃんやお兄ちゃんに構ってもらえるのが嬉しくて仕方ないらしい。

　孤児院の子ども達も、シリルのことを他の仲間と同じように接してくれていて、トリシアとしてはとても好ましい結果になっていると感じていた。

　我が子には、平民であろうが貴族であろうが、人を尊重できる人間になってほしいと思っているからだ。

（ただ、年上の子達の影響が強いのか、ちょっと生意気なところがあるのが心配だけれど……）

そんなことを考えていると、シリルがフンと鼻を鳴らした。

「孤児院は逃げなくても、おやつの時間には遅れちゃうかもしれないだろう！」

母親の窘めにそんな屁理屈を捏ねる程度には、こまっしゃくれた少年に成長しているのだ。

やれやれと肩を竦めるトリシアとは反対に、隣に立っていたユアンが厳しい声を上げる。

「シリル・アレクサンダー・ヘドランド！　お母様にそんな生意気な口をきいていいのか？」

父親の怒気を孕んだ声に、シリルが瞬時に背筋を伸ばして謝った。

「ごめんなさい、お母様！」

この変わり身の早さはなかなかのものだ。

「誰に似たのかしら」

クスクスと笑い出してしまいながら呟けば、ユアンは複雑そうな顔になって「俺……ではないと、思いたい……」と呟いていた。

両親のそんな会話を気にすることもなく、シリルは「先に行ってるよ！」と言い置いて、一人でさっさと駆け出して行ってしまった。その後ろ姿に、ユアンが声をかける。

「シリル！　あまり勝手なことばかりしていると、今夜の花祭りに連れて行かないぞ！」

今日は城下町の花祭りの日で、この後家族で見物に行く予定にしていた。昼のパレードの方が賑やかで子ども向けなのだが、孤児院の訪問が入っていたので行けなかったのだ。

父親の言葉を聞いたシリルが、振り返って肩を竦めた。

「別にいいよ。夜の花祭りは、僕が行っても踊りに参加できないし」

確かに花祭りの踊りは恋人同士のものなので、子どもは参加できない。だが、祭りの雰囲気だけでも楽しみたいだろうと思っていたので、トリシアとユアンは驚いて顔を見合わせた。

「二人だけで行ってくればいいよ」

「二人だけでって……」

面食らうユアンに、シリルは意味深な眼差しを向ける。

「ちゃんと『約束』を果たしなよ、お父様！」

シリルはそう言い置くと、ニヤリと笑って再び駆け出して行った。

二人は呆気に取られてそれを見送っていたが、背後から笑みを含んだ声がかけられる。

「あの年齢で、ご両親の逢い引きのお膳立てができるとは。シリル様はなかなか将来有望でいらっしゃる」

お育てし甲斐があるものです、などと好々爺然《こうこうや》と呟いて歩き去るレノに、二人はまたも顔を見合わせた。シリルが生まれて以来、レノの鉄面皮が崩れ始めているのは、きっと気のせいではないだろう。

「……逢い引きのお膳立てですって。あの子ったら」

トリシアがポツリと言えば、ユアンは顎に手をやって笑う。

「参ったな。……だが、せっかくの息子の厚意だ。あの時の『約束』を今度こそ……どうかな、奥様」

手を取られ、その甲に口づけられながら誘われて、トリシアはクスクスと笑った。

「ええ、もちろん。今度こそ、ね」

その『約束』とは、二人が出会った時にした、一緒に花祭りに参加するというものだ。

酒に酔っていたせいで、ユアンは覚えていないのだと思っていたが、ぼんやりとした記憶は残っていたのだと後になって聞いた。

『顔はよく覚えていないが、妖精みたいにかわいい娘と花祭りに行く約束をする夢を見たと思っていた。それがまさか君だったなんて』

と恥ずかしそうに言われ、笑ってしまったのはまだ記憶に新しい。

その話をされた時、傍でシリルが遊んでいたので聞いていたのだろう。子どもというものは、聞いていないようで大人の話をしっかりと聞いているものだ。

（……あの時の夢が、本当に叶うなんて……）

トリシアは眩しい思いで、隣に立つ夫を見上げた。

ただのトリシアとして、本当の自分を愛してくれる恋人と、花祭りの踊りに参加する

——夢でしかないと思っていたことが、現実になる。

いまだに、これが夢なのではないかと思う瞬間がある。

トリシアはユアンにエスコートされながら、孤児院の建物を眺める。

「ここが……公立孤児院ができて、もう三年になるのね……」

感慨が込み上げたのは、今日トリシアは、孤児院の創立記念式に招待されてやってきたからだ。

トリシアが提出した法案が可決されてからこの孤児院が完成するまでに、実に三年もの月日を要した。言葉で言うほど簡単なものではなく、建設費用を捻出するための増税方法、孤児院を作る場所、建設に携わる業者等、決めなくてはならないことが山積みな上、決めるまでにまたひと悶着があったりと、膨大な量の仕事をこなさなくてはいけなかったからだ。

トリシアは、そうして出来上がった公立孤児院の名誉院長に指名されていた。

公立であるが故に、この孤児院を取り仕切る院長は国の役人でなくてはならない。貴族の婦人であるトリシアはもちろん役人になれるはずもない。だが建設までに尽力したトリシアに、なんらかの形で継続して孤児院に携われる職を、と考えられたのが、名誉院長という役職だった。

おかげで、こうして何の遠慮もなく、この思い入れの深い孤児院に出入りできるというわけなのだ。

「ここまで来られたのも、あなたが助けてくれたおかげよ、ユアン。本当にありがとう」

ユアンは騎士団の仕事をしながら、トリシアの仕事を手伝ってくれている。

父の領地の仕事をやっていたのでは、恐らくトリシアの手伝いをする余裕などなかっただろう。だがユアンは子どもが生まれたのを境に、父、リチャードの護衛騎士の職を辞していた。それはつまり、サマセット公爵の後継者としての地位を放棄したも同然だった。

元は出世のためにトリシアと結婚した人だったから、トリシアは驚いて止めたが、ユアンの決意は固かった。

『どんな理屈であれ、幼いローを手籠めにしようとし、あなたに人殺しの汚名を着せた人間に仕える気など起きません。まして自分の息子をあの人の傍に置くなど、言語道断だ』

そう言って実にアッサリとこれまでの地位を手離した。

父と袂《たもと》を分かつ時、ユアンはなんと、その理由を包み隠さず言い放ったらしい。つまり、トリシアへの仕打ちに納得がいかないことや、幼い少年に対する無体への非難と、息子を父の傍で育てたくないといった内容だ。

意外なことに父は怒らなかったという。

『儂の行動への非難はあって当然だと、分かっていてやったことだからな』

と肩を竦めただけだった。

そしてサマセット公爵家の後継者がいなくなることに関しても、

『それが儂のしてきたことの結果だというなら、甘んじて受け入れるしかあるまい』

とだけ言っていたらしい。

相変わらず、人とは違う価値観を貫いて生きている人だ。

父は気にしていなくとも、周囲はそうはとってくれない。

サマセット公爵家の娘夫婦は、宰相閣下と対立したということになり、それはそのままユアンの処遇に直結した。

騎士団の副団長の地位から降格させられてしまった。

一介の騎士にまで戻されてしまったものの、男爵位だけは辛うじて取り上げられることはなかった。

なので今、トリシアの身分は、ヘドランド男爵夫人、それだけだ。

宰相と袂を分かった娘夫婦から離れていく人達はもちろんいたが、それまでと変わらない交流を続けてくれる人達もいた。その多くは、公立孤児院建設の同志だったことも、トリシアにとっては驚きで、喜ばしいことだった。

「さあ、行こう、トリシア」

感慨に耽ってしまっていたトリシアは、ユアンに優しく促されて、ハッと我に返った。

鮮やかな翡翠色の瞳が、トリシアを見つめて甘く揺れている。

嘘のない色だ。本当の自分を見つめてくれる目だ。

ずっと欲しかったものだった。

それを手にした幸福の甘さに浸りながら、トリシアは微笑んで頷いた。

あとがき

師も走るという十二月。今年ももう終わりますね。皆さま如何《いかが》お過ごしでしょうか。

泣いて後悔するヒーローを書きたくて挑んだ今作です。大人になってもごめんなさいは大切です、ということで（笑）。

今回一番の奇人はお父さんでしょうか。モデルは某有名すぎる戦国武将様（あくまで部分的ではありますが……）。

麗しいイラストを描いてくださったのは、Ｃｉｅｌ先生です！　一度はご一緒させていただきたいと切望しておりました。今回念願かなって本当に感無量です！　表紙をいただいた時には奇声を発して家族に怒られました。でも仕方ない！

Ｃｉｅｌ先生、素敵なイラストを本当にありがとうございました!!

そして今回も（毎回言っている……）大変なご迷惑をおかけしてしまいました、最愛なる担当編集者様……！　ありがとうございます。Ｙ様にはもう……本当にもう……感謝と尊敬の念しかありません（平伏）。私の心の王陛下……！　Ｙ陛下……万、歳……！

この本が刊行されるまでにご尽力くださった全ての皆様に感謝申し上げます。

そしてここまで読んでくださった読者の皆様に、心からの愛と感謝を込めて。

春日部《かすかべ》こみと

Sonya
ソーニャ文庫

この本を読んでのご意見・ご感想をお待ちしております。

◆ あて先 ◆

〒101-0051
東京都千代田区神田神保町2-4-7 久月神田ビル
㈱イースト・プレス　ソーニャ文庫編集部
春日部こみと先生／Ciel先生

騎士《きし》は悔恨《かいこん》に泣《な》く

2018年12月3日　第1刷発行

著　　者　春日部《かすかべ》こみと
イラスト　Ciel《シエル》
装　　丁　imagejack.inc
D T P　松井和彌
編集・発行人　安本千恵子
発 行 所　株式会社イースト・プレス
〒101-0051
東京都千代田区神田神保町2-4-7 久月神田ビル
TEL 03-5213-4700　FAX 03-5213-4701
印 刷 所　中央精版印刷株式会社

ISBN 978-4-7816-9638-6